친애하는, 인민들의 문학 생활

친애하는, 인민들의 문학 생활

초판 1쇄 인쇄 2020년 9월 5일
초판 1쇄 발행 2020년 9월 10일

지은이	오창은
펴낸이	이영선
책임편집	김선정

편집	김선정 김문정 김종훈 이민재 김영아 김연수 이현정 차소영
디자인	김회량 이보아
독자본부	김일신 김진규 정혜영 박정래 손미경 김동욱

펴낸곳 서해문집 | 출판등록 1989년 3월 16일(제406-2005-000047호)
주소 경기도 파주시 광인사길 217(파주출판도시)
전화 (031)955-7470 | 팩스 (031)955-7469
홈페이지 www.booksea.co.kr | 이메일 shmj21@hanmail.net

ISBN 979-11-90893-26-8 03810

이 도서의 국립중앙도서관 출판예정도서목록(CIP)은 서지정보유통지원시스템 홈페이지(http://seoji.nl.go.kr)와 국가자료공동목록시스템(http://www.nl.go.kr/kolisnet)에서 이용하실 수 있습니다.(CIP제어번호: CIP2020034795)

친애하는,

북한의 페미니즘 소설부터
반체제 지하문학까지

최신 소설 36편으로 본
2020 북한 인민의 초상

오창은 지음

인민들의 문학 생활

서해문집

거울 밖으로
나온
북한 문학

"이런 것 가지고 있어도 돼요?"

"불법 아닌가요? 어디서 이런 책을 구하는 거예요?"

불온한 책, 금기시되는 책, 좀처럼 한국 사회에서 볼 수 없는 책들이 내 서가에 꽂혀 있다. 연구실을 방문한 사람들은 신기한 듯 그것들을 들춰보곤 한다. 그러다가 "이런 것 보고 있으면, 재미는 있어요?"라고 묻는다.

내 연구실 책장에는 북한에서 간행된 《조선문학》이라는 잡지가 2009년 제1호부터 2019년 제12호까지 가지런히 자리를 차지하고 있다. 북한 원전을 갖고 있는 것만으로도 국가보안법 위반에 해당할 수 있다. 방문객들은 '평양종합인쇄공장'에서 제작된 책들이 연구실에 있다는 사실만으로도 불안해한다. 바로 몇 개월 전에 간행된 북한 문학 작품들까지 소장하고 있으니, 보통 사람이라면 나를 불온한 연구자로 바라볼 법도 하다.

최신 북한 문학 작품들을 거의 실시간으로 읽어내는 학자는 한국에서 손에 꼽을 정도다. 나는 농담처럼 '북한 문학 연구 분야의 순위 10위 안에 드는 전문가'라고 호기롭게 이야기하곤 한다. 북한 문학 연구는 외롭고 고달프고, 좀처럼 동기 부여도 되지 않는 일이다. 그렇기에 '10위 안에 드는 전문가'라는 자부심도 스스로에 대한 다독임의 수사일 뿐이다.

연구실에 있는 북한 문학 작품들은 소속 대학 학장의 추천서를 받아 통일부 장관의 승인 아래 취득한 것이다. 내가 가진 것은 복사본이 대부분이지만, 소정의 절차를 거치면 국립중앙도서관 5층의 북한자료센터에서 얼마든지 《조선문학》,《문학신문》,《청년문학》,《로동신문》,《근로자》 등의 원본을 접할 수 있다. 물론 누구나 볼 수 있다고 해서 누구나 해석해낼 수 있는 것은 아니다. 문헌을 읽어내기 위해서는 훈련이 필요하다.

나는 외로운 읽기 작업을 견뎌내기 위해 다른 대학 연구자들과 2주에 한 번씩 세미나를 한다. '남북문학예술연구회'가 바로 그곳이다. 소외된 학문 분야를 연구하는 학자들은 자존감을 지키기 위해서라도 함께 모여야 한다. '같이 외롭다'는 사실만 깨달아도 세상은 '견딜 만하다'고 느껴진다. 학문의 길도 세상살이와 마찬가지인 것 같다. 세상살이의 고달픔 속에서도 어딘가에는 행복과 위안을 주는 샘터들이 있다. 내게 북한 문학 연구는 남북 분단의 공포와 불안 속에서도 세상을 견딜 만한 곳으로 만드는 데 기여하기 위한 학문적 헌신이었다.

'북한 바로 알기 운동'의
추억

돌이켜보면 분단 이후 한국 사회에서 북한 사회에 대한 호기심이 1980년대 후반만큼 강렬했던 때가 있었나 싶다. 대학생들은 자발적으로 북한 사진전을 개최했고, 북한 소설을 읽었으며, 대대적인 북한 영화 상영을 기획하기도 했다. 이를 '북한 바로 알기 운동'이라고 불렀다. 공안 당국의 대응은 살벌하고 가혹했다. 경찰과 국가안전기획부(현 국가정보원)는 대학가 주변 서점에 들이닥쳐 모든 북한 관련 책을 불온서적으로 규정하고 압수했다. 지금은 잊힌 대동, 백두, 황토, 열사람 등의 출판사와 관계자가 구속되는 등의 수난을 당했다. '국가보안법의 철퇴'는 학문과 사상 자유의 마지막 보루인 '연구자'가 북한 책을 소지하고 있더라도 예외가 아니었다. 1980년대 후반 대학가에서 '국보'는 숭례문이나 석굴암이 아니라, '국가보안법 위반으로 구속된 학생'을 지칭하는 용어였다.

　역사적으로 되돌아보면, '북한 바로 알기 운동'의 열기는 북한 사회가 간절히 외부의 도움을 기다리던 시기에 차갑게 냉각됐다. 1995년경부터 1998년까지를 북한 사회는 '고난의 행군' 시기라고 지칭하고, 1998년 이후부터 2000년대 초반까지를 '강행군' 시기라고 말한다. 1994년 김일성 주석의 사망에 이은 자연재해로 북한 사회는 피폐해져 갔고, 미국이 주도하는 경제봉쇄 또한 가혹하게 지속됐다. 1990년대 중후반, 대부분의 남한 사람들은 '인민을 굶겨 죽이는 정권'은 '붕괴해야 마땅하다'고 외쳤다. 방송국 기자들이 중국 연변延邊에서 촬영한 어린 '꽃제비'들의 모습은 남한 사람들에게 연민과 분노를 동시에 불러일으켰다. 북한 사회는 더 이상 '바로 알기'의 대상이 아니라, '버림받은 불모지'로 간주됐다. 자연스레 북한에 대한 '금기' 대신 자발적 경멸과 냉소만이 남한 사회에 팽배했다.

한국 사회는 1996년 IMF 구제금융 시기를 기억한다. 안타깝게도 고난의 행군 시기와 IMF 구제금융 시기가 겹친다. 기묘한 한반도의 역사다. 이 시기에 남한의 정리해고 당한 아버지들은 '나이 먹은 꽃제비'가 되어 서울역·부산역을 배회했고, 고난에 처한 가족이 동반 자살이라는 극단적 선택을 하는 상황까지 발생했다. 살아 있음에도 자본주의 체제 아래 존재가 지워진 것처럼 간주되던 '신용불량자'들이 급격히 늘어났다. 하지만 남녘에서 '국민을 자살로 내모는 체제'는 '붕괴해야 마땅하다'는 외침은 들리지 않았다. 금 모으기 운동이 전개됐고, 노사 화합이 강조됐으며, 오히려 자본주의 체제가 강고해지는 계기가 됐다.

자신의 아픔에는 무감각하면서 타인의 아픔을 과장하면, 미래에 더 깊은 절망에 직면하고 만다. 혹시 1990년대 후반의 남한 사회가 북한 사회에 가졌던 태도가 이와 같지 않았을까? 북한 사회에 대한 이해는 남한 사회를 냉정하게 되짚어볼 수 있을 때에야 가능해진다. 고난의 행군과 IMF 구제금융은 남과 북이 동시에 성찰해야 할 역사적 사건이다. 북녘은 남녘의 상징적 거울이다. 거울의 상은 뒤집혀 있기에 서로는 상대방을 가짜로 규정한다. 그러나 남녘과 북녘은 유리를 가운데 두고 마주보는 실재다. 이를 인정해야만 남녘과 북녘은 지금까지와는 다른 관계를 형성할 수 있다.

조그만 진전은 몇 차례 있었다. 2000년 6월 15일 대한민국의 김대중대통령과 조선민주주의인민공화국의 김정일 국방위원장이 함께 발표한 '6·15남북공동선언'이 있었고, 2018년 4월 27일 문재인 대통령과 김정은 국무위원장이 합의한 '4·27판문점선언'도 있었다. 역사적 감각의 힘이었을까? 남과 북은 '험난한 시기'를 거친 이후에야 비로소 대화의 창구를 여는 상황을 반복적으로 경험하고 있다. 커다란 격랑에 몸을 내맡기고 나면 삶을 바라보는 시야가 넓어지는 혜안慧眼의 경지에 이른다. 남과 북이 겪은 고난은 상대방의 체제에 대해 좀 더 유연해질 수 있는 여유를 제공하는 듯하다.

남과 북은 서로 연결되어 있다. 남의 유리벽 바깥에 북이 있고, 북의 유리벽 바깥에 남이 있다. 남과 북 모두 자신이 속한 체제 바깥을 상상하지 못하면 경계를 넘을 수 없다. 남과 북이 서로의 '유리벽 바깥'을 가늠할 수 있을 때, 둘은 자신의 곁자리를 내주면서 나란히 설 수 있을 것이다. 바로 그 자리에 6·15남북공동선언과 4·27판문점선언이 자리 잡고 있다. 정치의 힘으로 겨우 열린 여백을 채우는 것은 시민의 힘이다.

체제를 넘어서
— 민중의 삶, 사랑 그리고 문학

나는 2018년과 2019년 여름과 겨울 방학 때마다 총 네 번에 걸쳐 연변대학에서 한 달여 동안 체류하면서 북한 사회문화 연구와 북한 소설에 대한 비평 작업을 지속해왔다. 이 책도 연변대학이라는 제3의 지대에서 북한 자료에 대한 자유로운 접근이 가능했기에 완성할 수 있었다.

공간이 바뀌면 미묘하게 삶을 대하는 태도도 변하게 된다. 나는 연변에서 남과 북의 체제에 포섭되지 않는 '비체제 민중주의적 방법론'의 가능성을 탐색할 수 있었다.

'비체제적 관점'은 이데올로기적 체제 대립의 사각 지대를 만드는 방법론적 고투의 산물이다. 남한에서 읽는 북한 문학은 '체제 친화적이냐, 반체제적이냐'라는 정치적 관점의 영향 아래 있을 수밖에 없다. 그러나 과연 남녘의 체제를 전제한 상태에서 북한 문학을 내밀하게 읽어낼 수 있을까? 북한 문학을 읽으면서 반체제적 성격을 도출하려는 시도는 온당한 것일까? 이러한 질문을 연변이라는 제3의 지대에서 던지면서, 비체제적 관점을 탐색했다. 북한의 체제 내 문학계에도 문학의 자율성을 확보하려는 작가가 있고, 민중의 입장에서 삶의 방향을 탐색하려는 작가가 있다. 따라서 이들의 문학이 비록 체제를 옹호하는 내용을 포함하고 있더라도 비체제적 해석의 여지는 충분히 있다고 본다.

'민중주의적 관점'은 민중 서사에 투영되어 있는 삶의 이야기에 주목하고, 이를 자치적이면서도 비체제적 지향과 연결해 바라보는 것이다. 남과 북의 문학을 정치체제를 전제하고 볼 것이 아니라, 민중의 '생활'과 '현실'에 주목해 해석해내자는 것이다. 북한의 《조선문학》에 실린 소설은 북한 독자를 위한 작품이므로 '내부'를 향해 있다. 남한 연구자의 관점에서는 '북한 내부의 소통'을 민중주의적 관점에서 적극적으로 해석함으로써 내밀한 읽기가 가능해진다. 민중의 생활을 바탕으로 한 '미시 서사'를 내밀하게 분석할 수 있고, 민중적 관점에서 '삶의 구체적 실상'을 도출해낼 수 있다.

나는 북한의 문학 작품을 읽으면서 북한 사회를 새롭게 발견하고 해석해내는 희열을 숱하게 경험했다. 그 희열의 근간은 '징후적 독해'에 있다. 징후적 독해란 작품의 이면을 해석하는 것이다. 드러나지 않고 감춰진 지식을 적극적으로 해석하고 의미 부여하는 것이다. 그늘에 가려진 것에 빛을 주고, 해석과 의미화의 과정을 거쳐 적극적으로 논평하는 것이기도 하다. '빈자리'들은 결여된 '허공'들이 아니라, 해석으로 채워져야 하는 '의미의 틈'들이다.

예를 들면 이런 것이다. 2011년 김정일 사망 이후 김정은 체제가 출범하자, 남한에서는 북한 체제가 갑작스럽게 붕괴할 수 있다는 전망이 쏟아져 나왔다. 다소 호들갑스러울 정도로, 북한 사회의 불안정성에 대한 논의가 언론을 중심으로 이뤄졌다. 이러한 시류적 불안감 조성은 북한의 사회문화에 대한 정확한 이해가 없어서 나타난 현상이다. 북한 체제의 안정성은 문학 작품을 밀도 있게 해석하기만 해도 도출해낼 수 있다. 하나의 지배체제가 작동하기 위해서는 국가의 '조직화된 폭력'뿐만 아니라, 이를 수락하고 규범으로 받아들이는 '민중의 동의와 합의'도 중요하다. 지배와 피지배 사이에 존재하는 '동의와 합의'를 미시적으로 분석하지 않으면 체제의 안정적 작동 원리가 드러나지 않는다. 북한의 문학 작품은 북한 사회에서 소통되는 지식, 세계관 형성의 내적 맥락, 이데올로기가 스며들어 있는 '구조적 결정結晶'이다. 나는 북한 문학 작품에 대한 징후적 독해를 통해, 북한의 공식 담론 이면에 자리한 비체제적이고 미시적인 민중의 목소리를 복원하려 했다.

불온한 연구,
불편한 도전

'재·월북 작가 해금'이 이뤄진 때가 1988년 7월 19일이었다. 2020년은 재·월북 작가 해금 32주년이 되는 해다. 32년의 시간 동안 감성의 영역을 아우르는 북한의 문화예술 연구가 축적돼왔다. 하지만 남한의 문학 평론가가 동시대 북한 문학 작품에 대한 비평적 접근을 시도한 사례는 없었다. 나는 2010년대에 간행된 북한의 문학 작품을 대상으로, 남북을 아우르는 비체제 민중주의적 방법론을 시도했다. 이 책은 1948년 남북 단독정부 수립으로 분단이 고착화된 이후 최초로 간행된 남한 문학평론가의 동시대 북한 문학 비평서다. 이 책을 계기로 남과 북의 문학적, 예술적, 학문적 소통이 '금기 없이, 제3의 관점을 개척하는 방향으로' 진전되기를 기대해본다.

나의 북한 문학 연구는 중앙대학교 이명재 명예교수님으로부터 비롯됐고, 첫걸음은 원광대학교 김재용 교수님께 큰 빛을 지면서 내딛었다. 두 분 교수님께 머리 숙여 감사의 인사를 올린다. 현재진행형의 북한 문학 연구는 남북문학예술연구회 동료 학자들과의 대화와 소통, 자료 공유가 있었기에 가능했다. 김성수 성균관대학교 교수님, 유임하 한국체육대학교 교수님, 전영선 건국대학교 교수님, 오태호 경희대학교 교수님, 남원진 건국대학교 교수님, 임옥규 청주대학교 교수님, 배인교 경인교육대학교 교수님, 홍지석 단국대학교 교수님, 김은정 한국외국어대학교 교수님, 이상숙 가천대학교 교수님, 이지순 통일연구원 교수님, 천현식 국립국악원 학예연구사님께 존경의 마음을 전한다. 더불어 미래의 북한 문화예술 연구를 책임질 고자연, 김민선, 김태경, 마성은, 오삼언, 조은정, 하승희, 한승대 선생께 후생가외後生可畏의 마음으로 더 나은 미래를 기대해본다.

　나는 동시대 한국 문학 비평을 하는 평론가다. 그러면서도 이질적 영역인 북한 문학을 연구한다. 몇몇 동료 평론가는 내게 '연구 주제를 잘 잡았다'고 부러워하지만, 이러한 평가는 현재의 결과만을 보고 과거의 고통스러운 인내 과정은 제대로 보아주지 않은 것이어서 내게는 섭섭하게 들리기도 한다. 나는 북한 문학을 읽으면서 남한 민중의 모습을 발견한다. 내가 읽은 북한은 실은 남한의 은유다. 너와 나는 연결되어 있고, 너의 운명은 나의 운명이다. 나는 한반도의 운명을 북한 문학 읽기를 통해 구체적으로 감각한다. 독자들도 북한을 통해 남한을 읽었으면 하는 것이 나의 마음을 담은 바람이다.

　공부는 시간을 견디는 작업이고 동료를 만드는 활동이다. 그리고 금기를 향한 도전이면서 그 성과를 함께 공유하는 것이다. 학문적 탐구의 영역에서 넘지 말아야 할 선線은 없다. 모든 경쟁은 패배자에게 상실감을 안겨주지만, 학문적 경쟁만은 진리의 혜택을 더불어 나눌 수 있다. 학문적 진리는 항상 저 너머에서 손짓하고 있다. 지금 명확하다고 간주되는 진리를 깨뜨릴 수 있는 절대 비기秘技는 금기 너머에서 구할 수 있다. 그렇기에 모든 도전적인 학문은 불온하다. 금기를 넘는 용기를 가지려면 학문적 동료가 필요하다. 독자의 지지와 연대도 필요하다. 동료들과 독자들과 함께 '불온한 연구'를 공유하는 것이야말로 진리를 향한 도전의 핵심이 아닐까.

일러두기

1   북한의 문학 작품 또는 문헌을 인용할 경우, 맞춤법 등 표기법은 북한의 원문 그대로
    를 살리되, 띄어쓰기와 문장부호는 남한의 표기 기준을 따랐다.
    • 북한에서는 대화나 강조를 모두《 》로 표기하는데, 이 책에서는 대화는 " ",
      강조는 ' '로 표기했다.
    • 생소한 북한말에 대한 이해를 돕기 위해, 해당 어휘 뒤에 한자나 영어를 병기하거
      나 괄호 안에 유사한 남한말 또는 설명을 달았다.
2   단행본, 장편 및 소설집, 신문·잡지 등은《 》로 표기하고, 단편소설이나 논문, 기사
    등의 제목은〈 〉로 표기했다.
3   북한말 풀이는 평양에서 간행된《조선말 대사전 1·2》(사회과학출판사, 1992)를 참고
    했다.

◇

아름다운
것과
정치적인
것

사이에서

01

김정은 시대의
북한 문학 읽기

북한에도 '좋은 소설'이
있을까

《문학신문》에서 '카프'를 만나다!

2018년 7월 10일, 중국 연변대학교 도서관 1층의 '신문열람실, 사회과학서적 서고'에 처음 발을 들였다. 연변대 도서관은 북한 자료를 중요도에 따라 분류해 엄격하게 관리한다. 자료의 공개 조건이 까다로운데, 내가 근무하는 중앙대학교 국제교류처의 공식 협조 요청과 연변대 외사처의 도움으로 북한 자료에 대한 접근이 허가됐다.

방학이라 이용자는 나 혼자뿐이었다. 실내 조명등도 꺼져 있었다. 그 넓은 서고 가득 쌓여 있는 중국어 책들과 조선·한국어 책들이 무덤 내부의 벽돌들 같았다. 안쪽 깊숙이 들어가자 큰 거울이 하나 비스듬히 벽에 기대어져 있었다. 1층 도서관 전체를 비추는 듯한 거울의 어둠 속에 내 모습이 어렴풋이 비치자 나도 모르게 움찔하고 말았다. 나는 얼른 거울을 외면하며 안쪽 깊숙이 스며들었다.

언덕을 넘어서니 광활한 녹음이 펼쳐진 듯한 느낌이었다. 자료의 위치에 익숙해지자 희귀한 문헌이 눈에 들어오기 시작했다. 방대한 분량의《로동신문》이 차곡차곡 쌓여 있었고,《민주조선》과《로동청년》도 보였다. 남한의《조선일보》도 있었다. 내가 찾는《문학신문》은 안쪽 모서리의 맨 아래 칸에 숨바꼭질하듯 놓여 있었다.

《문학신문》은 조선작가동맹 중앙위원회 기관지로, 창간 당시에는 매주 목요일에 간행되던 주간신문이었다. 안타깝게도 1956년 12월 6일 창간호는 없었지만, 1957년 1월 3일 자부터는 비교적 온전하게 자료를 살펴볼 수 있었다. 1958년 8월 21일 자《문학신문》을 읽을 때는 감정의 파도가 내면에서 요동쳤다. 두 면에 걸쳐 '우리 문학의 빛나는 혁명적 전통 카프 창건 33주년' 특집이 실려 있었다. 한설야, 송영, 윤세평, 신고송, 엄흥섭, 박승극의 기고문이 순식간에 나를 60여 년 전으로 이끄는 듯했다. 1925년 8월 24일 카프가 처음으로 둥지를 튼 곳이 '서울 견지동'이었다는 사실을《문학신문》을 통해 알아낸 것도 큰 성과였다.

나는 2018년 여름을 온전히 연변대 도서관과 연변자치주 도서관에서 보냈다. 1990년대 초중반 연변대 도서관의 '조선문도서열람실'은 북한 문학 연구자에게는 '자료의 성지'였다. 조명희, 리기영, 한설야, 림화 같은 카프 시대 문인의 자료와 백석, 리용악 등 월북 문인의 자료가 이곳에 보존되어 있었다. 그 자료를 활용해 한국에서 문학 선집과 작가 전집이 간행됐다. 내가 북한 문학을 본격적으로 공부한 곳도 연변대학이다. 1997년 석사 과정 때 교환연구생으로 연변대학에서 생활하면서 북한 문학사의 대표작으로 일컬어지는 천세봉의《석개울의 새봄》(1955), 황건의《개마고원》(1956), 윤세중의《시련 속에서》(1957)를 읽었다. 그때도 옛날 신문이 있는 열람실은 이용하지 못했다. 21년이 지난 지금에야 그 자료의 성지는 나를 온전히 품어주었다.

1950년대 후반에서 1960년대 초반의 《문학신문》을 읽으면서 2010년대 북한 문학의 텍스트적 원형이 당시의 문학과 연결되어 있음을 확인했다. 북한 문학은 '노동과 일 중심의 서사, 비극이 없는 낙관주의, 개인주의에 대한 비판과 집단주의의 추구' 등을 특징으로 한다. 1950년대 후반 《문학신문》에는 작가가 노동 현장에 가서 쓴 글이 지속적으로 실렸다. 윤시철이 김책제철소에서 용해공鎔解工들과 만나 쓴 오체르크ocherk(르포, 실화문학)나, 강계식료공장에 대한 현지 보도나 강선제강소 모습에 대한 보도 등이 그런 예다. 노동 현장과 문학 세계를 연결한 사회주의 리얼리즘이 지금까지 북한 문학의 전통으로 이어져오고 있다.

낙관주의적 세계관은 '우리식 사회주의'로 이어져 동구 사회주의권 몰락이라는 얼음 폭풍을 견뎌냈다. 주체사상에 대해 뭐라고 평가하든, 그 자부심은 1950년대의 성공적인 전후戰後 복구를 통해 형성됐다. 1956년부터 시작된 '천리마 속도'의 자부심이 지금은 고난의 행군 시대를 거쳐, 김정은 집권 시기에는 '만리마 시대'를 향해 간다는 구호로 외쳐지고 있다.

《문학신문》에 실린 기사를 통해 당시 북한의 작가가 남한의 《현대문학》,《문학예술》,《자유문학》,《신태양》 등의 문예지를 읽고 있었다는 사실을 알 수 있었다. 북한 작가 리상현은 〈남조선 문학의 현 상태와 전망〉[1]에서, 한흑구의 〈보리고개〉[2]나 정한숙의 〈화전민〉[3]을 직접적으로 거론하며 사실주의 문학으로서 긍정적 평가를 내렸다. 최소한

1950~1960년대의 북한 작가는 남한 문학을 읽고 있었음이 분명하다. 남한에서는 1988년 '재·월북 작가 해금' 조치 이후에야 북한 문학에 대한 비교적 자유로운 접근이 이뤄졌다.

북한 문단에서 최고로 꼽는 작품은?

2018년 4월 27일 판문점선언으로 동시대를 살아가는 남한 민중과 북한 인민은 새로운 역사적 국면에 첫발을 내딛게 됐다. 판문점선언은 남북 정상 간의 합의지만, 한반도 비핵화와 평화 정착은 한반도 전체의 운명과 결부된 일이다. 그렇기에 남북한 공통의 언어를 다루는 작가의 역할도 전환점을 맞이했다고 보는 것이 맞다. 재·월북 작가 해금 조치 30주년을 맞이하는 해에 판문점선언이 이뤄진 점도 공교롭다.

문학 작품에 스며들어 있는 정신적 내밀함이 남북한의 문화예술 교류에 긍정적 역할을 할 수 있을까? 북한 사회를 깊이 이해하기 위해 북한 문학을 읽는 것은 올바른 접근법일까? 남북의 작품은 과연 문학이라는 이름으로 만날 수 있을까? 근대 문학사近代文學史의 뿌리를 공유하던 남북한 문학은 해방기를 거치면서 각자의 길을 걸어왔다. 작품 창작의 물적 기반도 다르고, 남북한 사회가 설정하는 작가의 역할도 상이하며, 독자가 작품의 가치를 평가하는 기준도 크게 엇갈린다. 다만 남한의 독자가 북한의 역사소설을 읽는다면 남북의 근원이 같다는 것을 깨닫는 특별한 경험은 할 수 있을 것이다. 1950~1960년대까지 연결되어 있다고 믿어왔던 남북의 문학은 이제 별개의 미학과 가치를 지향하는 '이방인'의 문학이 됐다.

북한 사회에서 문학은 특별한 위치에 있다. 사회주의 체제는 언어의 이데올로기적 성격을 중시하기에 '문학과 미디어'를 국가기구에서 통제한다. 또한 문자언어의 공식성에 대한 믿음이 강하기 때문에 북한 사회에서 출판된 문학 작품은 공식 문학, 당의 문학이다. 북한의 대표 문학 단체인 '조선작가동맹'은 조선로동당 선전선동부의 지도와 검열을 받는 중요 기구다.《조선문학》,《청년문학》,《아동문학》,《문학신문》과 같은 매체도 조선작가동맹이 기관지로 간행하고 있다. 그리고 북한에서는 작가가 자유롭게 창작해 발표하는 개성적인 문학이 아니라, 활자화되기 전까지 검토와 토의를 거친 집체적 성격을 지닌 작품이 출간된다. 견고한 검열 체계가 작동하는 셈이다.

북한 사회에는 두 부류의 작가가 있는데, '현업 작가'와 '현직 작가'다. 현업 작가는 북한의 대표 전문 창작 기관인 '4·15문학창작단'에 소속돼 활동하며, 특별대우를 받는다. 그래서 현업 작가에 대한 검열은 좀 더 엄격하다. 현직 작가는 별도의 직업을 지니면서 작품을 창작하는 작가를 일컫는다. 현업 작가는 모두 조선작가동맹 소속이다. 현직 작가는 교원·노동자·군인·농장원 등으로 직업을 밝히는 경우도 있다.

4·15문학창작단 소속 작가의 작품이나《조선문학》,《청년문학》,《아동문학》,《문학신문》에 실린 작품은 작가의 개성보다 동시대 북한 사회가 요구하는 문학적 지향에 부합하는 작품인 경우가 많다. 조선작가동맹 중앙위원회가 부과한 과업이나 당에서 요구하는 정책에 부응하는 작품을 창작해 발표한다. 그럼에도 좋은 작품, 뛰어난 작품은 있을

까? 남한의 문학적 관점을 문학의 보편성으로 간주해 '문학적으로 뛰어난 북한 문학 작품'을 판별한다는 것 자체가 조심스럽다. 문학적 가치를 평가하기 위해서는 어떤 문학이 좋은 문학인가, 문학의 보편성과 특수성은 어떻게 구별할 수 있는가에 답해야 하는 책임이 따른다. 그러면 접근 방법을 바꿔보면 어떨까? 북한에서 좋은 작품이라고 평가하는 작품은 어떤 작품일까? 북한 문학계가 좋은 작품이라고 공식적으로 평가하는 작품을 살펴보면, 북한 문학의 실체에 조금 더 쉽게 접근할 수 있지 않을까?

기본적으로 북한 문학은 낯선 문학이다. 나는 북한 문학의 이질성을 두려움 없이 받아들이자고 제안하려 한다. 불편함을 감수해야만 외면을 피할 수 있다. 이를 위해 북한 문학계에서 높게 평가하는 두 작품에 대한 비평적 접근과 더불어, 북한 문학계가 외면하는 작품에 대한 적극적인 의미 부여 작업을 동시에 수행하고자 한다.

북한 문학계에서는 김정은 시대를 대표하는 작품으로 서청송의 〈유봉동의 열여섯 집〉[4]과 김해룡의 〈서른두 송이의 해당화〉[5]를 꼽는다.

서청송의 〈유봉동의 열여섯 집〉은 《조선문학》 2018년 제2호의 《조선문학》 축전상 시상 결과〉에서 수상작으로 선정됐다. 이는 2017년에 발표된 작품 중 《조선문학》이 선정한 우수 작품이라는 뜻이다. 무엇보다 서청송이라는 작가에게 주목할 필요가 있다. 그는 김정은 시대에 혜성처럼 등장한 '주목할 만한 소설가'다. 서청송의 〈무지개〉[6]는 2014년 '전국 군중문학 작품 현상모집' 1등 당선작이었다. 그 직전에 발표한 〈영원할 나의 수업〉[7]도 주목을 받았다. 서청송은 조선로동당이 정책적으로 중시하는 문제를 다루면서도 젊은 감각을 맘껏 발휘해 유희적이고 희화적인 기법을 잘 활용한다.

　김해룡의 〈서른두 송이의 해당화〉는 2016년도의 중요 작품으로 선정됐다. 2016년을 결산하면서 이 작품에 대한 별도의 평론을 《조선문학》에 게재할 정도였다. 《조선문학》은 월간으로 간행되는 북한의 대표 문학 매체다. 북한의 문학평론가 정향심은 "읽어볼수록 이 소설은 확실히 잘 조화되는 성격들을 형상한 작품"이라면서, "문명강국 건설에 떨쳐 선 우리 군대와 인민들을 고무 추동하는 명작, 력작"에 속할 만하다고 높이 평가했다.[8]

북한의 문학제도는 작가를 삼킨다
―――――― 혜성처럼 등장한 젊은 작가,
서청송의 〈유봉동의 열여섯 집〉

북한 문학계는 어떤 미적 기준을 적용해 우수한 작품이라고 평가하는 것일까? 두 작품을 통해 동시대 북한 문학의 가치 지향을 가늠해볼 수 있다. 먼저 서청송의 〈유봉동의 열여섯 집〉은 두만강 유역의 한 마을을 배경으로 홍수 피해를 겪고 난 후의 복구 과정을 그렸다. 이 마을은 조선 세종 때 4군 6진이 설치되면서 이주해온 삼남 지역 주민들이 만들었다. 마을 이름에 얽힌 전설도 있었다. 옛날에 토질병으로 추측되는 전염병이 돌아 사람들이 하나둘씩 쓰러졌다. 위난 시기에는 영웅이 등장한다. 이곳에서는 효성이 지극한 총각이 그 역할을 한다. 총각은 어머니와 마을 사람들을 구하려고 헌신적으로 노력해 하늘을 감동시켰다. '하늘의 신선'이 구름 수레를 타고 꿈속에 나타나 '희귀한 새' 한 마리를 청년에게 주었다. 총각이 깨어나 살펴보니 집 지붕 위에 새가 있었고, 그 새의 알을 어머니와 마을 사람들에게 먹여 병을 퇴치했다. 이 설화로 인해 닭 유酉와 봉황 봉鳳을 써서 '유봉동'이라는 이름을 갖게 됐다. 16세대로 구성된 이 마을 사람들은 서로 경쟁적으로 닭 기르는 것을 전통으로 여겼다. 그중 한영배 아바이(할아버지)와 공달식 아바이는 희귀한 새가 지붕 위에 내려앉은 집이 자기네라면서 닭 키우기에 더 열을 올렸다. 일도 많고 말도 많던 유봉동이 큰 물난리를 겪고 이를 극복한다는 것이 서사의 큰 줄기다.

〈유봉동의 열여섯 집〉에 그려진 홍수 피해는 2016년 함경북도에서 실제 발생했던 사건이었다. 당시 남한에는 상세하게 알려지지 않았지만, 북한은 2016년 8월 29일부터 9월 2일 사이에 태풍 라이언룩으로 인해 두만강이 범람하는 큰 홍수 피해를 입었다. 유엔 인도주의업무조정국OCHA은 2016년 9월 12일, 이 홍수로 133명 사망, 395명 실종, 3만 5500가구가 피해를 입었다고 밝혔다. 조선중앙방송도 "해방 후 처음 겪는 대재앙"이라고 표현할 정도로 북한 사회의 타격은 심각했다. 그런데도 당시 남한 정부는 '북핵 문제와 한반도 정세를 고려할 때 대북 지원은 어렵다'며 인도주의적 지원을 거부했다.

소설에서는 홍수 피해 이후 당 중앙의 책임 일꾼들이 '직승기'(헬리콥터)를 타고 피해 상황을 파악하고, 이어 군당의 일꾼들이 쌀 배낭을 지고 찾아오는 장면을 보여준다. 그뿐만 아니라 인민군대 1개 대대가 마을로 파견을 나와 결국에는 열여섯 집 모두를 새로 지어주는 복구 작업을 진행하는 모습도 그려냈다. 작가 서청송은 직승기를 전설 속 구름 수레로 비유하고, 원호 물품은 "행복이 꼬리를 물고 찾아"오는 것에 빗대면서, 설화의 세계가 현실에서 성취되는 것으로 형상화했다. 수혜를 받는 유봉동 주민들 입장에 서서 '원수님의 뜻'과 '당의 뜻'이 얼마나 고마운지를 세세하게 그려낸 것이다. 집을 잃은 절망 속에서 나라의 은혜를 입고 희망을 갖게 되는 여정을 마을에서 발생하는 구체적 사건들을 통해 보여주고 있다. 작가는 재난을 당한 사람들을 먼저 보살피는 '우리식 제도'(사회주의 제도)의 우월성에 대한 자긍심을 유도하는 방향으로 서사를 마무리했다.

그렇다면 〈유봉동의 열여섯 집〉은 왜 북한 문학계에서 뛰어난 작품으로 평가를 받는 것일까? 이 소설은 유봉동의 열여섯 집이라는 제한된 공간의 사람들 이야기를 통해 그 당시의 피해 상황을 구체적으로 그려냈다. 서사적 기법으로 제유법을 활용해 피해의 구체성을 응축해서 부각함으로써, 고난 극복 과정을 낭만적이면서도 낙관적으로 형상화했다. 이를 통해 북한 문학계에서는 당이 요구하는 정치적 의미를 문학적 기법을 활용해 성공적으로 형상화한 작품이 미적으로도 높은 평가를 받는다는 사실을 알 수 있다. 작가는 피해가 제한적으로 비칠 수 있기 때문에 멀리 리里 소재지의 상황을 "2층짜리 학교는 지붕만 남아 있었"다고 묘사하거나 "역사驛숨는 금방 와르르 무너지고 있었다"고 그려냄으로써 전체적인 피해의 심각성도 간접적으로 전달했다.

더불어 북한 문학계에서는 유봉동 주민들의 '로동당'과 '수령'에 대한 충성심을 잘 그렸다고 평가한다. 체제가 다른 남한의 관점에서는 낯설 수밖에 없는 소재가 이 소설에는 반복적으로 등장한다. 그것은 '수령들의 초상화'에 대한 주민들의 태도다. 한영배는 산모인 장수만의 부인을 이불로 감싸 피신시키면서, 가장 먼저 "초상화를 정히 싸안았"다. 역무원이면서 마을 주민인 칠성이도 자신의 직업을 상징하는 철도망치와 더불어 "위대한 수령님들의 초상화"를 정히 가슴에 품고 나왔다고 그려져 있다. 인민반장이 희생된 이유도 마찬가지다. 인민반장이 친정아버지의 60세 생일로 인해 온 식구가 집을 비운 옥이네 집에 뛰어 들어간 이유는 초상화를 챙기기 위해서였다. 인민반장의 시신은 "옥이네 집 초상화를 정히 가슴에 안고 물에 떠내려갔"다가 나중에야 발견됐다.

큰 물난리로 위기에 처한 상황에서도 북한 주민들은 왜 '수령들의 초상화'를 목숨 바쳐 지켜내려 하는 것일까? 우선 '초상화'는 북한 체제의 상징이기에, 이런 행위는 주민들이 자발적으로 나서서 북한 체제를 보호하고 있음을 보여주는 기표로 해석할 수 있다. 또 다른 면에서는 현실적인 이해관계와 연결해 해석할 수도 있다. 북한 주민들은 자신이 북한의 공민임을 국가와 당에 증명하기 위해 목숨을 걸고 '초상화'를 지키려 했다고도 판단할 수 있는 것이다. 마지막으로는 작가가 의도적으로 문학적 증언의 욕망에 따라 '초상화와 홍수 피해'를 상징화해 표현했을 수도 있다. 즉 작가는 '초상화'로 상징되는 체제로 인해 북한 주민의 희생이 이어지고 있음을 은유적으로 반복해 표현했다는 적극적 해석도 가능하다.

북한 문학계에서는 이 작품이 2016년의 대홍수 피해 극복을 문학적으로 잘 형상화한 작품이라고 평가했다. 하지만 남한 독자에게는 납득하기 힘든, 북한 사회의 내밀한 모습을 드러내는 작품으로 읽힐 가능성이 높다. 더불어 눈길을 끄는 것은 작가 서청송의 변화 양상이다. 서청송은 2014년 북한 문단에 등장할 때만 해도 북한 체제의 모순에 대해 내부자의 입장에서 문제 제기하는 작품을 발표했다. 〈무지개〉에서는 혁신자들이 관리자의 의도에 따라 만들어지는 양상을 폭로했고, 〈영원할 나의 수업〉에서는 '쉼 없는 전진이 교사에게 강요하는 피로감'을 과감하게 형상화했다. 그런 그가 〈유봉동의 열여섯 집〉에 이르러서는 국가 정책에 충실히 따르는 창작자의 면모를 보여준다. 더불어 그의 신분도 북한 작가로서는 최고의 영예라고 할 수 있는 4·15문학창작단 소속으로 바뀌었다. 서청송의 변화는 북한의 문학제도가 발랄했던 소설가를 어떻게 체제 내적인 작가로 변모시키는지를 보여주는 한 예라고 할 수 있다.

북한 문학에는 비극이 없다?

────── 낭만적 사랑이 노동으로 승화한 빼어난 성취,
김해룡의 〈서른두 송이의 해당화〉

그렇다면 김해룡의 〈서른두 송이의 해당화〉는 어떤 작품일까? 이 작품은 액자소설의 형식을 취하고 있다. 소설 속에 등장한 '작가'는 서해안 간석지 건설장 취잿길에 올랐다가 앞자리에 앉은 돌격대 청년에게 호기심을 갖게 된다. 그 청년은 '서른두 송이의 어여쁜 해당화들이 수놓인 흰 수건'을 정성스럽게 쥐고 있었다. 그 청년의 이름은 박철인데, 서해안 간석지 건설장의 중대장이었던 그는 금성정치대학을 졸업하고 대대장으로 임명돼 부임지로 가던 중이었다. 박철은 '작가'에게 서

해안 간석지 건설장에서 벌어진 청년돌격대의 활약상과 자신의 사랑 이야기를 전해준다.

박철은 북쪽 광산도시 태생이었다. 어린 시절 부모님이 광산에서 순직하여 삼촌 슬하에서 자랐다. 그는 "주먹질 드세고 검질기기(끈질기기)가 지독하다" 해서 '날파도'(드센 파도)라는 별명을 갖고 있다. 그의 삼촌마저도 "네가 좋은 제도에서, 훌륭한 사람들 속에서 성장"해서 그렇지 다른 나라였으면 강도나 깡패 두목이 됐을 것이라고 평가할 정도였다. 힘, 패기, 열정으로 똘똘 뭉친 그가 조선로동당원의 영예를 안고 1중대 중대장으로 부임해 중대원들을 독려한다. 1중대의 목표는 '연간 총화(평가)'에서 여단 1등을 쟁취하는 것이다.

그런 박철의 경쟁 상대가 '해당화중대'로 불리는 3중대다. 모두 '처녀 대원들'로 구성되어 있고, 중대장은 군복무 시절 해안포대 사관장(선임하사관)을 지낸 '현희'라는 여성이다. '해당화 처녀 중대장'으로도 불리는 현희는 제대군인 당원으로서, "10년이 걸릴지 20년이 걸릴지" 알 수 없고 "보수를 바랄 수 없는 헌신"이 필요한 이곳 서해안 간석지 건설장에 자원해 왔다. 1중대와 3중대는 남성과 여성, 엄격한 규율과 여성적 부드러움이라는 면에서 애초에 비교와 경쟁이 불가능한 것처럼 보였다.

의외성은 서사에 활력을 불어넣는 중요한 요소다. 남성 중대인 1중대에서는 가혹한 노동을 버티지 못한 '도망군'(중도 포기자)이 속출하지만, 여성 중대인 3중대에서는 서로 다독이며 똘똘 뭉쳐 '도망군' 하나 없이 힘든 노동을 버텨낸다. 그뿐만 아니라 3중대에서는 '처녀 함마(큰 망치hammer) 명수, 함마 장수'들이 힘을 내기 시작하면서 1중대의 성과를 능가하기까지 한다. 다른 에피소드도 있다. 3중대 해당화중대는

'려단(여단) 체육대회'의 일정에도 없는 '바줄당기기'(줄다리기) 경쟁을 감히 1중대에 제안하기까지 한다. 1중대는 장난처럼 생각하고 응했는데, 3중대가 연거푸 두 번이나 이기는 예상치 못한 사태가 발생한다. 1중대 중대장인 박철은 "일생 처음으로 무서움을 느꼈"을 정도로 놀라고 만다.

날파도 중대장 박철은 마침내 해당화 중대장 현희를 남모르게 연모하다 상사병을 앓게 된다. 그 사랑의 감정은 다음과 같이 절절하게 그려진다.

> 이른 아침 무릎을 치는 숫눈길 우(위)를 걸어보셨겠지요.
>
> 숫눈은 희다 못해 연푸른빛을 은은히 비칩니다.
>
> 그 숫눈은 청신한 향기를 풍겨주며 마냥 마음을 맑고 생기롭게 해줍니다. 볼수록 돋보이는 처녀의 청신한 모습을 본다는 것은, 이 처녀의 마음을 들여다본다는 것은 꼭 그런 숫눈길을 걸으며 마음껏 호흡하는 것과도 같은 것이었습니다.
>
> (중략)
>
> 파도가 아무리 모래불(모래부리)을 치고 쳐도 백사장의 해당화를 안지 못하는 것처럼, 날파도가 덮쳐들고 또 덮쳐들어도 해당화꽃을 꺾을 수 없는 것처럼…
>
> 그래도, 그랬어도 파도는 해당화를 향한 자기의 흐름을 멈출 수 없는 것입니다.[9]

사랑에 빠진 청년의 낭만성이 그대로 투영된 문장이다. '숫눈길'에

색감과 향기 그리고 정서를 불어넣은 표현이 인상적이다. 무엇보다 서해안 풍경을 연상시키는 '날파도'와 '해당화꽃'의 비유가 남성적 판타지를 잘 보여준다. 남성의 열정적 움직임과 대비되는 여성의 정적인 매력이 이 비유에 담겨 있다. '날파도'와 '해당화꽃'의 상징은 남성적 노동과 여성적 노동의 대비로 이어진다. 1중대가 "휴식 한 번 없이, 야간 돌격"을 하면서 나아가면, 3중대는 서로 "눈물이 그렁해"져서도 "서로서로 밀어주고 이끌어가며 투쟁의 불길"을 지펴 나간다.

3중대가 여단에서도 큰 성과를 낸 것은 바로 모든 중대원이 동등한 위치에서 중대의 일을 함께했기 때문이다. 그것은 사랑에서도 마찬가지다. 해당화 처녀 중대장인 현희는 날파도 중대장인 박철의 사랑 고백을 받아들인 후, "사랑하려면 같아져야 한다고 봐요. 자기 동지들과 마음도 생각도 같이하고 조국과 생각과 뜻도 함께할 때만이 진정한 사랑이 이루어진다고 봐요. 사랑할 수 있는 권리가 말이예요"라고 당부한다. 사랑할 수 있는 권리, 중대원들의 동등한 지위에 대한 권고는 북한 민중의 민주주의에 대한 열망이 담긴 언술이다. 가부장적 질서 속에서 여성이 남성화되지 않고 차이를 인정받으면서도 남성과의 경쟁을 이겨낸다. 이는 징후적으로 읽을 때 북한 민중의 내면에 자리 잡은 이상사회에 대한 열망으로 확장해 해석할 수 있다.

〈서른두 송이의 해당화〉는 '위대한 장군님', '인민의 령도자'에 대한 헌사만 없다면 바로 남한 독자에게 소개해도 될 만큼 풍부한 이야기를 품고 있다. 그런데 북한 문학은 정치지도자에 대한 헌사가 적절히 덧붙어 있어야 우수한 작품으로 평가된다. 이 작품은 1중대장의 패기가 부드러움으로 변모해가고, 1중대원과 3중대원의 우호적 연대가 결국 중대장들의 관계에 영향을 미치며, 청춘 남녀의 열정이 노동으로 승화하여 높은 생산성을 낳는 역동성이 자연스럽게 형상화되어 있다. 이 소설은 액자소설의 단조로움, 일방적인 대화식 전달로 구성돼 있음에도 다양한 인물의 관점이 자연스럽게 녹아들어 있다는 점이 중요한 성취라고 평가할 수 있다.

〈서른두 송이의 해당화〉를 더 심층적으로 해석해보면 어떨까? 이 작품은 '날파도' 총각의 남성성과 '해당화' 처녀의 여성성을 과장되게 표현함으로써 서사를 단순화했다. 특별한 성장 배경으로 인해 승부욕이 강한 박철에 비해, 현희는 눈이 크고 유별나게 눈동자가 검을 뿐 행동거지나 차림새는 평범하기만 하다. 하지만 다정다감한 성격의 평범한 처녀가 오히려 여단 전체에서도 남성 돌격대마저 앞서간다는 설정 자체가 반전을 이뤄낸다. 남성을 이기는 여성의 이야기라는 의외성이 설득력 있게 구성된 것이 이 소설의 큰 매력이다.

또한 이 소설은 전체의 서사가 밝고 희극적인데, 결말에서는 슬픔의 정조를 자연스럽게 우려낸다는 점이 인상적이다. 북한 문학은 '혁명적 낙관주의'를 강조한다. 북한 문학에서 비극의 서사화는 '전쟁 서사'나 '혁명 서사'에서 드물게 보일 뿐, 동시대 북한 주민의 삶을 형상화하는 문학 작품에서는 거의 찾아보기 힘들다. 그런데 이 소설은 혁명적 낙관주의의 관습을 과감하게 깨뜨렸다. 소설 속의 매력적 인물인 해당화 중대장 현희는 간석지 건설 5년의 1단계 공사가 끝날 무렵, 제대하던 바로 그날 비극적 죽음을 맞이한다. 중대원들이 햇참미역을 따겠다고 바다에 나갔다가 폭풍을 만나 위기에 처했을 때, 해당화 중대장이 바다로 나서서 두 명의 처녀를 구한 후 목숨을 잃은 것이다. 박철에게는 사랑하는 연인을 잃은 슬픔이며, 서른두 명의 해당화 처녀들에게는 사랑하는 중대장을 잃은 비극이었다. 좋은 문학은 관습에 도전하고 독자에게 감동을 불러일으킨다. 〈서른두 송이의 해당화〉는 비유를 통한 등장인물의 성격화, 남성을 이기는 여성의 서사, 비극적 긴장감이라는 점에서 충분히 되새겨볼 만한 문학적 성취를 이룬 것으로 평가할 수 있다.

서청송의 〈유봉동의 열여섯 집〉은 현재의 북한 문학이 바라보는 문학적 관습에 부합하는 작품일 뿐, 남북 문학사를 아우르는 작품으로 평가받기는 쉽지 않을 것으로 보인다. 다만 서청송이라는 작가가 앞으로 어떤 작품을 창작해 발표할지는 여전히 관심의 대상이다. 김해룡의 〈서른두 송이의 해당화〉는 의외의 문학사적 성과로 남을 수 있다. 동시대 북한 문학의 혁명적 낙관주의를 깨뜨린 비극적 서사와 남녀의 성격화 그리고 이야기를 만들어가는 작가적 능력에 대한 긍정적 평가가 가능하다고 본다.

북한의 하층 노동자의 일상을 발견하다

—— **북한의 문학 관습에 저항한 문제작,
리준호의 〈나의 소대원들〉**

문학성을 높이 평가할 수 있는 북한 문학 작품의 발굴 가능성을 탐색하기 위해서는 하나의 전제를 확인해야 한다. 대부분의 북한 문학에서는 "위대한 수령님"(김일성), "위대한 장군님"(김정일), "위대한 원수님"(김정은)이라고 호칭을 구분해 사용한다. 이러한 '정치지도자에 대한 헌사'가 포함된 작품이 문학적 논의에서 제외되어야 한다고 전제하면 동시대의 북한 문학 대부분을 부정해야 하는 상황에 처하게 된다. 앞에서 논의한 〈유봉동의 열여섯 집〉에는 "김정은 원수님 만세! 조선로동당 만세"라는 구호가 등장하고, 〈서른두 송이의 해당화〉에도 "위대한 장군님", "경애하는 원수님"과 같은 표현이 거리낌 없이 사용되고 있다. 이처럼 북한 문학계가 높게 평가하는 작품일수록, 작가의 역량이 잘 투영된 작품일수록 관습적으로라도 '지도자에 대한 경외심'이 대부분 표현되어 있다.

물론 예외적인 작품도 있다. 리준호의 〈나의 소대원들〉[10]은 특별한 작품으로 꼽아도 손색이 없다. 이 작품은 북한 문학계에서는 주목하지 않는다. 그러나 내가 보기에는 북한 노동자의 세세한 일상을 엿볼 수 있는 뛰어난 작품이다. 또한 '당 창건 70돐(돌)'에 대한 언급은 있지만, 정치지도자에 대한 직접적인 호명은 등장하지 않는다는 점도 특이하다.

〈나의 소대원들〉은 1인칭 시점에서 모든 사건이 서술되기에 풍부한 내면세계가 표현된다. '나'(박윤식)는 1년 전까지만 해도 '탄광 고속도굴진 돌격대'의 사관장이었다. 청년돌격대가 해산되면서 '6갱 설비보전공'으로 배치됐다. 그사이 결혼도 하여 6개월여의 설레는 신혼생활을 하고 있기도 하다. 그런데 탄광 설비를 정비하는 보전공의 존재가 애매하다. 탄광은 '굴진掘進'이나 '채탄막장'이 중심이기에, 기계와 설비를 다루는 보전공으로 이뤄진 설비 중대는 항상 뒷전이다. 이 소설은 "탄광에서는 보전공이라는 직종은 3부류 이하"라면서, 주류가 아닌 비주류 노동자의 하루를 세세히 그려냈다.

'나'는 아내가 내놓은 새 구두를 신고 기분 좋게 출근한다. 마침 '탄광 기동예술 선동대'의 한 처녀가 출근을 격려하며 던진 '꽃보라' 뭉치가 새 구두 앞에서 터지는 꽃 세례를 받는다. 함께 출근하던 갱 사람들이 "오늘은 윤식 동무에게 복이 굴러드는 날"이라며 흥겨워한다. 특히 저녁에는 도 예술단이 탄광문화회관에서 당 창건 70돌을 앞두고 공연하기로 되어 있어 아내와 함께 갈 마음에 들떠 있기도 하다. 하지만 출근하자마자, '내'게 신임 소대장 자리를 제안했던 오승권 현 설비소대장은 일의 책임성에 대한 추궁을 한다. 어제 '내'가 1호 압축기 수리는 끝냈지만 최종 점검까지는 하지 않고 퇴근하는 바람에 업무에 차질이 빚어졌다는 것이다. 이때부터 '나'의 마음은 불편해지기 시작하며, 소대원들의 행태도 삐딱한 시선으로 관찰하기 시작한다. 그 불편한 감정의 결이 스며들면서, 탄광 설비소대원의 일상이 세세하게 묘사된다. 퇴근을 앞두고는 '내' 담당이던 '2호 사갱斜坑 펌프'마저 고장이 나, 모든 소대원이 도 예술단 순회공연을 보지 못하고 자정이 넘어가도록 야근하는 상황까지 발생한다. '내'가 아침에 기동예술 선동대로부터 받은 꽃보라가 단지 허망한 폭죽이었음을 고단한 현실이 증명한 셈이다.

〈나의 소대원들〉은 소대장 진급을 기대하던 윤식(나)이 동료들을 관찰하여 노동자의 생활 세계를 세세하게 그려낸 문제작이다. 박윤식은 오승권 설비소대장이 매사에 집단주의만 강조하고 일을 깐깐하게 진행하는 것이 여간 탐탁지 않았다. 소대의 연장자인 강운세 아바이는 잔소리꾼에다가, 연로보장(정년퇴임)을 앞두었는데도 훈장은 두 개뿐이고 공로 메달만 주렁주렁 달고 있는 것을 얕잡아보기도 한다. 쌍둥이의 아버지이자 익살꾼인 안성만의 태도도 마뜩지 않기는 마찬가지다. 진지한 구석이 없고 모든 일을 대충대충 하는 듯 보이기 때문이다. 젊은 축인 신춘일은 호리호리한 몸에 멋 내기를 좋아하고 처녀들에게 치근대기나 한다. 안쓰러운 이는 2호 사갱 펌프의 책임 운정공인 분희뿐이다. 책임감도 강하고 마음도 착한데 스물일곱 살이 되도록 결혼 상대를 못 만난 것이 안타깝기만 하다. 박윤식은 소대원들이 모두 "누구도 관심을 돌리지 않는 곳에 용빼는 수가 없는 사람들이 자연적으로 굴러들어와 형성된 집단" 같아서, 미래에 소대장 업무를 맡아할 자신 감마저 잃을 지경이다.

그런데 '운수 나쁜 하루' 동안 박윤식의 소대원들에 대한 평가는 반전에 반전을 거듭한다. 자신에게 딱딱하게 굴던 오승권 소대장은 누구보다 책임감이 높은 일꾼이었음을 확인하게 된다. 잔소리꾼인 강운세 아바이는 보전공을 "병을 제때에 정확히 진단하고 치료하는 유능한 의사"와 같다고 말할 정도로 자긍심 높은 일생을 살아왔음을 알게 된다. 박윤식이 아끼고 안타까워하던 분희와 못마땅해하던 신춘일은 서로 사귀는 사이였고, 안성만은 가정뿐만 아니라 직장 일에도 최선을 다하는 낙천가였다. 이러한 반전을 경험하며 박윤식은 소설의 마지막에서, 오승권 소대장에게 자신을 반성하며 "난 소대를 이끌 만한 재목이 못 됩니다"라며 스스로 소대장 후보자에서 용퇴를 선언하게 된다.

리준호의 〈나의 소대원들〉은 '나'의 내면세계를 중심에 놓고 소대원들의 하루 동안의 생활을 세세하게 묘사한 수작이다. 특히 이 소설에 주목하는 이유는 다음의 몇 가지 때문이다.

첫째, 이 작품은 북한에서도 '3부류'로 취급하는 보전공의 노동을 다룸으로써 비주류적 노동의 세계를 형상화했다. 대부분의 북한 소설이 혁신자, 노력영웅 혹은 헌신적인 일꾼을 그리는 데 비해, 이 작품은 독특하게도 '자기도취'에 빠진 '예비 소대장'을 주인공으로 내세웠다. 둘째, 노동자의 내면세계를 그렸으면서도 소대원 각각의 개성을 살리는 성격 묘사에도 성공했다. 소설 속 화자(나)의 진술 태도에 자기모순이 나타나기도 하고, 그 모순이 드러날 정도로 화자의 태도가 솔직하기도 하다. 외부의 시선을 의식하지 않고 내면세계를 적극적으로 표출한 작품은 북한 문학에서 좀처럼 접하기 힘들기에 예외적인 소설이라고 할 수 있다. 또한 이 소설은 오해와 그것의 해소라는 서사적 흐름도 원활하다. 셋째, 이 작품은 북한 작품으로서는 독특한 형식인 '모더니즘적 요소를 지닌 노동소설'이라고 평가할 수 있다. 하루 동안의 생활을 세세하게 묘사했을 뿐만 아니라, 그 생활이 다음 날에도 반복될 것임을 기동예술 선동대 처녀가 안성만에게 '꽃목걸이'를 걸어줌으로써 암시한다. 노동하는 일상에 담긴 근대적 삶의 반복성과 동일성을 이 소설은 잘 보여준다. 남한 문학에서는 좀처럼 다루지 않는 현장 노동자의 일상을 그렸을 뿐만 아니라, 북한에서도 특색 있는 '비주류 노동'으로 노동자의 감성 세계를 포착해낸 문제작이라고 할 수 있다.

남북 문학의 장벽 너머를
상상할 수 있을까

연변대 도서관에 덩그러니 놓여 있던 큰 거울이 잊히지 않는다. 나는 '동시대 북한 문학 읽기' 작업을, 도서관에서 갑작스럽게 대면한 커다란 거울에 비유할 수 있겠다는 생각이 들었다. 전혀 기대하지 않았던 곳에 놓인 거울을 통해 자신의 모습을 보게 되면 누구나 놀라게 된다. 무방비 상태에서 거울에 비춰짐으로써, 자신이 믿고 있던 스스로에 대한 이미지를 다시 생각하게 되는 계기를 맞이하기도 한다.

김정은 시대의 북한 문학을 읽는 작업도 마찬가지다. 보통은 외국의 문학 작품을 읽듯이 북한 문학을 접하고는 그 낯섦에 진저리를 치며 외면하기 쉽다. 언어가 같기에 번역이 필요 없지만, 이데올로기적 간극은 더 크기에 '경멸의 시선'이 작동하여 무의식 속에서 큰 파문을 불러일으키기도 한다. 미학적으로 뒤처진 문학, 고루한 사회주의 리얼리즘 문학, 외부 없이 내부에서만 작동하는 문학…… 이런 것이 북한 문학에 덧입힐 수 있는 수사적 외투다.

시야를 역사적으로 넓혀보자. 마침 나는 연변대 도서관에서 특별한 경험을 했다. 1960년 1월 1일 자《문학신문》을 보면서였다. 신문 3면에는 한설야의 〈남반부 작가들에게〉라는 글이 크게 실려 있었다. 한설야는 이 글에서 남한 작가들에게 "당신들이 원하는 어느 지역도 좋다. 우리들은 서로 만나서 흉금을 털어놓고 이야기하자"라는 공개 제안을 했다. 한설야는 (북)조선에서는 소련군도, 중국 조선인민지원군도 이미 자기 나라로 돌아갔는데 남반부에만 미군이 주둔하고 있다는 점을 강조했다. 소련의 인공위성 발사 성공과 북한의 근대적 공업국가로의 성장을 자긍심을 실어 강조했다. 이러한 우월감에 기반해 남북 작가 회담을 공개적으로 제안한 것이다.

사실 1960년 북한의 자신감은 분명한 물적 토대를 갖고 있었다. 그러나 과연 우월적 지위에 있다는 자신감을 앞세운 상대와 동등한 위치에서 대화할 수 있었을까? 남한 문학을 '경멸의 시선'으로 바라보는 북한의 작가와 문학적 대화가 가능한 것이기나 했을까? 이미 체제 경쟁에서 패배한 것으로 규정된 남한의 문학을, 북한 문인은 문학으로 존중하면서 읽었을까?

1960년 한설야의 강력한 자신감은 남한의 4·19혁명으로 역전됐다. 독재정권을 교체하는 혁명적 경험을 한 남한은 민주주의의 자부심을 갖고 정치적 주체로 스스로를 각성해 나갔다. 4·19혁명은 남한 민주주의의 활력이 됐다. 이는 북한의 유일사상 체제가 세습 체제로 현재까지 이어지는 것과 대비된다. 이렇듯 역사적 국면 전환은 갑작스럽게 이뤄지기도 한다. 한설야의 1960년 당시의 우월감은 지금의 남한 문인에게도 그대로 적용할 수 있다. 2020년의 국면 속에서 체제적 우월 의식에 기반해 남북 작가의 문학적 만남을 기획한다면, 그것은 북한 작가에 대한 암묵적 무시를 동반할 수도 있다. 한설야가 '상대를 배려하는 상상력의 결여'를 보여주었다면, 2020년의 남한 문인은 '소수자의 상상력'을 발휘하여 북한 문학의 특수성을 껴안는 전향적 태도를 가질 수 있기를 희망한다.

북한 문학을 폄훼하는 가치 평가는 상상력의 빈곤을 드러내는 것일 수 있다. 상대방의 입장에서 상상하는 능력이 결여됐을 때 자신이 우월하다는 확고한 믿음이 발산된다. 북한 문학은 자본주의적 근대 경험에 비춰본다면 예외적인 문학일 뿐이다. 남한 입장에서 상상하는 '문학의 보편성'에 대한 믿음은 서구적 가치에 기반해 구축된 보편성에 대한 믿음을 받아들인 것일 수도 있다. 근대적 공통 경험이 서구적 경험에 편중되어 있기에 예외적인 문학을 '열등한 문학'으로 바라보게 된다.

　북한 문학은 동구 사회주의권 몰락 이후 외부와 차단된 내부의 문학으로 자신의 장벽을 견고하게 구축해왔다. 이제야 그 장벽이 다시 열림으로써 북한의 경계 너머에 있는 사람들도 북한 문학에 대한 점진적 접근이 가능해졌다. 북한 문학의 관습적 수사, 문학적인 것과 비문학적인 것의 구분 등은 북한 문학계의 담론 질서에 따라 구축된 것이다. 그 역사성을 고려하지 않으면 북한 문학을 동시대적 현상으로만 파악해 비판하고 외면하게 된다. 단지 구경꾼처럼 거리를 두고, 스스로는 개입되지 않은 평안한 상태에서 바라볼 수 있을 뿐이다. 거리를 두는 읽기는 실천적 행위가 아니다.

　앞으로 남북 작가 교류가 다시 이뤄지게 된다면 문학 작품의 교류는 필수 과제일 것이다. 남한은 '북한 문학을 어떻게 읽을 것인가'를 질문할 수밖에 없고, 북한 또한 '남한 문학을 어떻게 읽을 것인가'라는 물음에 직면할 수밖에 없다. 남북한 문학의 텍스트적 교류는 '같아야 한다'는 전제가 아니라, '다름이 의미하는 것'에 대한 호기심에서 시작해야 한다. 그 다름을 실증해 보이기 위해 서청송의 〈유봉동의 열여섯 집〉, 김해룡의 〈서른두 송이의 해당화〉, 리준호의 〈나의 소대원들〉의 텍스트 분석을 면밀하게 진행해보았다. 남북의 문학이 서로의 다양성을 인정하는 과정을 견뎌내지 못하면, 한반도의 평화 정착을 위한 남북의 대화는 앞으로 동반자적 관계를 형성하는 데 더 많은 시간을 소요할 것이라고 본다. 문학이 특별해서가 아니라, 인간의 내면은 보이지 않는 정서적 힘의 영향 아래 있기 때문이다.

02

북한 민중의 삶, 사랑,
공동체와 개인

지난 10년 동안 북한에서는
어떤 소설들을 읽고 썼을까

세계의 변두리, 주변부의 중심

"자기 땅에 발을 붙이고 눈은 세계를 보라!" 2009년경부터 북한에서 외친 구호다. 이 구호에는 북한 사회의 고민과 지향이 담겨 있다. 《로동신문》은 이 말이 "제정신을 가지고 제힘으로 일떠서면서도 배울 것은 배우고 받아들일 것은 실정에 맞게 받아들이며 모든 것을 세계 최첨단 수준으로 발전시켜 나간다"라는 것을 의미한다고 밝혔다.[1] 이는 북한의 현실에 입각해 주체사상을 견지하면서도, 외부 세계에 개방적 태도를 갖겠다는 의지의 표명이다.

김정일은 2009년 12월 17일 친필로 김일성종합대학에 이 글을 보냈다.[2] 2년 후 같은 날인 2011년 12월 17일 김정일은 사망했다. 그는 김일성종합대학 학생들에게 "숭고한 정신과 풍부한 지식"을 겸비하기 위해 "분발하고 또 분발"하도록 격려했다. 그러면서 "세계가 우러러"보는 '김일성 조선'이 되게 하라는 말을 남겼다. 북한 사회는 이 말을 김정일의 유훈처럼 존중한다. '인민 생활 향상과 경제 부흥'이 북한의 현실적 문제라면, '과학기술 최첨단 발전'은 북한의 이상적 지향을 표현한 것이다. 그래서 '첨단시대' 혹은 'CNC'Computerized Numerical Control(컴퓨터 수치 제어)와 같은 과학기술 관련 논의에서 이 구호가 자주 등장한다.

'자기 땅에 발을 붙이고 눈은 세계를 보라'는 '세계적으로 사고하고 지역적으로 행동하라'를 연상시킨다. 근대 자본주의가 지배적인 세계 체제로 작동하는 상황에서 전 지구적 개방성은 위협적일 수밖에 없다. 북한 사회도 세계 체제의 변화에 영향을 받는다. 북한 사회는 '세계 최첨단 수준'이라는 지향을 제시하지만, '눈은 세계를 보라'라는 어구에는 세계적 흐름의 바깥으로 밀려나지 않겠다는 의지가 담겨 있다.

북한 내부의 '세계를 향한 시선'과는 별도로 세계적 변화에 대한 반성적 시각도 대두되고 있다. 미국의 사회학자 이매뉴얼 월러스타인Immanuel Wallerstein은 "강자들의 보편주의가 편파적이고 왜곡된 보편주의"라고 강하게 비판했다.[3] 그는 '유럽적 보편주의'european universalism는 "범유럽 지도자들과 지식인들이 근대 세계 체제 지배 계층의 이익을 도모할 목적"으로 내세우고 있는 것이라고 했다. 월러스타인은 '유럽적 보편주의'와 구별하기 위해 '보편적 보편주의'universal universalism를 제안했다. 그가 제안한 보편적 보편주의는 '기존 세계 체제에 대한 진정한 대안'을 세우기 위한 것이고, '강자의 이데올로기적 관점을 넘어서는 선에 대한 진정한 공통의 인식'에 대한 신념이기도 하다.[4] 서구 문명을 보편적 가치로 간주하며 시장 중심주의를 유일한 진보적 세계관으로 표출하는 것은 '강자들의 레토릭'이라는 것이 월러스타인의 주장이다.

　미국의 철학자이자 사회학자인 수전 벅모스Susan Buck-Morss도 보편주의와 관련해 흥미로운 문제 제기를 했다. 그는《헤겔, 아이티, 보편사》의 서두에서 "'세계적으로 사고하고 지역적으로 행동하라'는 오늘날의 슬로건은 수정을 요한다"라고 주장했다. 그는 "우리는 자기 전통의 지역적 특성을 통하여, 세계적 행동을 촉진할 수 있는 개념적 정향定向에 이르는 길을 찾아야 한다"라고 제안했다.[5] 근대의 진보적 관점이 편향적이고 폭력적일 수 있다는 벅모스의 논의는 월러스타인의 주장과 맥이 닿아 있다. 특히 벅모스의 언술 중 "인류를 진보하고 문명한 민족과 낙후되고 야만적인 민족으로 나누는 것은 '문화적 인종차별주의'"라고 말한 대목이 인상적이다.[6]

　월러스타인과 벅모스의 논의는 남한과 북한의 관계를 다시 살펴보게 한다. 남한 사회는 북한을 '낙후된 반쪽'으로 간주하려는 경향이 지배적이다. 이러한 관점은 북한의 '인권'과 '민주주의'에 대한 문제 제기를 통해 설득적 힘을 발휘한다. 특히 북한의 인권 문제에 대한 적극적 비판은 정치적 문제에 국한된 것이 아니라, '지구적 보편성'에 입각한 '개입할 권리'라는 주장으로 나아간다. 하지만 그 어떤 개별 국가도 자국 내에서 제기되는 인권 문제를 완전히 해결하고 있지는 못하다는 점에서, '정치적으로 동원되는 보편성의 수사로서의 인권'이 갖는 문제는 심각하다.[7] 국가 주권과 '개입할 권리'는 충돌할 수밖에 없다. 개입 자체가 권력의 우월성에 기반해 이뤄지는 것이기에 '누구를 위한 개입'인지에 대해 질문을 던져야 한다. 남한과 북한의 관계에서는 권력의 의지가 아닌 민중의 관점에서 '인권'과 '민주주의'를 살피고 실천적 행위를 선택해야 한다.

　남한에서 이뤄지는 북한 문학 연구도 문학의 보편성과 북한 문학의 특이성이 충돌하는 양상이다. 아름다움의 영역에서 더욱 그렇다. 아름다움은 보편성을 획득한 것인가, 아니면 시대와 사회에 따라 특수성을 가지는가. 일각에서는 북한 문학의 아름다움을 보편성에서 벗어난 예외적 미적 감각으로 다루려는 경향이 있다. 이때 북한 문학은 결여의 문학으로 취급되곤 한다. 그러나 북한 문학은 독자적이면서도 특수한 존재 양태를 갖는 아름다움의 구현 양식으로 접근할 필요가 있다. 북한 문학을 보편적 특수로 접근함으로써, 서구적 미감에 입각한 북한 문학에 대한 접근 혹은 남한 문학을 우위에 둔 미적 범주로 북한 문학을 평가하는 태도를 성찰할 수 있다.

　나는 북한 문학 연구 방법론을 재구성하기 위해 '고립'보다는 '연관'에 주목했다.[8] 그런 의미에서 근본적인 문제 제기를 해볼 필요가 있다. 왜 북한에서는 '문학'을 중요 예술 장르로 고수할까? 북한의 '문학'이 낯선 모습으로 보이는 이유는 '근대 문학'의 한 특징적 모습이 돌출되었기 때문은 아닐까? 헤겔은 "보편자에 도달하기 위해서는 특수자에 몰입해야 한다"라고 했다.[9] 북한 문학은 일제강점기의 '카프' 문학의 전통을 계승하고, '항일혁명문학'의 역사를 중시한다. 서구 근대 문학과 다르다는 점을 강조하기 위해 '주체문학'을 정립했다. 북한 문학의 강한 정치성은 우연의 산물이기보다는, 한반도의 근대 형성 과정이 산출한 비서구 근대 문학의 한 양태로 볼 수 있다.

　남한의 연구자들은 대개 북한 문학을 '특수하고 이종적인 문학'으로 바라보고, 이데올로기적 개입을 시도했다.[10] 이러한 시각은 남한 문학이 정상적이고 북한 문학은 예외적이라는 인식을 전제한다. 문학이 구현해내려 하는 아름다움에 대해서도 마찬가지로 접근한다. 남한의 연구자는 북한 문학의 과도한 이념 지향성에 대해 문제를 제기하고, '수령형상문학'이라는 독특한 문학 형식을 비판한다. 보편적 아름다움의 구현과는 거리가 먼, 이질적으로 변형된 아름다움을 추구한다는 것이다.

남한 문학과 북한 문학은 동일한 민족 언어를 사용하고, 같은 기원을 공유하며, 분단 이전까지는 공통의 근대 문학사를 갖고 있었다. 하지만 분단 이후 남북의 문학은 서로 다른 체제 아래 놓여 있었고, 문학 작품의 상호 교류는 철저하게 통제됐다. 1980년대 후반의 '북한 바로 알기 운동'이나 2000년대 초반의 '남북 문학인 교류'를 제외하고는 문학적 교환 작업이 이뤄진 적이 거의 없다.

남한 문학이 북한 문학을 이야기하는 것은 '향해 있음'을 전제한다. 동일성의 기반 아래 이질성에 대한 확인이 이뤄졌을 때 '낯선 문학'으로 북한 문학을 대면하게 된다. 북한 문학을 '특수하고 이종적인 문학'으로 간주하려는 태도에는 '북한 문학과 남한 문학이 같아야 한다'는 동일시의 욕망이 작용한다. 남한 문학과 북한 문학을 독자성을 지닌 각자의 양식적 문학으로 바라보지 않고, 통합돼야 하지만 분리된 문학으로 바라보는 셈이다. 이렇듯 남한 문학과 북한 문학을 동일시하는 태도는 남한 문학을 보편태로 바라보는 이데올로기적 관점과 연결된다. 하지만 북한 문학을 있는 그대로의 문학으로 바라보려는 태도가 중요하다. 남한의 관점에서 북한 문학을 남한 문학이 상상한 보편적 문학으로 통합하려고 하는 순간, 북한 문학과의 관계 맺기에 곤란을 겪을 수밖에 없다. 북한 문학과 어떻게 관계를 맺을 것인가는 이데 올로기 문제와 함께 타자에 대한 윤리 문제를 제기한다.

북한 문학에 접근할 때는 다음의 세 가지 사항이 쟁점으로 부각될 수 있다.

첫째, 북한 문학의 동시대성과 현장성을 적극 고려해야 한다. 문학 사적인 관점은 북한 문학의 형성 과정을 맥락적으로 이해하는 측면에 서 의미가 있지만, 그 성과는 동시대 북한 문학의 현장을 읽음으로써 확장될 수 있다.

둘째, 북한 문학을 획일화된 체제의 문학으로 바라보는 관점에서 민 중적 관점으로 전환할 필요가 있다. 민중적 관점은 북한의 공식 문학 이 표방하는 항일혁명문학의 전통에서 벗어나 민중의 생활에 기반한 미시 서사를 중시하는 태도다. 이를 통해 북한 민중이 바라보는 북한 현실에 대한 구체적 해석이 이뤄질 수 있다. 북한 체제에서도 허용된 범위 안에서의 문학적 자유를 활용하는 작가들이 있다. 이들의 문학 작품을 검토함으로써 문학의 보편적 기능에 대한 성찰이 가능하다.

셋째, 북한 문학을 한반도의 특수한 역사적 상황에서 구성된 것으로 해석해냄으로써 남한 문학을 상대화하는 효과를 얻을 수 있다. 남한 문학은 북한 문학과의 상호 소통을 의식함으로써 스스로를 성찰할 수 있는 기회를 얻을 수 있다. 남한 문학과 북한 문학은 개별적이면서도 특수한 관계로 서로 깊이 연관되어 있다.

나는 이 세 가지 사항을 고려한 접근법을 '비체제 민중주의적 방법 론'이라고 명명하고, 북한 문학 작품에 대한 해석 작업을 수행했다. 2010년 이후 북한 문학을 대표하는 매체인 《조선문학》에 실린 소설을 중심으로 해석의 여지가 풍부한 작가들을 선정했다. 북한 문학 작가를 논의의 대상으로 올리는 작업에서부터 남한 연구자의 자의적 판단이 개입될 수 있기에 몇 가지 기준을 세웠다.

첫째, 2010년 이후부터 두 작품 이상을 발표한 작가를 논의의 대상으로 삼았다. 둘째, 두 작품 이상을 발표한 작가 중에서 북한 문학 평론의 지속적인 관심을 끌고 있는 작가를 골랐다. 이 두 조건을 충족한 작가는 곽성호, 김경일, 김유권, 김철순, 김혜영, 김혜인, 리준호, 림봉철, 서청송, 신용선, 윤경찬, 정용종, 허문길이었다. 셋째, 이들 작가의 작품을 대상으로 남한 연구자의 입장에서 다층적 해석이 가능한 작가를 다시 선정했다. 넷째, 2010년 이후 작품으로 범위를 한정하여 동시대성을 중시했다. 다섯째, 현장성을 위해서 북한 문학 작품에서 자주 등장하는 역사적 사건을 다룬 소설은 논의 대상에서 제외했다.

첫 번째와 두 번째 조건을 충족한 이들은 북한 문학의 대표성을 획득한 작가라 할 수 있고, 세 번째와 네 번째, 다섯 번째 조건은 남한 연구자의 해석의 관점이 들어간 것이라고 할 수 있다. 이런 과정을 거쳐 김혜인, 김철순, 서청송을 주목하게 됐다. 《조선문학》에 이들에 대한 단독 평론이 게재돼 있을 정도로 북한 문학계는 이 세 작가의 문학적 성취를 높이 평가한다. 북한 문학의 보편과 특수에 대한 논의를 이들 작가의 작품 세계를 통해 본격화해보고자 한다.

세대 전승과 주체적 개인 사이
———— 성격 창조와 내면의 묘사가 돋보이는
김혜인의 〈가보〉와 〈아이 적 목소리〉

작가 김혜인은 어린 시절의 순수했던 양심의 문제와 현재 직면한 선택의 문제를 대비해 갈등을 서사화한다. 김혜인은 과거와 현재의 대비뿐만 아니라 인물 간의 성격적 대비도 효과적으로 활용한다. 그의 소설은 북한 문학에서 드물게 가족적 요소와 사회적 양심의 문제를 다루기에 눈길을 끈다. 북한 비평계에서도 김혜인의 작품을 높이 평가한다.

김혜인의 〈가보〉[11]는 "작가의 개성이 뚜렷하고 세부 형상, 언어 형상 수준이 높으며 잘 읽히"는 작품이라는 평을 받았다.[12] 북한 문학계에서는 〈가보〉를 2010년 북한 문학의 성취작으로 꼽는다. 김혜인의 〈아이 적 목소리〉[13]도 "시대의 전형들을 찾아 신발창이 닳도록 현실 속으로 들어가 인간 수업을 하면서 살진 이삭과 같은 훌륭한 작품들"이 산출됐는데 그중 "탄광, 광산"에서 나온 중요 작품이라고 평가했다.[14] 북한의 문학평론가인 최준희는 김혜인의 개성적 면모로 '성격 창조'를 꼽았다. 그의 작품 〈가보〉에 대해 "성격 창조에서 작가가 보여준 특색 있는 기교"로 대조의 기법을 활용한 것이 특징적이라고 했다.[15] 〈아이 적 목소리〉에 대해 북한의 문학평론가 김순림은 "회상 수법의 적절한 배합과 활용, 의의 있는 세부 형상으로 작품이 제기한 기본 문제를 독특한 맛이 있게 형상하고 있다"는 긍정적인 평가를 했다.[16]

〈가보〉는 쌍둥이 형제인 일호와 두호의 어린 시절 이야기가 담긴 성장소설이다. 일호가 화자가 되어 두 형제의 성격 차이를 형상화한다.

일호는 "부잡퉁이"(점잔하지 못하고 수선스러운 아이)였고, 동생 두호는 "약골에 소심쟁이"였다. 일호네 가족은 세 살 때까지는 도시에서 살았지만, 아버지가 '면 소재지에서 수십 리 떨어진 염소 방목지' 책임자로 오게 되면서 시골 생활을 하게 됐다.

일호와 두호는 기범이 할아버지네 수박을 서리하다가 혼이 나기도 하고, 꿩 알을 둥지에서 훔치기 위해 오리와 게사니(거위) 관리를 소홀히 했다가 논을 훼손하기도 한다. 일호와 두호의 이야기는 농촌에서 생활했던 어린 시절을 형상화하고 있어 읽는 사람의 공감을 불러일으킨다. 다음과 같은 농촌 풍경 묘사는 낭만적 묘사의 사례라고 할 수 있다.

> 지붕 우에서는 나날이 식구가 더해가는 비둘기 떼들이 구구거리며 날
> 아옛고 양지 쪽 뒤뜰 안에선 벌 떼가 꿀을 물어들이느라 부지런히 붕붕
> 거렸다. 물음표처럼 목이 갸웃한 의심 많은 게사니들과 오리들이 마당
> 을 디뚝거렸으며 칭얼대기 잘하는 아이 같은 목소리로 염소들이 우리
> 바닥을 퉁탕퉁탕 구르며 매매 울었다. 몸이 날수록 성미가 사나와지는
> 듯한 돼지들이 때를 잊고 소란스레 꿀꿀거리고 닭 알 한 알 낳고도 온
> 세상을 낳은 듯이 소리치기 잘하는 암탉들의 꼬꼬댁 소리와 이에 장단
> 을 맞춘 우쭐한 수탉의 꼬끼요 소리가 집 안팎을 들썩하게 울렸다. 멍멍
> 이가 왈왈 짖고 고양이가 야웅댔으며 토끼들이 두 귀를 쫑긋거리며 아
> 카시아 잎사귀를 뜯어먹고 있었다.[17]

김혜인은 시골집에서 기르는 집짐승들의 모습을 청각화해 리듬감 있게 그렸다. 이들 집짐승은 어머니가 기르는 것이다. 아버지가 '염소

방목지 책임자'로 일하는 것과 별도로 어머니는 자발적으로 짐승을 길러 "백두산 지구 건설장을 비롯한 사회주의 건설장들에 해마다 지원 물자"로 보내는 일을 해오고 있다. 그 짐승들의 모습을 풍족하고도 소란스러운 소리를 통해 정감 있게 묘사한다. 비둘기의 "구구", 염소의 "매매", 돼지의 "꿀꿀", 암탉의 "꼬꼬댁"과 수탉의 "꼬끼요", 멍멍이의 "왈왈", 고양이의 "야옹" 등과 같은 음상音像을 표현한 언어를 사용해 풍경에 활력을 불어넣는다. 여기에 더해 작가는 "물음표처럼 목이 갸웃한 의심 많은" 게사니, "칭얼대기 잘하는 아이 같은" 염소, "몸이 날수록 성미가 사나와지는 듯한" 돼지 등과 같이 의인화를 적절히 배합해 형상을 구체화했다. 범상한 소설 속 풍경 묘사지만, 김혜인 작가의 언어적 기법이 돋보인다. 문학은 언어의 예술이다. 예술적 성취가 비유를 통해 이뤄질 수도 있고, 상징이나 역설을 통해 이뤄질 수도 있다. 북한 소설에서도 언어가 미적 형상화에 중요하다는 점에서 문학의 보편성을 공유한다.

그렇다면 이와 같은 시골 풍경 묘사가 소설 〈가보〉의 전체 서사와는 어떻게 연결될까? 언어적 형상화가 전체 서사와 연결되는 지점에서 북한 문학의 특수성이 드러난다. 북한 문학은 부분과 전체의 연관을 중시하는 정치성을 발휘하는 것이 일반적이다. 이 소설의 핵심어인 '가보家寶'는 일호와 두호네 집에 전해 내려오는 "낡은 검은색 밤색 목도리"를 지칭한다. 이 목도리는 중국 포태라는 지역에서 항일투쟁을 했던 외증조할아버지(리병무)와 외할아버지(리용수) 집안의 가보였다. 외증조할아버지와 외할아버지는 일제강점기에 조국광복회 회원으로서 항일 빨치산에게 원호 물자를 전달하는 일을 했다. 추운 겨울에 외증

조할아버지가 "정성을 담아 만든 솜버선과 좁쌀 등 원호 물자"를 건네
자 항일 빨치산 여대원이 자신의 목도리를 풀어 건넨 것이 가보로 전
해 내려온 것이다. 외증조할아버지와 외할아버지는 1937~1938년 일
제가 조국광복회를 탄압한 '혜산 사건'[8]이 터진 이후 국내로 깊이 들어
와 살면서도, 항일 빨치산의 혈투에 비하면 "우리가 한 일은 뭐 그리 큰
것"이 아니라며 조국광복회 회원이었다는 사실을 굳이 드러내지 않고
살았다.

소설 〈가보〉는 부모의 노력과 업적에 의존적인 젊은 세대에 대한 각
성 촉구라는 주제 의식을 구현했다. 외삼촌은 조선광복회 회원이었던
외증조할아버지와 외할아버지의 업적을 인정받아 당의 덕을 보려 하
다가 가보를 물려받지 못했다. 두호도 어머니의 도움으로 '자신이 하
는 사업'의 과오를 무마하려는 실수를 범했다. 주제적 측면에서는 외삼
촌과 두호에 대한 질타가 서사의 근간을 형성한다. 하지만 이 소설의
내적 맥락을 살펴보면 북한 사회가 안고 있는 독특한 문제가 표출되고
있음을 알 수 있다.

북한의 사회체제는 어버이 수령과 당, 인민이 동일시된다. 체제의
특성상 세대의 경험이 전승되는 것 혹은 김일성-김정일-김정은으로
이어지는 연속성에 대한 정당화의 문제는 지속적인 화두다. 그 화두
가 변형되어 '외증조할아버지-외할아버지-외삼촌-두호'로 이어질 것인
가, '외증조할아버지-외할아버지-어머니-일호'로 이어질 것인가가
기로다. 두호로 이어지는 가보의 전통은 앞 세대의 혁명 전통에만 의
존하며 삶을 영위하는 것이고, 일호로 이어지는 가보의 전통은 의존적
성격을 벗어나 자신의 길을 개척해 나가는 것이다.

김혜인의 〈가보〉는 '혁명가의 핏줄'을 다루면서 의도치 않게 북한 민중이 안고 있는 불안 의식을 드러낸다. 외증조할아버지와 외할아버지가 조국광복회 회원이었다는 사실을 굳이 드러내지 않고 묵묵히 자기 일을 해왔듯이, 북한의 인민 또한 자신의 혁명 전통을 내면화하면서 선대의 덕을 보려는 의도 없이 제 역할을 수행할 것을 권유한다. 독립적인 주체로서 인민의 역할을 강조하면서도 북한 사회는 여전히 봉건적이고 가부장적인 '핏줄, 혈통'이 중시된다. 이는 독립된 개인으로서 주체적으로 자신의 길을 선택하는 것과는 거리가 있다. 〈가보〉의 서사는 핏줄과 전통 그리고 계승의 문제를 강조하면서도, 독립적이고 주체적인 인민의 모습으로 공동체의 이익에 헌신하도록 권한다. 체제가 허용하는 한도 내에서 개인의 주체성을 용인하는 제한적 갈등 양상을 형상화하고 있다.

〈가보〉가 농촌 사회를 대상으로 과거와 현재를 대비하는 방식의 서사로 구성된다면, 김혜인의 또 다른 소설인 〈아이 적 목소리〉는 탄광과 도시를 배경으로 노동 현장에서 발생하는 양심의 문제를 다룬다. 〈가보〉가 일호와 두호의 성격 차이, 어머니와 외삼촌의 성격 차이를 갈등의 구조로 삼았다면, 〈아이 적 목소리〉는 인물의 내면에서 발생하는 양심의 갈등을 다루고 있어 서사의 밀도가 높다. 통상적으로 북한 문학은 주인공의 성격, 행적, 처한 환경 등을 다룸으로써 성격화에 집중한다. 소설은 인간의 내적 세계를 그림으로써 인간에 대한 탐구를 심화하는 서사 장르다. 소설이 인간의 본질을 규명할 수는 없다. 인간의 내면세계가 가지는 복잡 미묘함에 대한 탐구를 통해 닫힌 개인의 경험을 열린 경험의 세계로 인도하는 것이 소설의 한 기능이라고 할 수 있다.

〈아이 적 목소리〉는 아들 창남의 사고 원인이 실제로는 자신이 과거에 저지른 과오 때문이라는 사실로 인해 내면의 갈등을 겪는 학철의 정신세계를 그린다.

이 소설은 북한 사회의 상층 관료라고 할 수 있는 도인민위원회 국장 김학철의 관점에서 전개된다. 소설의 도입부에는 김학철이, 아들 김창남이 어린 시절 '5점 만점짜리 국어 시험지'를 들고 아버지인 자신에게 자랑하던 모습을 회상하는 장면이 나온다. 이 국어 시험지에는 사연이 담겨 있다. 아들 창남은 자신이 '복숭아'를 '복승아'라 잘못 썼는데 5점 만점이 된 것을 숨기지 않고 아버지인 학철에게 말해 잘못을 바로잡았다. 창남 친구인 한정수의 어머니가 창남의 담임선생님인데, 채점 중인 어머니가 잠시 자리를 비운 사이에 한정수가 친구의 답안지를 고친 것이다. 그냥 넘어갈 수도 있는 일을 창남은 스스로 고백해 잘못을 바로잡았고, 다음 시험에서는 당당하게 5점 만점을 받았다. 그런 창남이 어느덧 성장해, 아버지 학철이 젊은 시절을 불태웠던 '금성청년탄광'에서 대형 굴착기 소대장으로 일하고 있다. 학철은 아들을 자랑스러워하고, 아들 또한 아버지를 존경한다. 그런데 창남이 탄광의 '명승동 골짜기'에서 굴착기 공사를 하다 사고로 부상해 입원하는 일이 발생한다. 아버지 학철은 아들 창남의 사고를 조사하던 중 알게 된 사실로 인해 극심한 갈등을 겪게 된다.

〈아이 적 목소리〉는 과거 한때 영웅적 인물이었던 김학철이 자신의 과거 잘못을 덮으려 하는 주변 사람들의 권유를 뿌리치고 양심에 따른 판단을 하기까지의 과정을 그린다. 그러다 보니 김학철의 내면적 갈등이 소설 전체 내용의 근간을 차지한다. 이 소설은 지루할 정도로 많은 분량을 학철의 갈등을 형상화하는 데 할애한다. 이 과정에서 의도치 않게 북한 관료주의 사회가 안고 있는 중요한 문제점이 드러난다. 지배인 심상훈은 가족의 안위를 위해 직장 문제를 판단하는 데 사적인 감정을 개입시키고, 김학철 또한 "자기에게 꾸중이 돌아올 일"이 두려워 책임을 회피하려 했던 것을 반성한다. 북한 사회에서는 과거 노력 영웅들이 행한 행적은 과오가 없는 것으로 간주돼야 한다. 혁명 세대의 무오류성이 동시대 젊은 세대에게는 부담으로 작용한다. 〈아이 적목소리〉를 통해 북한 사회에서도 가족의 이익과 공동체의 이익이 충돌하며, 권력층일수록 가족의 이익을 우선시해 판단하려는 경향이 있음을 유추할 수 있다.

  이 소설은 북한 사회가 처한 현실에 대한 문학적 알레고리로도 읽히며, 북한 사회의 관료주의 비판으로서 손색이 없는 서사적 긴장을 담고 있다. 이는 김혜인이 작품에 담은 의도적 주제라기보다는 소설의 장르적 특성으로 인해 돌출된 것이라고 할 수 있다. 소설에서 이뤄지는 내면세계의 탐구는 동시대의 쟁점을 한층 더 깊게 파고들도록 유도한다. 구소련 문학을 성찰하면서 소설가 일리야 예렌부르크Il'ya Grigorevich Erenburg는 "작가에게는 자기 동국인同國人, 동시대인보다 한층 더 깊이 규명해야 할 하나의 분야가 있다. 그것은 인간의 내면세계다. 주인공의 모습, 주인공이 있는 환경—주택이나 공장의 직장—을 묘사하는 것은 그다지 어려운 일이 아니다. 이러한 묘사는 수단에 지나지 않는 것이지 목적이 아니다"라고 했다.[9] 이 소설에서도 김학철의 내면세계가 전면화되면서 북한 관료 사회 내부의 문제를 이해하는 통로가 열리게 된다. 작가가 그리는 사람을 통해 '그 사람의 사상이나 감정, 현재'를 좀 더 깊이 이해할 수 있기 때문이다. 그런 의미에서 북한 사회는 이전의 모험적 생산력주의에서 안전적 생산 체계 확립으로 점차 이동하고 있으며, 개인과 가족의 이익과 혈연관계에 따른 권력의 왜곡적 행사가 사회문제로 제기되고 있음을 알 수 있다. 그 갈등의 국면에서 김학철은 "당 앞에 어린애처럼 솔직하고 순진해야 한다"라고 강조한다. '양심'의 문제를 둘러싼 북한 사회의 갈등 양상은 북한 사회의 현재성을 증언한다는 점에서 의미가 있다.

김혜인의 문학적 형상화 능력은 북한 사회가 안고 있는 불안 의식 및 혁명 전통의 세대 전승과 관련된 '기억의 정치' 문제를 환기하는 것으로도 이어진다. 국가권력은 공식 역사화를 통해 개인의 기억에 개입한다. 하지만 개별적 기억은 공식 기억에 합류하면서도 저항하는 양상을 띠기도 한다. 문학 작품은 '공식 기억'을 개별화함으로써, 민중이 품고 있는 공통의 기억을 드러낸다. 이러한 효과는 밀도 있는 문학적 형상화에 깃들 수밖에 없는 '세부적 진실의 힘'으로 인한 것이다. 세부적 진실에 대한 해석을 통해 문학적 상상력이 발산하는 보편적 가치를 확인할 수 있다. 김혜인은 대조 기법 등을 활용해 등장인물들의 성격을 두드러지게 그려냈고, 내면세계를 재구성함으로써 세부 형상이 돋보이도록 했다. 그의 문학적 지향이 내면세계의 형상화를 통한 '세부적 진실의 힘'에 가 닿게 한 셈이다. 문학적 형상화의 구체성은 이렇듯 그 사회 체계 바깥에 있는 해석자에게도 의미 있는 인식에 도달하도록 도와준다.

과학과 사랑이 만나는 자리

────── 청년 과학자들의 사랑 이야기,
김철순의 〈인연〉과 〈꽃은 열매를 남긴다〉

김철순은 청년 과학자들의 사랑 이야기를 과학적 성취와 연결함으로써 열정의 창조적 전환을 그리는 데 뛰어난 능력을 발휘한다. 사랑은 문학이 탐구해온 가장 중요한 주제 중 하나다. 사랑은 자기애를 넘어 타자와의 관계로 나아가는 경계 넘기다. 사랑하는 사람들은 서로에게 의존하면서가 아니라, 스스로의 독립성과 개별성을 인정함으로써 더불어 살아가는 방법을 터득한다. 그렇기에 소설 속 사랑에 대한 서사는 그 사회가 지향하는 관계 맺기의 심층을 드러낸다.

김철순의 〈인연〉[20]과 〈꽃은 열매를 남긴다〉[21]는 과학기술 발전에 대한 헌신과 청춘 남녀의 사랑을 엮어낸 소설이다. 먼저 〈인연〉은 '옥천 제염연구소'의 '초염수超鹽水' 발견을 통해 새로운 제염製鹽 방법을 개발하는 것이 서사적 줄기다. 이 소설은 여성인 심혜성의 내면적 목소리로 전개된다. 심혜성의 맞은편에는 리윤호가 있다. 혜성과 윤호는 담장을 사이에 두고 옆집에서 살았다. 어린 시절에는 혜성이 윤호에게 부탁해 '카바이드 로켓 모형'을 만들기도 했다. 하지만 심혜성과 리윤호의 꿈은 판이하게 달랐다. 혜성은 자신의 이름처럼 "혜성"의 자태로 "제염계에, 온 과학계에 불쑥 나타"나겠다는 이상을 간직하고 있었다. 윤호의 꿈은 현실적이다. 윤호는 인민군대에서 복무를 마친 후 제염공이 되겠다고 고향으로 내려왔고, 소금밭 성능이 가장 나쁜 '9직장' 기술원으로 자원하기까지 한다. 대비되는 두 사람의 사랑은 엇갈린다. 혜성의 친구이자 윤호의 동생인 공업시험소 분석실의 윤희가 둘을 맺어 주기 위해 적극적으로 나서지만 항상 혜성이 먼저 피해버린다.

이 소설의 서사는 혜성이 초염수 연구에 실패하고, 윤호가 오히려 9직장 구역에서 '1류급 고농도 초염수'를 발견해내는 것으로 나아간다. 그러나 윤호는 연구 역량을 갖춘 혜성이 '세계적인 학자'가 되도록 후원해야 한다고 양보하기까지 한다. 이를 계기로 혜성은 자신의 이상을 반성하고, 윤호의 이상이야말로 현실에 발을 딛고 있는 이상이기에 "못 해낼 일 없"는 이상이라고 인정한다. 그러고는 총국總局에 제안하여 초염수 연구조를 새롭게 구성하고, 윤호가 책임자가 되고 자신은 조수가 되어 '제염 기술의 혁신'을 다짐한다.

〈인연〉이 독특한 개성을 발산하는 이유는 자기 욕망을 솔직히 드러내는 혜성이 소설의 화자로 등장하기 때문이다. 혜성은 윤호를 무시하고 자신의 성공을 위해 "하루를 백 시간, 천 시간으로"라고 외치며 주변 상황에는 아랑곳하지 않는 이기적인 면모를 보인다. 초염수 연구만 성공하면 제염과 관련된 모든 문제가 해결될 것처럼 호언장담하기도 한다. 이런 인물을 화자로 등장시켜 끊임없이 자신의 처지를 합리화하는 방식의 진술이 소설 곳곳을 채우고 있다. 마지막에 비록 혜성이 반성하고 윤호의 조수가 되기를 자처하지만, 이 소설은 혜성의 자기중심적인 개인주의의 면모를 그리고 있어 독특하다. 욕망에 충실한 사람과 냉정하고 현실적인 사람 간의 관계가 사랑의 서사를 끌고 나간다.

〈인연〉은《조선문학》 2013년 제12호에 발표됐다. 그런데《로동신문》 2013년 10월 5일 자에 "김일성종합대학 지질학부 교원, 연구사들 우리나라 처음으로 지하초염수 개발"이라는 기사가 실렸다. 이 기사의 내용은 "지금까지 우리나라에 없는 것으로 공인되여오던 지하초염수"를 찾아냈고, "경제적 가치가 큰 지하초염수 자원에 의한 소금 생산 방법을 확립함으로써 소금공업에서 획기적인 전환이 일어나게 되였다"라는 것이다.[22] 작가는 지하초염수와 관련된 내용을 사랑의 서사로 덧씌워 〈인연〉을 창작했다. 그러나 김일성종합대학의 성과에 대한 사실적 형상화에 집중한 것이 아니라, 낭만적 사랑의 서사에 지하초염수 발견을 활용한 사례라고 할 수 있다. 이를 통해 작가는 '이상적 사랑'을 비판하고 '현실에 기반한 사랑'을 지지했다.

이 소설은 북한 문학 평론에서 중요한 작품으로 논의된다. 〈인연〉을 높이 평가한 북한의 문학평론가 정철호는 "한 제염연구사 처녀의 성격 발전 과정을 아담하게 그리고 있는 작품"이라면서도, 오히려 '평범한 제염 기술자인 윤호'의 형상화에 초점을 맞춰 작품을 해설한다. 윤호야말로 "고향에 그냥 살면서가 아니라 고향을 떠나서 고향과 맺은 진정한 인연, 그것은 벌써 범상치 않은 인연으로 의미심장하게 새겨진다"라는 것이다.[23] 이 소설은 외연적 측면에서는 애국주의적이고 계몽주의적인 사랑의 서사지만, 그 이면에는 비판의 대상이 되는 혜성을 화자로 내세워 서사적 의외성을 획득한 부분이 이채롭다. 소설은 '낯선 경험의 세계'를 펼쳐 보이는 데서 경험의 지평을 넓힌다. 그런 의미에서 〈인연〉의 혜성이 적극적으로 피력하는 '자기 욕망'에 충실한 모습에 주목하게 된다. 자기 욕망을 내적 화자의 목소리를 통해 핍진하게 전달할 수 있는 것이 문학이다. 이러한 욕망은 북한 사회에 실재하는 '낭만적 지향'이면서, 북한 사회뿐만 아니라 어느 사회에나 존재하는 보편적 모습이기도 하다. 인간이 갖고 있는 이상적이고 개인적인 속성이 북한 소설에서도 형상화된다는 것 자체가, 북한 문학 또한 보통 사람의 생활 모습 속에서 창작되고 있음을 보여주는 것이라고 할 수 있다.

김철순의 또 다른 작품 〈꽃은 열매를 남긴다〉는 소설의 플롯이 돋보인다. 이 작품은 평안남도 남포시의 강선제강소에서 '1만 톤 프레스의 현대화 체계 설계'를 둘러싸고 청년 과학자들이 경쟁하고 사랑하는 내용을 다룬다.²⁴ 중심인물로 인석과 현아가 등장하는데, 인석을 3인칭 관찰자 시점에서 그리면서도 그의 내면세계까지 형상화하고 있어 기법적으로 세련돼 보인다. 때로는 인석과 현아를 객관적으로 제시하다가도 때로는 인석의 내면세계를 형상화해내는 방식으로 서사가 전개된다.

인석은 수도인 평양에서 곱게 자란 청년 과학자이고, 현아는 "이악(끝장을 볼 때까지 달라붙는 성품)하고 자존심이 높은" 여성 과학자다. 연구소 사람들은 "현아와 자기와의 사이를 남다르게 보고 있"지만 인석으로서는 "현아가 정말 자기를 사랑하는지는 딱히 알 수 없"을 정도로 현아의 마음에 대한 확신이 서지 않는다. 그런 인석에게 현아는 "연구 과제 수행만 생각하지 말구 소론문 집필에도 낯을" 돌리라고 조언하는가하면, "실력 경쟁"을 서로 해보자고 부추기기도 한다.

현아는 국가적 사업인 '1만 톤 프레스의 현대화 체계 설계'를 맡겠다고 자청해 현장으로 떠난다. 현장에서 설계 사업을 진행하던 현아가 연구소에 요청해 인석도 설계를 지원하기 위해 강선으로 내려간다. 소설은 두 사람의 성격을 인상적으로 대비한다. 인석이 '시멘트 포장도로'로 가려고 한다면, 현아는 '질척거리는 지름길'로 가자고 한다. 인석이 "길이 미끄러워 넘어질가 보아 뒤뚝거리며 조심조심 걷"는다면, 현아는 "냉큼냉큼 잽싸게 걷"는다. 그래서 인석은 현아에게 "넓구 좋은 길을 놔두구 왜 하필 질적거리구 미끌거리는 오솔길"로 다니려고 하느냐고 타박한다.

이 소설은 극적 반전으로 마무리되고 있어 인상적이다. 소설의 도입부에서 인석은 자신이 만든 제2설계안이 현아가 만든 제1설계안에 뒤진다는 사실을 깨끗이 인정한다. 그러면서 과거 회상을 통해 현아와 자신이 지난 두 달 동안 겪은 이야기를 풀어내는 형식을 취한다. 결론에 이르자 소설 전체의 서사를 뒤집는 반전이 이뤄진다. 현아가 자신의 제1설계안을 포기하고 최종 과학 심의회에서 인석의 제2설계안만 제출하겠다고 결심한 것이다. 이는 그간의 소설적 흐름을 깨뜨리는 의외의 결정이다. 현아는 제1설계안이 '세계적으로 가장 발전된 수준을 능가할 가능성'이 있지만, 제2설계안은 현재의 1만 톤 프레스 자동 조종 체계의 말단 장치들을 활용할 수 있다고 봤다. 이는 "투자가 거의 없으면서두 체계 개발 기간을 훨씬 단축할 수 있"는, 한마디로 "우리의 실정에 맞게 우리식으로 최첨단을 돌파"하라는 "당의 사상과 자력갱생의 정신이 구현된 설계"라는 것이다. 게다가 현아는 자신의 제1설계안에서 필요한 부분을 제외하고는 "전부를 지워버리"기까지 하는 과감성을 발휘한다.

북한의 문학평론가 김정평은 이 소설의 '뒤집기 수법'을 높이 평가했다. 김정평은 "소설은 전반에서 인석이 자기 설계안의 결함을 인정하고 자기 자신을 돌이켜보는 과정으로 일관시켜오다가 마지막 대목에서 사건을 급진전시켜 반대로 현아가 자기 설계안을 포기하고 인석의 것을 수정 완성하는 것으로 처리함으로써 극적 견인력과 예술적 흥미를 보장하고 있다"라고 해설했다.[25] 이러한 반전은 서사 전개를 인석의 내면에 맞추고 제한된 정보만을 독자에게 제공했기에 도달할 수 있는 성취다.

이 소설은 사랑을 낭만적으로 형상화하기 위한 다양한 장치를 가지고 있다. 조국에 대한 사랑이 강조돼 있지만 정치적 색깔은 두드러지지 않는다.[26] 시간적으로는 도입부가 현재이고, 전개부는 과거 회상이며, 결말부에서 다시 현재로 마무리 짓는 구성을 취한다. 좀 더 구체적으로는 '살구나무'가 소설 속 중요한 모티프로 자리 잡고 있다. 현아가 연구소에서 강선제강소로 떠날 때는 "간밤에 내린 눈이 나무아지(가느다란 나뭇가지)들마다에 하얗게 쌓여" 있을 때였다. 그때 현아는 "한손을 뻗쳐 인석의 머리 우에 드리운 살구나무 가지를 휘여잡고 흔들어" 눈가루가 뽀얗게 날리게 했다. 그러자 인석은 현아에게 "살구꽃이 필 때쯤이면 좋은 소식 받게 될가?"라는 말을 건넨다. 그리고 인석이 현아를 돕기 위해 제강소로 내려왔을 때는 "어깨 우로 날아내린 살구꽃잎을 집어 손바닥"에 올려놓자 현아는 인석에게 "인차(곧) 살구꽃이 필 것 같군요"라고 말한다. 인석과 현아가 설계에 몰두하여 드디어 도면을 완성했을 때는 "키 낮은 꽃벽돌 담장을 따라 다문다문 늘어선 어린 살구나무들에서 분홍빛이 도는 하얀 꽃들이 하늘하늘 떨어져 내리고 있"을 때였다. 이렇듯 소설 속 시간의 흐름을 살구나무의 변화로 그려내는 은유적 표현이 돋보인다. 소설의 마지막도 인석이 살구나무 한 가지를 꺾어 현아에게 내밀며 "꽃은 떨어져두 열매는 남지 않소"라고 이야기하고, 현아의 얼굴에는 "살구꽃처럼 정갈하고 청초한 미소, 행복에 겨운 미소"가 퍼지는 것으로 마무리된다.

우리는 사랑을 개인과 개인의 관계 맺음으로 이해하려는 경향이 있다. 하지만 미국의 철학자 주디스 버틀러Judith Butler는 "가장 친밀하고 사적인 층위에서도 우리는 사회적"이라고 강조한다.[27] 대상을 향해 있으면서도 자신에게 향해 있지 않으면 내밀한 사랑의 관계는 형성되지 않는다. 김철순의 〈꽃은 열매를 남긴다〉는 '최첨단 돌파전'이라는 '애국주의적 사랑'을 서사화했지만, 스스로 변화함으로써 사랑을 깨쳐나간다는 점에서 '사랑의 정치성'에 대한 서사로 읽을 수 있다. 사랑의 정치성은 정치적 사랑을 의미하는 것만은 아니기에 '누군가를 향해 다가서고' 그리고 '스스로를 변화시킴으로써 깨닫는다'는 점에서 사랑의 보편적 가치를 담지하고 있다.

체제 속에서, 체제 너머를 상상하다
────── 젊은 시대감각과 개성의 발견,
　　　　서청송의 〈나의 영원할 수업〉과 〈무지개〉

《조선문학》 2015년 제1호에 실린 평론에서 북한 평론가 안성은 "사람은 자기가 아는 것만큼, 준비된 만큼 보고 듣고 느끼고 받아들인다"라면서 "작가는 자기가 사상미학思想美學적으로 준비된 것만큼, 자연과 사회에 대하여 알고 있는 것만큼 인간과 생활을 보고 느끼고 받아들이며 그에 기초하여 형상을 창조한다"라고 했다. 안성은 북한 문학에서 일부 작가들이 "지식의 빈곤, 상식의 빈곤, 철학의 빈곤으로 하여 지성도가 높지 못하고 구태의연한 틀"에 매달려 있다고 비판했다.[28] 이 글귀는 조선 후기 문장가 저암著菴 유한준의 '지즉위진간'知則爲眞看(알아야 참으로 보게 된다)을 연상시킨다. 남한에서는 유홍준이 "인간은 아는 만큼 느낄 뿐이며, 느낀 만큼 보인다"라고 한 말이 널리 알려져 있다.[29] 사실을 올바로 이해하기 위해서는 지식이 필요하다. 하지만 문학예술은 지식의 전달을 넘어선다. 문학은 사실을 전달하는 것이 아니라, 현실 너머를 상상하게 한다. 그렇기에 문학은 실재에 대한 이야기에서만 멈추면 관습화되고 정체된다. 오히려 자신의 앎과 경험의 한계를 시험하게 하는 것이 문학이다.

북한 문학에서 서사적 관습을 벗어난 작품을 마주치는 일은 흔치 않다. 그런데 2014년 독특한 개성을 장착한 작가가 등장해 북한 문학의 상상적 지평을 확대하고 있다. 그는 남한 연구자에게는 북한 문학의 신성新星처럼 보인다. 북한에서도 그의 문학에 대한 반응은 예사롭지 않다. 그의 이름은 서청송이다.

서청송은 〈영원할 나의 수업〉[30]과 〈무지개〉[31]를 연거푸 발표했다. 특히 〈무지개〉는 북한 사회에서도 화제의 중심에 서 있는 듯하다. 북한의 문학평론가 최진혁이 〈무지개에 비낀 정서와 랑만〉[32]이라는 평론을 통해 집중 조명한 것을 보면 돋보이는 존재였음을 알 수 있다. 최진혁은 이 평론으로 '전국 군중문학 작품 현상모집' 1등 당선 작품에 선정되었다. 그만큼 서청송의 〈무지개〉는 북한 사회 내부에서도 잔잔한 관심을 불러일으켰다. 중국 연변대학의 채미화와 우상열도 김정은 시대와 관련해 이 작품을 주목해 소개했다.[33] 무엇보다 서청송의 소설은 젊은 감각이 넘쳐난다. '손전화 통보문'(문자 메시지)이나 '휴대용 콤퓨터'(노트

북) 그리고 '다매체화'(멀티미디어화)라는 용어도 자연스럽게 소설에 녹아 있다. 그의 소설은 북한 젊은이들의 일상과 언어를 발랄하게 재현한다.

서청송은 북한 사회가 허용하는 자유보다 더 상상력을 밀어붙여 글을 쓰는 작가는 아니다. 그는 북한 문학이 허용한 자유의 한계 내에서 소설적 관습을 넘어서는 탐험을 하고 있다. 당 정책의 범위 내에서 문제를 탐구하고, 거기서 나타나는 독특한 문제에 관심을 가진다.

〈영원할 나의 수업〉은 자신만만한 젊은 교사이자 컴퓨터 수재인 명수 선생이 좌충우돌하며 겪는 일상을 경쾌한 어조로 그려냈다. 이 작품은 12년 의무교육 시행이라는 정책 변화를 서사화한 소설이다. 북한은 2012년 9월 25일 최고인민회의 제12기 6차 회의에서 의무교육 기간을 11년에서 12년으로 1년 늘리는 결정을 했다. 기존에는 '취학 전 1년→소학교 4년→중학교 6년'이었는데, 의무교육 12년에 따라 '취학 전 1년→소학교 5년→초급중학교 3년→고급중학교 3년'으로 바꾸는 법령을 채택했다. 중학교를 초급과 고급으로 나누는 것은 2013년부터, 소학교를 1년 늘리는 것은 2014년부터 시행했다. 이렇게 학제를 개편한 이유는 "수학, 물리, 화학, 생물과 같은 기초과학 분야의 일반 기초 지식을 주는 데 기본을 두면서 컴퓨터 기술 교육, 외국어 교육을 강화"하는 실용 교육을 위해서라고 한다.[34]

이러한 학제 개편에 부응해 〈영원할 나의 수업〉은 교원의 재교육 문제와 과학기술 분야의 교육 현안을 다룬다. 장수고급중학교의 리송직 교장은 국가적 요구에 따라 고급중학교를 성공적으로 재조직한 인물이고, 명수는 열정과 자기 의지로 실력도 인정받고 사랑도 쟁취한 존재로 그려진다. 〈영원할 나의 수업〉의 외연적인 모습은 리송직 교장의 영웅적 지도와 명수의 성과인 것처럼 보인다. 하지만 내적 서사를 재구성하면 다른 면모를 해석해낼 수 있다. 리송직 교장은 정책적 요구에 부응하여 장수고급중학교를 이끌어가는 체제 내적 인물이고, 리송직 교장의 요구에 적극적으로 반응하는 명수도 시대 변화에 적응하는 인물일 수 있다. 이 소설이 리송직 교장과 명수에게만 집중했다면 평범하면서도 관습적인 서사에 머물고 말았을 것이다. 하지만 의외의 인물인 김창로 교원이 리송직의 대척점에 서서 등장한다.

김창로는 쉰 살 남짓의 나이로, 2년 후면 퇴임하는 지리 과목 담당 교원이다. 그는 "학교에서 인심이 후하고 경우가 밝은 교원으로 소문이 자자"하고, "남의 일이라면 발 벗고 나서는 것은 물론이고 교직원들의 집과 학부형들의 집에 이르기까지 일감만 생기면 찾아 도와"주는 재간 많은 인물이다. 그런 그가 학제 개편 이후에는 천덕꾸러기 취급을 받는다. 리송직 교장이 그를 몰아붙였기 때문이다. 창로 선생과 송직 교장의 갈등은 연원이 비교적 깊은 편이다. 송직 교장은 '골 교장'이라는 별명을 갖고 있었다. 그는 부임해 오는 모든 선생에게 축구의 '골벌차기'(프리킥)를 시켜 체육의 중요성을 강조했다. 창로 선생이 처음 부임해 왔을 때도 송직 교장은 운동장에서 '벌차기'를 시키려 했다. 하지만 지독한 근시인 창로 선생은 미리 준비한 근시 안경을 송직 교장에게 쓰게 했다. 골대 앞에 근시 안경을 쓰고 선 송직 교장은 창로 선생의 '벌차기'를 막아내지 못했다. 창로 선생은 자신의 기지로 위기를 모면한 후, 선수로서 뛰지 않고 학교의 유일한 심판원이 되었다.

창로 선생은 체제 밖의 예외적 존재다. 그런 의미에서 민중의 형상과 가깝다. 그는 "난 식사를 하는 전실(전용 방)의 시계만은 돌리지 않소. 우리 교원들이 얼마나 바쁘오. 먹을 때만이라도 정지된 시간 속에서 살아보자는 거요. 얼마나 좋소. 배 포유包有(배부르다)해지는 게……"라고 말하며 자신의 관점으로 세상살이의 길을 걸어 나간다. 반면 송직 교장은 1분 1초를 아까워하며 "그 한 초 한 초에 전진하는 조국의 시간이 멈춰 선단 말입니다"라며 시간의 강박을 표출한다.

송직 교장은 교원 재교육을 경쟁 위주로 진행하게 한다. 심지어 정년이 2년밖에 남지 않은 교원들도 재교육에 참여하도록 독려하여 갈등을 낳기도 한다. 북한 사회에서도 경쟁을 통한 관리가 강박적으로 진행되고 있고 여기에 피로감을 느끼는 체제 바깥의 존재가 있음을 이런 사례를 통해 확인할 수 있다. 소설의 전체 서사에서는 창로 선생이 반성하고 송직 교장과 화해하는 것으로 나오지만, 체제 바깥의 인물이 작가에 의해 구체적으로 포착되고 가치 평가가 유보된 상태에서 형상화됐다는 점은 주목할 만하다. 서청송은 체제 바깥에 존재하는 개인의 모습을 포착해 소설 속에 배치함으로써 체제 내 문학 안으로 비체제적 존재(민중)를 끌어들인 것이다.

서청송의 〈무지개〉는 〈영원할 나의 수업〉보다 더 다채롭고 풍부하다. 이 소설은 미스터리 기법을 통해 극적 긴장감을 높이며, 단문을 활용해 읽는 속도감도 빠르다. 게다가 유머와 소소한 이야기를 잘 결합해 재미 요소도 겸비했다. 북한 문학에 나타나는 무거운 교양적 분위기를 가벼운 유희적 분위기로 바꾸어내려는 작가의 노력이 인상적인 작품이다.

〈무지개〉는 수도 평양의 방직공장 노동자 합숙소 108호실을 배경으로 일곱 명의 여성 노동자가 등장한다. 방직공장에서도 108호실은 '미인 호실', '8도강산 호실', '혁신자 호실', '무지개 호실'로 불릴 정도로 자긍심이 높았다. 덤벼북청(아주 급한 성격) 철심이, 덜렁이 원심이, 웃음 헤픈 강금이, 꼭쟁이(깍쟁이) 현순이, 인정 많은 옥남이와 더불어 진향이와 한소영이 108호실의 구성원이다. 한소영을 제외한 여섯 명의 방직공 처녀는 '혁신자'들이다. 한소영만이 108호실에서 "조용한 처녀, 싫은 소리를 듣지 않았고 칭찬도 바라지 않는 얌전한 성격의 소유자"로 남아 있어, '혁신자 호실'에서는 수치스럽게 느껴지기까지 한다.

　이 소설은 그토록 변하지 않던 소영이 '혁신자도 되고, 영웅도 되고 싶다'는 의견을 피력하면서 오히려 더욱 심각한 국면으로 접어드는 양상을 띤다. 직장장 안호일은 직장에서 영웅이 될 인물로 진향을 꼽고, 진향에게 직포기(사람의 손발로 움직여 베를 짜는 기계)를 몰아주고 있었다. 그러니 소영이 영웅이 되려고 해도 직장장이 소영에게 기계를 지원해주지 않으면 절대 될 수 없는 상황이었다. 이것은 부조리한 북한 사회의 관료주의 비판으로 이어진다.

　　누구에게 기대를 맡기든 돌아가는 시간은 같다. 기능 급수에 따라 차이는 좀 있겠지만 생산량도 거의 일치한다. 사람은 내세워주면 된다. 그러나 한 사람 때문에 열 사람이 희생당할 때가 있다. 그것은 책임진 일군(일꾼)들에게 달려 있다. 일군들은 항상 대중의 우산이 된다고 하지만 그 대중 속에서 편안한 사람도 있다. 대중이 얻은 명예, 로동 계급의 피와 땀으로 쌓은 직장이나 공장의 공로가 그 일개인의 이름으로 보석처럼 빛내일 때도 있다. 그러면 명예욕이 생기고 관료주의가 자라나 진실과 거짓을 가려 보지 못하게 된다. 그럴 때 대중 속에는 의심이 생기고 균열이 생기며 순박한 사람들이 피해를 당한다.[35]

영웅은 자신의 헌신적 노력을 통해 탄생하는 것이 아니라 직장의 권력자에 의해 의도적으로 만들어진다. 권력은 단일한 질서를 상상한다. 그래서 개성 있는 존재들이 모여 있는 직장이 아니라, 위계적으로 배열된 직장을 원한다. 그 위계가 능력에 따른 성과로 교묘하게 꾸며지는 것이 관료주의의 실상이다. 권력의 작동에 의해 편파적인 평가가 이뤄지고, 권력의 의도에 따라 불평등한 관계가 형성된다. 직장장 안호일은 이름 없는 산골 마을 실농군(농사를 착실하게 잘 짓는 집안)의 아들에서 수도의 큰 공장 직장장이 된 자신을 대견스러워하는 인물이었다. 그런 그가 한 사람의 명예를 위해 열 사람에게 희생하라고 하는 존재가 된 것이다. 직장장 안호일이 나서서 진향에게 몰린 기대를 소영에게 배치하지 않는 한 소영의 꿈은 이뤄질 수 없다.

진향은 직장장 안호일에게 소영의 소원을 풀어주자고 호소한다. 그러면서 "하나는 전체를 위하여, 전체는 하나를 위하여"라는 구호를 환기한다. 안호일은 진향을 영웅으로 만듦으로써 자신이 가지려 했던 명예에 대해 반성하게 된다. 이 소설의 핵심 주제 의식은 북한 사회에 내재된 모순을 드러냄으로써 관료주의를 비판하고, '영웅 칭호라는 명예'가 가진 허상까지 폭로하는 것이다. 북한의 평론가 최진혁도 정확히 이 부분을 지적해 "혁신에 대한 열망과 영웅의 꿈을 앗아간 것은 한 로동자 처녀의 넋을 뺏고 허울만 남긴 것과 같은 죄 된 짓이 아닐 수 없으며 명예의 대가로 되는 '희생'이 아닐 수 없는 것"이라고 지적했다.[36] 최진혁의 논평에 비춰봤을 때도 '직장장과 노동자의 갈등' 같은 사례가 북한 사회에서 자주 발생하고 있음을 알 수 있다.

결말에 나타나는 김정은에 대한 정치적 헌사와 상투적이고도 급한 봉합에도 〈무지개〉를 주목할 만한 작품으로 꼽는 이유는 다음 몇 가지 때문이다.

첫째, 이 작품은 중간 관리자나 영웅이 아니라, 평범한 방직공들을 주인공으로 내세운다. 일곱 명의 방직공 중 소영과 진향 그리고 원심이 주요 인물이기는 하지만 각양각색 인물이 서로 개성을 드러내는 평범한 사람의 사연을 다루었기에 인상적이다. '일곱 명의 민중이 일곱 색깔 무지개로 각자의 빛을 발하는' 작품이라고 할 수 있다.

둘째, 이 작품은 배제된 인물, 즉 소영의 사연을 서사의 전면에 배치했다. 소영은 혁신자는 직장장의 선택에 따라 만들어진다는 사실을 알고부터, 맡겨진 일이나 욕먹지 않을 만큼 해내자는 생각을 가지게 됐다. 공장의 운영 체제 바깥에 서기로 결심한 소영을, 진향을 포함한 동료들이 보듬는다. 특정한 체제의 작동 방식이 개인에게 비체제적 선택을 하도록 한다는 사실을 보여주기에 이 작품은 중요한 의미를 갖는다.

셋째, 직장장이 혁신자를 선택해 만들고 내세워주는 체제에 대해 방직공들이 나서서 문제를 제기하고 바꿔냈다는 점이 눈길을 끈다. 이 소설은 약소자들의 연대, 민중의 힘을 통해 권력에 대항하는 모습을 그렸다. 소설 속에서는 직장장이 진향 등의 문제 제기를 받아들여 스스로 문제를 바로잡는 것으로 나오지만, 진향을 비롯한 방직공들이 연대해 함께 문제 제기를 했기에 가능한 변화였다. 작지만 큰 변화가 연대를 통해 이뤄진 것이다.

넷째, 이 소설에서는 특이하게 '노동'이 아닌 '놀이와 휴식'이 중요한 서사적 전환의 계기가 된다. 한소영은 '5·1절 야유회'의 놀이에서 만난 권충길로 인해 혁신자가 될 마음을 갖게 된다. 북한 소설에서 노동 이후 휴식을 하는 장면은 자주 등장하지만, 휴식을 중요한 서사적 모티프로 활용하는 경우는 드물다. 〈무지개〉는 '여가, 쉼, 휴식'이 서사의 줄기를 형성함으로써 노동뿐만 아니라 민중의 생활이 부각되었다는 데 큰 의미가 있다.

〈무지개〉는 "하나는 전체를 위하여, 전체는 하나를 위하여"라는 테제에 부합하는 방식으로 서사가 진행되는 상투적 소설로 볼 수도 있다. 하지만 기존의 공장노동소설과는 다른 결을 형성하기에 체제문학이면서도 민중의 생활을 반영한 문학으로 볼 수 있다. 소설은 '집단의 명예와 개인의 명예'를 동시에 강조하지만, '무지개'라는 개별적 색깔의 존재를 인정하는 상징에 주목할 필요가 있다. 〈무지개〉는 개인과 개성에 대한 작가적 관심이 스며들어 있는 제목이자 민중의 연대라는 작가의 주제의식이 투영된 제목인 것이다.

보편성의 공유, 민중문학의 비체제적 상상력 읽기

북한 문학 읽기는 남북한 문학을 동일한 것으로 간주하고자 하는 유혹에서도 자유로워야 한다. 북한 문학의 역사적 구성 과정에 대한 탐구가 이미 학계에 축적돼 있어 알 수 있듯이, 북한 문학과 남한 문학은 개별성을 띤다. 이 개별성을 역사적 맥락 속에서 구성하는 것과, 남북한 문학을 동일한 역사적 구성물로 보는 것은 구분되어야 한다. 그런 의미에서 남한의 독자들은 동일한 역사를 전제하는 '민족문학적 관점'에서 북한 문학을 읽는 태도에 대한 부분적 수정이 필요하다.

수전 벅모스는 '보편사의 구원'이라는 프로젝트에서 '전문화와 고립'의 위험성을 다음과 같이 경고했다.

> 민족사가 독립된 것으로 이해될 때, 또는 역사의 각 측면이 고립된 분과 학문에서 다루어질 때 반증은 부적절한 것으로 간주되어 주변으로 밀려난다. 지식의 전문화가 심화될수록, 연구의 수준이 높아질수록, 학문적 전통이 유구하고 유서 깊을수록 우리는 이치에 맞지 않는 사실들을 더욱 쉽게 무시하게 된다. 바로 그런 상황을 바로잡을 목적으로 만들어진, 미국 흑인 연구 같은 새로운 분과 학문이나 디아스포라 연구 같은 새로운 학문 영역에서도 전문화와 고립은 위험 요소가 된다는 점에 주목해야 한다.[37]

학문 영역에서도 전문가 중심주의는 언어의 독점, 독단적 관점의 고수로 이어진다. 북한 문학 읽기도 마찬가지 우려의 지점이 있다. 소수의 연구자가 집중적으로 연구를 진행하고, 대중과 매개 고리를 형성하지 못한 채 연구가 지속되면 '전문화와 고립'이 심화된다. 북한 문학 연구도 '문학'이라는 보편적 관점은 사라지고 '북한'이라는 지역 연구로 고착되는 양상을 보이기도 한다.

동시대의 남한 문학과 북한 문학의 현장은 '문화적 번역'을 필요로 할 만큼 서로 타자화돼 있다. '문화 번역'과 관련해 문화인류학자 김현미는 "한 언어를 다른 언어로 대치하는 일반적인 '번역'과는 다른 것으로, 타자의 언어, 행동양식, 가치관 등에 내재된 문화적 의미를 파악하여 '맥락'에 맞게 의미를 만들어내는 행위"라고 했다.[38] 남북 문학의 상호 교환이 단절된 상태에서 번역 행위자의 역할은 점점 커질 수밖에 없다.

두 체제의 대립으로 남북 문학을 바라볼 때는 정치성의 충돌이 필연적이다. 그렇기에 북한 문학에 내재된 '비체제적 성격'을 적극적으로 읽어내고, 민중적 관점에서 북한 문학에 접근하는 것이 중요하다. 북한 문학을 비체제적 민중문학으로 읽음으로써 오히려 남한 문학을 상대화하는 것이 가능해진다. 남한 문학이 가진 문학에 대한 보편적 관점을, 북한 문학이 갖고 있다고 간주되는 특수적 관점과 대비함으로써 오히려 남한 문학의 정체성이 드러난다. 남한 문학이 자본주의 시장질서 속에서 문학제도가 형성되었다면, 북한 문학은 사회주의 체제 내에서 당 주도의 문학제도가 형성되었다. 자본주의 체제와 사회주의 체제로 대비했을 때 남북 문학은 모두 체제에 순응하면서도 문학적 양식을 통해 저항한다. 이러한 긴장 관계는 언어로 구현된 예술로서 문학이 지향하는 '상상력의 힘' 때문이기도 하다. 문학은 허구적 진실 추구가 허용된다. 그렇기에 체제 내에서 체제 바깥을 꿈꾸는 비체제적 상상력을 펼쳐 작품을 창작할 수 있다.

문학은 남북한과 같이 체제가 상이한데도 작중 인물의 성격화 등을 통해 허구적 진실을 구현한다. 북한 문학 또한 상상력의 구성체로,

현실에 대한 구체적이고 미시적인 접근 과정에서 체제를 내파內破하는 양상을 띠기도 한다. 젊은 세대의 부상이 체제의 전통을 위협하는 양상으로 그려지는 김혜인의 〈가보〉나 〈아이 적 목소리〉가 좋은 예다. 그간 북한 사회는 혈연적 전통과 혁명적 전통이 일치했다. 하지만 젊은 세대의 열정이 혈연적 전통과 혁명적 전통을 위협하는 불안 의식으로 표현되고 있다. 또한 김철순이 〈인연〉과 〈꽃은 열매를 남긴다〉에서 구현하는 문학언어적 아름다움과 반전을 이끌어내는 서사적 재미 또한 소설문학의 보편적 속성을 보여주는 사례라고 할 수 있다. 동시대 북한 문학의 현장에서는 소설의 흥미 요소를 어떻게 정치적 요구와 결합할지가 중요 쟁점이다. 이는 소설 장르가 갖는 '허구적 요소'를 활용해 문학적 상상력을 펼치는 것과 연관된다. 상상력은 항상 현실의 제약보다 한 발짝 더 나아가려 한다. 북한 문학은 허구적 상상과 현실의 긴장 관계를 유지한다는 점에서 문학으로서의 보편성을 공유한다.

주목할 부분은 북한 문학에 내재한 민중주의적 요소다. 북한 문학에는 당의 공식 문학과 민중의 생활문학이 공존한다. 당의 공식 문학은 항일혁명의 전통을 고수하며, 수령형상문학으로 그 정점을 형성한다. 민중의 생활문학은 농촌 현실과 노동 현장을 형상화함으로써 일종의 대중 동원적 성격을 띤다. 민중의 생활문학을 주목할 경우 미시 서사가 구현하는 구체적인 민중의 생활 실태를 파악할 수 있다. '아래로부터의 서사'라고도 할 수 있는 민중의 생활문학은 인간의 보편적 역사가 안고 있는 '비체제적 성격'을 표현하기도 한다.

북한의 젊은 소설가인 서청송이 대표적이다. 그의 문체는 경쾌하고 소설적 어투는 세대 감각에 투철하다. 그의 소설은 정교한 구성을 취하고 있지는 않지만, 시대의 변화상을 감각적으로 반영한다. 〈영원할 나의 수업〉과 〈무지개〉는 체제의 문학과 민중의 생활문학을 서로 대비할 수 있는 작품들이다. 작가는 '획일적 인간형'보다는 '예외적 인간형'에 더 관심을 가지고 인물을 형상화한다. 이는 문학이 추구하는 '지금과는 다른 현실'과 맥이 닿아 있다는 점에서 문학적 보편성의 한 측면이라고 할 수 있다. 특히 〈무지개〉는 공장의 중간 관리자가 아닌 방직공장의 기층 여성 노동자들을 그리고 있어 주목할 만하다. 그는 기층 여성 노동자의 입장에서 공장 운영 시스템 내에 깊이 자리한 관료주의를 문학적으로 비판했다. 민중주의는 상호 연대를 통해 권력에 대항하거나, 웃음을 통해 권위주의를 무력화한다는 특징을 가진다. 이 작품 또한 젊은 여성 방직공들의 발랄한 연대를 통해 직장장이 무력화되는 모습을 그려 통쾌함을 자아낸다.

북한 문학은 평범하지 않은 사람의 영웅적 행위를 주목해 그려왔다. '노력영웅 형상화'는 관습적 양식으로 자리 잡는 양상을 띠었다. 북한 문학은 공민의 윤리를 위해 개인의 희생을 정당화하는 방향으로 문학의 정치성을 표현했다. 그렇다고 모든 북한 문학이 관습적 양식에 침윤돼 있는 것은 아니다. 문학이 허용하는 제한된 영역의 자유를 통해 비체제적 민중의 형상이 나타난다는 점에 주목할 경우, 북한 문학의 보편적 속성이 드러나기도 한다. 관습은 죽어가는 과정에 있다. 문제는 관습을 능가하려는 작가의 창조성이다. 북한 문학 또한 삶에 가까워지면 가까워질수록 새로운 삶의 가능성을 확대하는 데 기여한다. 때로는 국가적 윤리에 대한 복속의 양상을 띠더라도, 문학이 허용한 상상력으로 '삶을 포착하려는 작가'가 존재한다면, 그 작가의 문학은 '보편성 속의 특수성'으로 존중받을 만한 가치가 있다.

03

'세계'와의 경쟁, '나'의 자기 혁신

2020 북한 인민의 초상

고난의 행군부터 하노이 회담까지, 자력갱생 담론의 부상

북한이 1948년 9월 9일 정권 수립 이후 가장 빛나는 역사적 성취를 이룬 때는 전후 복구 시기였다. 2016년 '조선로동당 제7차 대회'는 "전후의 잿더미 우(위)에서 단 14년 동안에 사회주의 공업화를 실현하고 사회주의의 승리를 떨친 천리마 세대의 전통"을 강조하며,[1] 그 빛나는 전통에 기반해 '만리마속도창조운동'을 제안했다. 1970년대와 1980년대도 '사회주의 건설에서 이룩된 창조와 비약의 전성기'로 평가했다.[2]

북한의 최대 위기는 1990년대 '고난의 행군' 시기였다. 1990년대에는 "우리 인민이 민족의 어버이를 뜻밖에 잃고 적대 세력들의 반사회주의적 공세가 집중되는 최악의 환경"[3]을 극복해야 했다. 1990년대 고난의 행군은 "준엄한 시련"[4]이었고, 인민의 헌신적 싸움으로 인해 "기적적 성과"[5]를 이루었다고 했다.

'자력갱생'은 1990년대 고난의 행군 시기 배급 체제의 붕괴로 북한 주민이 감내해야 했던 엄청난 인명 피해 이후 그 의미가 각별해진 용어다. 자력갱생은 "우에서 대주면 좋고 안 대주어도 제힘으로 한다는 각오를 가지고 내부 예비와 가능성을 최대한으로 탐구 동원하여 걸린 문제를 자체의 힘으로 풀어 나가"는 것이라고 했다.[6] 이는 인민 스스로 자기 혁신, 자기 관리를 한다는 의미다. 사회주의 국가 주도 경제에서는 계획경제가 체제의 중요한 운영 시스템인데, 고난의 행군 시기를 거치면서 인민의 자기 관리가 강조됐고 국가 주도의 경제 시스템에도 변화가 발생했다.

2019년 2월 27~28일 베트남 하노이에서 김정은 위원장과 트럼프 대통령의 북미정상회담 '공동합의문' 도출이 무산된 이후 자력갱생의 의미는 더 각별해졌다. 2019년 북미정상회담 이후 조선로동당 중앙위원회는 제7기 제4차 전원회의를 2019년 4월 10일 당중앙위원회 본부 청사에서 진행했다. 이때 제1의제가 "사회주의 건설에서 자력갱생의 기치를 더욱 높이 들고 나갈 데 대하여"였다. 기본 배경은 '조미수뇌회담' 이후 미국을 비롯한 적대 세력이 "제재로 우리를 굴복시킬 수 있다고 혈안이 되어 오판"하고 있다는 판단에 따른 대응이었다.[7] 김정은 위원장은 직접 "경제 강국 건설이 주되는 정치적 과업으로 나선 오늘 자력갱생을 번영의 보검으로 틀어쥐고 전당, 전국, 전민이 총돌격전, 총결사전을 과감히 벌림(벌임)으로써 사회주의 건설의 일대 앙양기를 열어놓자는 것이 당중앙위원회 제7기 제4차 전원회의의 기본 정신"이라고 강조했다.[8] 이 보도를 통해 하노이 북미정상회담 이후 고조된 북한의 위기감을 확인할 수 있다. 북한은 2019년의 시점에서 이미 경제적

제재에 대비해 전당, 전국, 전민의 총동원령을 선언한 것이다.[9]

2020년 6월 16일, 개성공단에 있던 '남북공동연락사무소'가 북한 당국에 의해 폭파되는 사건이 발생했다. 이 사건으로 2018년 4·27판문점선언으로 조성되었던 남북 관계의 개선과 한반도 평화 정착에 대한 기대가 급격히 냉각되었다. 북한의 남북공동연락사무소 폭파는 2019년 하노이 북미정상회담 이후 예고된 것이었다.

정치의 언어는 약속의 언어다. 미래에 대한 약속을 통해 국민을 동원하고 현재의 위기를 유예한다.[10] 정치권력은 위기의 순간 가장 강력한 약속을 천명한다. 북한의 남북공동연락사무소 폭파는 남쪽에 보내는 위협의 메시지이면서, 동시에 내부를 향해 있는 '약속'의 확인이기도 하다. 외부의 위기에 대응하기 위한 내부의 결속 혹은 내부의 결속을 위한 외부의 위기 조성이 정치언어의 이데올로기 작동 방식이다. 반면, 정치언어와 대비되는 문학언어는 내부에서 발화하는 희망의 언어다. 미래의 약속보다는 현실의 고통에서 출발하고, 동원의 이데올로기보다는 희망의 이미지 표현에 힘을 모은다. 문학의 언어, 예술의 표현은 정치언어와 대비되어 다층적 해석의 지평을 열 수 있다.

북한의 문학언어는 때로는 정치언어와 긴장하는 양상을 보이기도 한다. 여기서 다루는 소설 작품은 조선작가동맹 중앙위원회에서 간행하는 《조선문학》에 수록되어 있다. 《조선문학》은 북한 문학이 지향하는 공식적 메시지를 담고 있으며, 북한의 검열 체계를 통과한 작품을 수록한다.[11] 북한 소설은 지시적 이데올로기를 포함하는 공식 문학이다.[12] 프랑스 철학자 루이 알튀세르Louis Pierre Althusser는 "이데올로기가 언어와 표현에서뿐만 아니라 우리의 삶을 조직하는 제도와 사회적 관습 등의 물질적 형태에서도 검토"될 필요가 있다고 했다.[13] 북한의 공식 체계 속에서 발표되는 북한의 문학 작품은 '언어와 표현'뿐만 아니라 북한 사회의 '제도와 관습'까지도 포착할 수 있는 다층적 해석의 가능성을 지닌 텍스트라고 할 수 있다.

문학언어는 다양한 해석의 가능성을 포함한 은유의 체계를 형성한다. 북한의 동시대 소설은 북한 사회의 내밀성이라는 맥락에서 북한 독자를 상상하며 쓰였다. 북한 내부의 독자를 위해 쓴 작품들을 남한이라는 외부의 독자가 다층적으로 해석함으로써 북한 민중의 욕망, 희망, 공식 이데올로기를 도출해낼 수 있다. 이러한 해석을 통해 북한 민중의 주체 구성 양상이 바뀌고 있음을 밝히려고 한다.

두 욕망의 충돌, 생활의 윤리와 공민적 의무

──── 빈곤의 현실을 폭로하는 누설의 서사,
　　　　김옥순의 〈동창생〉

영국 런던 SOAS 한국학연구센터 연구교수인 헤이즐 스미스Hazel Smith는 《장마당과 선군정치》에서, 1995년경부터 1998년까지 북한에서 발생한 전국적 기근에 대해 기술했다. 북한 당국이 공공 배급 체계를 유지할 수 없는 상황이 되자 나라 곳곳에서 사람들이 굶어 죽었다. 평양 주민까지도 굶주리고 영양실조에 빠지는 상황이 발생했다. 1997년 유엔 식량농업기구FAO는 약 500만 명의 협동농장 노동자가 절박한 위기 상황에 빠졌고, 청진·김책·함흥의 도시 노동자도 급격히 곤궁

해졌다고 밝혔다. 특히 함경남도 주민이 기근의 가장 큰 영향을 받아 사망률이 높았다고 한다.[14]

북한 사회는 공식적으로는 1990년대 고난의 행군 시기를 인민의 힘으로 극복했다고 이야기한다. 당시의 대기근 상황에 대해서는 북한 이탈 주민의 증언을 통해 알려졌을 뿐, 북한의 공식적 진술은 없었다. 북한의 문학 작품에서도 '고난의 행군', '강행군'이라는 표현은 등장해도 대기근의 실상이 구체적으로 그려지는 경우는 드물다.

김옥순의 〈동창생〉[15]은 북한 소설이 금기시했던 고난의 행군 시기 민중의 생활상을 그려내고 있어 이채롭다. 소설의 도입 부분은 "고난의 행군, 강행군이 끝난 직후 남편을 따라 생소한 곳에 와서 '모살이'(옮겨 심은 모가 땅에 뿌리를 내려서 푸르싱싱하게 사는 것)"를 시작했다고 하여 서사적 긴장을 이끌어낸다. 이 작품은 '××기계기술대학 기계공학과'에서 함께 공부했던 한송이와 조명숙의 갈등과 화해 과정을 형상화하는 데 초점이 맞춰져 있다. 대부분이 남학생인 21명의 학급에서 한송이와 조명숙만 여학생이었다. 그런데 고난의 행군이 둘의 운명을 갈라놓았다. 조명숙은 "남의 자그마한 불행도 그냥 스치지 못해 한가슴에 걸어안고 고생하는 인정 무른 사람"으로, "해마다 많은 원호물자를 마련해 가지고 군인들에게 보내"준다. 한송이는 가정에 충실하여 집 안의 가구며 물건을 "아침저녁으로 쓸고 닦고 하여 금방 참기름이라도 바른 듯 자르르 윤기가 흐르게" 할 정도로 행복한 삶을 꾸려나간다.

조명숙이 대학 시절 학구적 태도로 "학업 성적이 항상 앞자리"였다면, 한송이는 "온실 안의 꽃"과 같은 태도로 조용히 생활했다. 둘은 대학 시절 항상 붙어 다니며 추억을 공유하는 동창생이었다. 서로 소식을 모르고 지내다가 한송이가 조명숙이 있는 마을로 이주해 오면서 다시 만나게 됐다. 한송이는 새로 이사 온 마을의 편의사업소(옷 가공, 이발, 목욕, 세탁, 미용 등 주민의 생활 편의를 제공해주는 사업소)에서 미용사로 일하고, 조명숙은 영웅적 태도로 기계화반과 농산반에서 헌신적으로 일하며 농장원의 존경을 받고 있었다. 둘의 상봉은 처음에는 반가움으로, 나중에는 긴장으로 팽팽해진다.

이 소설의 표면적 서사는 "설계도면 앞을 떠나 자기 생활의 울타리 안에 파묻혀" 있던 한송이의 변화에 초점이 맞춰져 있다. 조명숙은 한송이를 두고 "그러니 준기사('기사'와 '기수' 사이의 중간급 기술 자격을 가진 기술 일꾼)가 미용사가 되었단 말이지"라고 안타까워하며, 다시 기계 설계 일을 맡아주길 바란다. 하지만 한송이의 체념의 깊이는 의외로 깊다. 한송이의 내면에는 "제국주의자들의 전대미문의 제재와 함께 횡포한 자연재해로 인해 겪은 가슴 아픈 고난"으로 인한 상처가 자리 잡고 있기 때문이다. 그런데도 조명숙은 "농산반 일은 하지만 준기사인 자기가 기술 혁신 문제도 외면할 수 없다"라면서, 자신이 속해 있지도 않는 2분조의 제초기를 몽땅 수리하는 일을 자처할 정도로 분주하게 생활한다. 오히려 조명숙은 "배고파하는" 자신의 아들 일국이를 두고도 "농사군(농사꾼)인 내가 일을 잘못하여 내 아들의 작은 배 하나 못 채워준다"라고 생각하여 일에 더 헌신하는 태도를 취한다.

한송이가 가정을 먼저 챙기는 사적 태도를 취한다면, 조명숙은 농장 일을 통해 가정의 곤란을 극복하려는 공적 태도를 보인다. 조명숙은 공민적 의무를 다하는 영웅적 인물이다. 공민적 의무란 "단순히 법적 의무만이 아니라 공민의 영예이며 량심이고 의리"를 말한다. 국가와 공민의 신뢰와 의리에 기반해 "공화국이 있음으로 하여 지난날 억눌리고 천대받고 멸시당하던 조선 인민이 그 누구도 감히 건드릴 수 없는 존엄 높은 인민으로 되었으며 공화국 공민으로서의 영예와 긍지를 가지고 값 높은 삶을 누리게" 된 것에 따른 책임과 의무라고 규정된다.[16] 조명숙은 공민적 의무에 충실하여, 어떻게든 한송이를 다시 기계 관련 일로 끌어들여 공적 세계에 헌신할 수 있는 길을 열어주려 한다. 조명숙과 한송이는 두 달여 동안이나 서로 냉랭한 태도로 결별을 각오한 자존심 싸움을 하기도 하지만, 조명숙의 헌신에 감화된 한송이가 결국 기계 설계 일을 돕게 된다. 둘은 함께 '이동식 소형 벼 탈곡기와 두둑 짓는 기계'를 설계하고, 이 기계들이 도의 농기계 전시회에 출품될 정도로 인정을 받는 것으로 소설은 마무리된다.

이 소설의 주제는 조명숙이 소속된 3반 반장이 한송이를 설득할 때, "나라가 품을 들여 키워낸 기술 인재들이 그 능력을 발휘하지 못하기 때문"에 '고난의 행군, 강행군'이라는 난관에 빠졌다고 말하는 데서 잘 드러난다. 한송이는 그 말에 "둔한 쇠붙이로 뒤통수를 힘껏 후려친 듯 정신이 아찔"해지는 충격을 받았다. 그 충격으로 각성한 한송이는 설계에 필요한 참고서와 자료들을 조명숙에게 제공하게 된다. 그리고 한송이의 행위는 마을회관 정문 앞의 리里 속보판에 "'기술 혁신을 도와'라는 제목으로 자기의 이름이 큼직한 붓글씨로 날아갈 듯 활달하게 씌어"지는 영광을 불러온다. 〈동창생〉의 주제는 한송이가 조명숙의 존재를 "추위를 이겨내어 피어난 이 계절의 마지막 꽃"에 비유하며, 스스로 "기술자이면서도 기술자이기를 포기했던 지난날"을 반성하는 데서 구현된다.

그렇다면 〈동창생〉을 심층적으로 독해해보면 어떤 이면적 서사를 도출해낼 수 있을까?

이 소설이 증언하는, 고난의 행군 시기에 북한 민중이 감내해야 했던 고통은 충격적인 것이었다. 조명숙과 한송이가 말다툼을 하는 다음 장면에 주목해보자.

> 학교 때는 향학열이라는 공통분모가 우리를 하나로 융합시켜주었지만 지금은….
>
> "송이야, 우리 오늘은 말 좀 하자."
>
> 표정이 심각해진 명숙이가 의자에서 일어섰다.
>
> "난 우리 매每 사람들이 일을 쓰게(제대로 잘) 못해서 나라 쌀독이 비였구 그래서 고난의 행군을 하게 된 거라구 생각한다. 그래 넌 지금은 미용사니 상관없다는 거야? 자기만 잘살면 그만이라는 거지?"
>
> "너무 그러지 말아. 여자에겐 가정이 첫째야. 너도 지금 일국이를 배불리 먹이지 못한다고 가슴 아프다구 했지? 그래 그게 가정부인인 네 탓이 아니란 말이냐? 난 오히려 네가 불쌍하다."
>
> 어떻게 이런 말이 자기 입에서 나왔는지 그로서도 뜻밖이였다.[17]

나라의 쌀독이 빈 상황에서 아이가 굶는 지경에 빠졌다는 사실이 소설에 등장한다는 것은 그 자체로 '누설의 서사'다. 한송이와 조명숙의 말다툼은 '가정이 중요한가'와 '농장이 중요한가'로 팽팽하게 긴장감을 조성한다. 다툼 과정에서는 "자기만 잘살면 그만이라는 거지?"로 표현되어 있지만, 사실은 고난의 행군을 거치면서 체화된 '자력갱생의 태도'가 공민적 윤리와 어떻게 융화할 수 있는가라는 문제가 남는다. 이는 여전히 내재된 북한 민중의 윤리적 갈등이다.

이 소설에서 조명숙과 한송이의 구체적 경제활동에 대한 서사는 생략되어 있지만, 위 인용문을 통해 고난의 행군 시기 북한 민중이 감내해야 했던 고통, 그 후의 여파를 추론할 수 있다. 한송이는 가정을 위해 사적 영역에서 경제활동을 하여 배고픔을 벗어나는 가정생활을 할 수 있었던 반면, 조명숙은 공적 영역에서 헌신하는 삶으로 인해 아들의 배고픔을 해결하지 못할 정도로 곤궁에 빠졌다. 소설의 서사는 조명숙을 고귀한 삶으로, 한송이를 반성하며 변화하는 인물로 그린다. 하지만 조명숙과 한송이를 둘러싼 사회경제적 상황은 다른 양상을 보인다.

고난의 행군 시기 배급제 붕괴는 국가의 기능 마비 상태를 초래했다. 이로 인해 1996~1997년 임시방편적인 식량 구매·판매 체계인 '쌀실이'[18]가 실시됐고, 곡식이 장마당에 나오면서 급격히 시장경제가 작동하기 시작했다. 당시 북한 여성은 생존을 위해 물건을 파는 장사뿐만 아니라, 쌀을 '이고 지고 싣는' 경쟁을 본격화했다. 기아로 인한 사망자가 발생하는 상황에서 여성이 주도하는, 생존을 위한 시장 형성이 이뤄진 것이다. 한송이는 고난의 행군 시기에 "배고파 우는 어린것들에게마저 보리밥 한 그릇 제대로 퍼줄 수 없었던 그 시절"에 급격히 변화했다. 한송이가 일하는 미용실은 "안테나가 높은 방송 중계소 같은 곳"이어서 사적 경제활동이 이뤄지기에 맞춤한 조건을 갖추고 있기도 하다. 한송이는 국가 위기 상황을 겪으면서 "어떤 정황에서도 제때에 자신을 수습"하는 능력을 갖추게 됐다.

〈동창생〉의 표면적 서사에는 드러나지 않지만, 한송이의 태도는 충분히 주목할 만한 새로운 개성의 탄생이라고 할 수 있다. 이 소설은 한송이를 통해 고난의 행군 시절의 빈곤상이 폭로된다. 또한 한송이는 조명숙과 대비되어 현실에 적응력을 갖추고 가족을 건사하는 자기 혁신의 인물로 성격화되어 있다. 소설의 공식적 서사는 한송이가 조명숙에게 감화되어 반성적 태도로 기계 설계 일을 맡는 것으로 결론지어지지만, 한송이가 상대적으로 부정적 인물의 형상을 하고 있더라도 악인으로 그려지지 않는다는 점에 주목할 필요가 있다. 조명숙은 영웅적 형상이지만, 한송이는 북한 여성의 일상적 모습의 전형으로 그려진다. 이 소설이 한송이의 시점에서 한송이의 내면세계를 중심에 놓고 조명숙을 형상화한다는 점도 주목할 필요가 있다. 고난의 행군 시기를 거치면서 북한 여성의 형상이 조명숙의 '영웅적 성격화'에서 한송이의 '자기 혁신적 성격화'로 변화했음을 알 수 있다.

자기 혁신은 자력갱생으로 의미화할 수 있다. 북한의 박사·부교수인 김희성은 "인민대중이 모든 것을 자체의 힘으로 수행하는 것은 구체적으로는 남의 힘과 기술, 자원에 의거해서가 아니라 자체의 힘과 기술, 자원에 의거하여 자기의 앞길을 개척해 나가는 것으로 발현된다"라고 했다.[19] 고난의 행군 시기에 북한 여성이 생존 전선에 뛰어들어 가족의 생명을 지켜야 했던 경험은 '자생적 시장인 장마당' 형성의 기초가 됐다. 그리고 한편으로 북한 민중의 내면에는 수령-당-인민의 일체 관계에서 스스로가 스스로의 운명을 책임져야 하는 자력갱생의 상처가 깊이 새겨졌다. 북한의 정치권력은 대외적인 자력갱생을 선언하지만, 북한 민중은 국가기구로부터의 자력갱생을 내면화하고 있다고 할 수 있다.

〈동창생〉과 같이 위험한 '누설의 서사', '현실에 밀착한 소설'이 어떻게 창작되고 발표될 수 있었을까? 김옥순이라는 작가의 민중적 위치에 주목할 필요가 있다. 김옥순은 평안남도 남포시 항구구역 은덕 1동에 거주하며 창작하는 작가다. 그가 북한 문단에 처음 등장한 때는 2016년 '조선로동당 창건 70돐 경축 전국 군중문학 작품 현상모집'에 단편소설 〈장혁 동지〉로 2등을 수상하면서였다.[20] 여기서 그치지 않고 이듬해인 2017년에는 '전국 군중문학 작품 현상모집' 1등 당선작인 〈세상에 부럼(부러움) 없어라〉[21]를 발표하여 주목을 받았다. 그리고 《조선문학》 2018년 제12호에 〈동창생〉을 발표했다. 김옥순은 '전국 군중문학 작품 현상모집'을 통해 작가의 길을 열었기에, 김일성종합대학 조선어문학부나 김형직 사범대학 작가양성반에서 북한의 공식적인 문학언어 훈련을 한 작가들보다는 글쓰기의 기풍이 상대적으로 자유롭다. 또한 지방에 있는 남포시에 거주하고 있기에 평양 거주 작가들보다는 고난의 행군을 현장에서 더 가까이 겪었고, 북한 민중의 생활상에도 밀착해 있다. 이러한 작가적 상황이 〈동창생〉과 같은 예외적 작품의 탄생을 가능하게 했다.

세계 제일을 향한 자기 혁신

———— '세계와의 경쟁'이라는 강박,
렴예성의 〈사랑하노라〉

2016년 2월 8일 자 《로동신문》은 거의 모든 지면이 지구 관측 위성 '광명성-4'호 발사를 축하하는 내용으로 채워졌다. 2면에서는 "조선민주주의인민공화국 국가우주개발국 과학자, 기술자들은 국가우주개발 5

개년 계획 2016년 계획에 따라 새로 연구 개발한 지구 관측 위성 '광명성-4'호를 궤도에 진입시키는 데 완전 성공하였다"라고 선언했다.[22] 세계를 향한 자긍심도 적극적으로 표현됐다. 평양시 당위원회 책임비서 김수길은 "'광명성-4'호의 성과적 발사를 통하여 우리 당이 천만 군민軍民을 이끌어 강성 번영하는 천하제일 강국, 백두산 대국을 어떻게 일떠세우는가를 세계에 다시금 똑똑히 보여주었다"라고 했고,[23] 국가 과학원 원장 장철은 "우리는 앞으로 자강력 제일주의를 더욱 높이 추켜들고 우리 조국을 세계적인 우주 강국으로 빛내이는 데 적극 기여할 것이며, 과학기술로 우리 조국의 국력을 만방에 떨치는 경이적인 사변들을 다계단으로 안아오겠다"라고 했다.[24]

이러한 흐름을 반영하듯 북한 소설에서는 과학기술을 다룬 작품들의 주제가 변화하고 있다. 과학기술의 주체화를 통해 '세계적 수준'에 도달하는 것을 목표로 했던 것에서, '세계를 앞서 나가야 한다'는 것으로 바뀌고 있는 것이다. 세계적 수준이 "일정한 대상의 모든 요소와 지표들"이 "제일 앞선 나라의 수준에 이를 정도나 상태"를 말한다면, 세계를 앞서 나가야 한다는 것은 "우리의 모든 분야가 어느 개별적인 나라의 발전수준이 아니라 그것을 뛰여넘어 세상에 둘도 없는 것으로 되게 하여야 한다는 것"을 말한다. 이러한 변화는 김정은 위원장이 "최상의 것, 최고의 것이 아니면 조선의 것이 아니며, 존엄 높은 김일성 민족, 김정은 조선은 모든 부문, 모든 분야에서 세계적 수준을 돌파해 나갈 수 있다"라는 목표를 제시한 것의 영향이다.[25]

렴예성의 〈사랑하노라〉[26]는 세계를 앞서 나가야 한다는 주제가 북한 소설에서 어떻게 구현되는지를 잘 보여준 작품이다. 이 소설은 이른바

'오해의 서사'를 통해 소설적 긴장을 잘 구현한 수작이다. 북한 사회가 '자기 혁신', '세계와의 경쟁'이라는 강박적 관념에 어떻게 반응하고 있는지를 드러내는 작품이기도 하다.

소설 속 화자인 '나'(홍유정)는 "언제나 1등생"을 꿈꾸었고, 실제로 "도에 있는 1중학교를 최우등으로 마치고 리과대학입학시험"에도 1등을 하여 꿈을 실현했다. 그러나 '나'의 행로는 입학 후 첫 물리학과 경연대회에서 좌절됐다. 학과에서 "제일 매력 없는 청년"인 김정인이 1등을 하고 '나'는 2등을 하는, 예상치 못한 결과가 나온 것이다. 그 후 '나'와 김정인은 3학년 때까지 번갈아가며 1, 2등을 다투었다.

둘의 경쟁은 대학 3학년 때 유네스코 대표단이 방문하여 "유일하게 정답을 낸 홍유정"이 아니라, "전혀 처음 보는 문제풀이 방식을 정립한" 김정인을 유학생으로 선발하면서 마무리된다. 김정인이 3년간 해외 유학을 떠난 것이다. 그사이 '나'는 유기화학연구소 일용품연구실의 파마 약 연구조 책임자가 되어 "우리 원료로 우리식의 파마 약"을 만드는 성과를 냈다. '우리 파마 약 성공'은 김일성·김정일의 유훈이자 김정은이 두 차례에 걸쳐 제기한 숙원 사업이기도 했다. '나'는 파마 약 연구 성과를 기반으로 일용품연구실 실장으로 내정된 상태였다.

그런데 유학에서 돌아온 김정인은 '나'를 밀어내고 일용품연구실 실장으로 임명됐을 뿐만 아니라, 새로 개발된 '우리식 파마 약'에 대해 "수입제를 대신하지 못"할 뿐만 아니라, "냄새 문제도 그렇고 머리 파장 문제도 아직" 해결하지 못했다고 제동을 건다. '나'는 "심장이 찢어져 나가는 것처럼 고통"을 느끼며 충격을 받는다. '우리식 파마 약' 연구를 위해 수많은 실험과 실패를 반복했으며, "우리식 보조제 연구 과정에서 순직한 박사"까지도 있었다. 그런데 유학에서 갓 돌아온 김정인은 "외국제를 능가하는 우리 것"이 아니라는 이유로 "시험 생산을 보류"할 것을 주장한 것이다.

'내'가 보기에 김정인은 "외국 물을 먹고 오면 외국 것만 눈에 보이는" 사람이며, "내 나라의 것을 무시"하는 사람일 뿐이다. 대학 시절 김정인은 '우리 고향에서 만든 원주필(볼펜)'을 쓰겠다고 친구가 선물하는 외국 원주필을 거부하던 "수수하면서도 자존심을 지킬 줄 아는 사람"이었다. 그러던 그가 이제 "품위 있게 지은 까만 양복 안에 까만 샤쓰를 받쳐 입고 팔색의 줄무늬 넥타이"를 맨 세련된 인물로 변화했다. 과시하듯이 "류달리 품위 있어 보이는" 손목시계를 내려다보고, 외국산의 탄탄한 방수 천 우산을 쓰고 연한 향수까지 사용한다.

'나'는 "3년이라는 세월과 더불어 11번의 실험 만에야 본래보다 냄새가 60프로 이상 적어지고 질 담보는 30프로 이상 상승한 파마 약 결과물"을 내놨는데, 김정인은 그 결과물에 대해 "자기의 심혈이 깃든 것이기 때문에 반드시 써야 한다고 사람들에게 강요할 권리가 동무에겐 없습니다. 난 동무가 눈을 높이길 바랍니다"라고 말한다. '나'는 "어떤 눈 말인가요? 우리 것보다… 외국제를 더 높이 보는… 그런 눈 말인가요?"라고 쏘아붙였다. '나'는 스스로를 증명하기 위해 미용원을 찾아 '우리 파마 약'으로 머리를 하려다 충격적인 현실에 직면하고 만다.

어느덧 분원 구내도 벗어나고 미용원이란 간판의 대형 유리문이 눈앞에 나타났다.

나는 몸을 떨었다. 왜 여기로 왔던가? 그래, 난 여기서 그의 말을 부정해버리려고 하지. 나는 문을 열고 안으로 들어갔다.

"저… 우리 파마 약이 새로 나왔다지요? 그걸루 머리를 할 수 없을가요?"

나는 마음을 다잡고 의자에 앉으며 미용사에게 말을 건넸다.

몸이 좋은 미용사는 거울에 비낀 나의 얼굴을 유심히 바라보다가 은근히 말했다.

"나야 손님들의 요구대로 해주면 그만이지요. 하지만 딸같이 생각해서 하는 말인데 다른 걸로 하라요."

"그건 왜요?"

"아, 머리 모양이 아름다움의 80프로를 좌우한다니까. 우리 파마 약은 냄새두 좀 센데다 머리 파장이 곱지 않아요. 괜히 머리만 망친다니까. 아니, 왜 그래요?"

나는 그만 더 참지 못하고 밖으로 뛰쳐나왔다.

눈물이, 아픔의 눈물이 왈칵 솟구쳐 나왔다.[27]

〈사랑하노라〉는 '세계를 앞서 나가야 한다'는 것을 강조하기 위해 북한 일상의 모습을 그대로 노출한다. 이 소설에서는 '외국산'과 '우리식 제품'이 팽팽하게 긴장한다. 북한 사회에서 외국산에 대한 거부는 주체사상과 연결되어 있어 강고한 이데올로기다. 소비에트사회주의연방의 해체도 주체적 역량의 약화와 연결해 논의하기도 한다. 김일성종합대학의 김봉덕은 "쏘베트(소비에트)사회주의련방이 20세기가 저물어가는 시기에 붕괴되게 된 것은 결코 국방력이 약하거나 객관적 조건이 불리해서가 아니"었다며, "이전 쏘련의 많은 사람들 속에서 자본주의에 대한 환상이 생겨나고 자기의 것보다 외국의 것을 더 숭상하는 풍조가 만연되였으며 따라서 쏘련은 사람들의 마음속에 애국심도, 자존심도 희미해진 나라로 전락"한 것이 큰 요인이라고 했다.[28] 김봉덕은 현실 사회주의의 붕괴가 '자본주의에 대한 환상'으로 인한 것이라고 했다. '외국 것'을 선호하는 풍조가 체제 위기의 요인이라고도 했다. 그만큼 북한 사회 내에서도 '인민의 소비 욕망'에 대한 경계심이 높음을 김봉덕의 글에서 확인할 수 있다. 〈사랑하노라〉에는 세계와 경쟁하는 자기 혁신을 강조하면서도 북한 사회 내부의 외국산 선호 풍조가 사실적으로 그려지고 있다.

〈사랑하노라〉는 홍유정의 김정인에 대한 오해가 점진적으로 해소되면서 반전과 더불어 주제 의식을 명료하게 전달한다. 김정인은 외국에서 대학을 졸업하고 귀국할 때 그 나라에서 정인의 "비상한 두뇌의 가치"를 알아보고 "최상 최대의 연구 조건을 보장"할 테니 남아달라는 부탁까지 받았다. 하지만 그는 "지금은 좀 어렵지만 우리 인민은 반드시 가까운 시일 내에 세계 과학의 최고봉, 세계 문명의 최절정에 오르게 될 것"이라면서 그 유혹을 뿌리치고 조국으로 왔다. 그뿐만 아니라 그가 차고 있는 품위 있는 손목시계는 외국에서 공부할 때 그의 제1경쟁 적수가 졸업하는 날 선물한 것이기에, 김정인은 그 시계의 초침 소리를 통해 "지금 이 시각도 폭발적으로 발전하고 있는 세계를 느끼"는 것이라고 했다. 또 외국산의 탄탄한 방수 천 우산은 김정인이 수입제를 훨씬 능가하는 "우리식 방수액" 개발을 위해 지니고 다녔던 것으로 밝혀진다. 홍유정이 "수천 명 학생들을 이기려고 그렇게 애쓸 적"에 김정인은 "세계를 이기는 것"을 꿈꾸고 있었다. 김정인은 세계를 능가하는

'수티톨 유탁 방수액' 개발에 성공하고, 파마 약 보조제도 수입제와 대비해 99.5퍼센트에 육박하는 연구 성과를 냈는데도 자신을 다그친다. 홍유정의 선생님은 "세계가 인정하고 우리 인민이 인정하는 세계 일류급의 우리 것을 만드는 데 우리 과학자들이 앞장"서야 하고, "주체화는 우리 조선의 운명"이라고 강조한다.

이 소설은 '세계를 앞서가는' 과학적 성과를 실제로 내보이기 위해 마지막에 "우리의 '화성'이 영원한 푸른 행성을 선언하며 날아"오르는 모습을 그렸다. 온전히 "우리의 힘, 우리의 기술, 우리의 자재"로 위성을 쏘아 올렸기에 세계가 부러워하고 있다고 강조했다. 이 가슴 뭉클한 장면 속에서 홍유정은 김정인에게 "이 사람이였구나. …내가 사랑하고 싶었던 사람!"이라는 사랑의 감정을 표현하며 소설은 결말을 맺는다.

〈사랑하노라〉는 세계적인 과학적 성과를 강조하기 위해 북한 민중이 외면하는 '우리식 파마 약'을 제시하는 모순적 상황을 제시한다. 북한에서는 선언적으로 "최첨단을 돌파하여 우리나라를 지식 경제 강국으로 일떠세우기 위한 새 세기 산업혁명의 불길 높이 제국주의자들과 그 추종 세력들의 비렬한 제재 압살 책동을 단호히 짓부"셔야 한다고 말한다. 이를 위해 "우리의 경제를 주체화, 현대화, 정보화, 과학화가 빛나게 실현된 지식 경제로 전환"시킴으로써 궁극적으로 "이 땅 우에 인민들이 세상에 부럼 없는 행복한 생활을 마음껏 누리는 천하제일 강국, 사회주의 강국"으로 나아가는 것이 목표라고 말한다.[29] 하지만 현실과 이상의 간극은 북한 민중의 '외국산 선호'라는 사실적 욕망에 의해 커지고 있다. 북한의 일상생활에서 민중이 "수입병을 완전히 털어버리"[30]라는 당의 요구에 수긍하기에는 제품의 격차가 너무 큰 셈이다. 민중의 일상생활에서는 여성의 아름다움에 대한 욕망에 기반해 수입 파마 약을 선호하고 있음을 이 소설은 누설의 서사로 드러낸다.

〈사랑하노라〉에서는 일상생활의 소비 욕망과 국가기구의 공적 담론 사이의 간극이 노출되고 있다. 국가기구는 민중의 일상적 욕망에 대응해 '세계를 앞서 나가야 한다'는 것을 강조한다. 이는 국가기구의 의사 결정을 민중의 욕망이 이끌고 있음을 보여주며, 이러한 상대적 역전은 고난의 행군 이후 민중의 자력갱생 의지가 산출한 효과로 해석할 수 있다.

정치권력은 민중을 동원하고 통치하기 위해 "자신의 국가가 다른 국가와는 본질적으로 전혀 다를 뿐 아니라 심지어 우수한 국가여야 한다"라는 강박적 관념을 민중에게 강요한다.[31] '세계를 앞서가는 것'의 창출은 지배 이데올로기의 표현이다. 세계와의 관계에서는 자력갱생과 자강력을 강조하며 봉쇄와 제재에 대응해야 하고, 내부의 민중과의 관계에서는 '부럼 없는 행복한 생활'을 약속해야 하는 것이 정치언어다. 그 정치언어를 의도성 없이 누설하는 것이 문학언어이기에, 〈사랑하노라〉는 그 선명한 주제 의식에도 불구하고 북한이 처한 현실을 생생하게 드러내는 작품이라고 평가할 수 있다.

인민대중의 자기 통치,
국가주의의 호명과 인민 삶의 갈등

우향숙 박사는 김일성종합대학 철학부 교수다. 그는 2019년 발표한 논문에서 북한의 민주주의 문제에 대한 논의를 적극적으로 펼쳤다. 우향숙은 민주주의가 "인민대중에게 참다운 자유와 권리, 행복한 생활을 실질적으로 마련해주는 정치"라는 점을 강조한다. 주체사상과 연결해서는 "민주주의가 근로 인민대중을 위하여 복무하는 국가 활동의 기본 방식"이라면서, "진정한 민주주의의 자주적이며 인민적인 성격"을 강조했다.[32] 북한에서 민주주의에 대한 기존 관점은 '수령-당-인민'으로 이어지는 정치적 관계가 근로 인민대중을 위해 복무함으로써 정당성이 확보되는 것으로 보았다. 하지만 고난의 행군 이후 '수령-당-인민'의 신뢰와 의리에 기반한 관계에 균열이 발생했다. 선한 의도를 관철하기 위한 수령의 통치가 김일성 사망 이후 작동을 멈춤으로써 수많은 북한 민중이 굶주림으로 사망하는 사태가 발생한 것이다.

이에 우향숙은 "당 정책을 관철해야 할 권리와 책임은 인민대중"에게 있으며, "인민대중에게 당 정책 관철을 강요하거나 지시할 권리는 그 누구에게도 없다"라는 단호한 논의를 펼쳤다.[33] 우향숙의 논의는 인민대중의 주체성을 강조하는 민중주의로 해석할 수 있다. 그렇기에 우향숙은 "인민대중의 창조적 힘과 지혜에 의하여 낡은 사회제도와 낡은 사회의 유물이 청산되고 새 제도, 새 생활이 창조된다"라고 했다.[34] 그는 '낡은 사회제도'를 대체하는 '새 제도'를 명시적으로 이야기하지는 않는다. 하지만 '로동에 대한 보수제'를 실시할 때 '평균주의'의 오류를 극복할 수 있다고 언급한 데서, 현재 북한 지식사회가 꿈꾸는 새로운 제도의 모습을 탐색할 수 있다.

사회주의 사회가 다 같이 일하고 평등하게 사는 사회라고 하여 로동에 대한 보수에서 사회주의 분배 원칙을 철저히 지키지 않는 것도 반드시 극복하여야 할 문제로 된다. 사회주의 사회의 과도적 성격을 무시하고 로동에 대한 보수제를 실시하는 데서 평균주의를 하면 사람들의 혁명적 열의를 떨어뜨릴 수 있으며 사회에 놀고먹는 건달군이 생겨나 혁명과 건설에 커다란 지장을 줄 수 있다. 그렇기 때문에 당에서는 사람들이 일한 것만큼, 번 것만큼 평가해줄 데 대하여 강조하고 있는 것이다.[35]

북한은 1990년대 고난의 행군을 거친 이후 2002년 '7·1경제관리개선조치'를 취하여 인민 경제의 변화를 꾀했다. 김정은 시대에 이르러서는 2014년 공장·기업·회사·상점에 자율경영권을 부여한 '5·30조치'로 '노동보수제'에 변화가 일어난 것과 깊은 연관이 있다. 북한의 학자 양성철은 "일한 것만큼, 번 것만큼" 평가를 함으로써 초과 생산량에 대한 보수 지급을 당이 명문화했다고 말한다. 북한 경제 구조의 변화는 "로동에서 헌신적이며 위훈을 떨치는 사람이 물질적으로 높은 대우를 받"는 것을 허용하고, 더 나아가 "당과 수령에게 충실한 사람이고 현 시대의 애국자"라는 평가까지 가능하게 했다.[36]

우향숙의 민중주의적 논의는 당의 정책적 결정과 충돌하지 않는다. 하지만 우향숙의 논의를 통해 북한 지식사회가 '수령-당-인민'의 고착화된 위계적 질서에 대해 깊이 성찰하고 있음을 알 수 있다. '당 정책'과 '인민대중의 창조적 힘과 지혜'가 충돌했을 때, '인민대중의 선택'이 우선이다. 우향숙은 이를 "인민대중에게 당 정책 관철을 강요하거나 지시할 권리는 그 누구에게도 없다"라고 표현했는데, 여기서 "그 누구에게도"라는 언술에 주목하면 '인민-수령-당'이라는 새로운 북한 사회의 모습을 그려낼 수 있다. 향후 북한 사회의 미래는 '인민과 수령'의 관계에 달려 있다. 이는 결국 인민과 김정은의 신뢰 관계가 어떻게 형성될 수 있는가가 관건이라고 할 수 있다.

김옥순은 〈동창생〉에서 고난의 행군, 강행군 시기를 과거로 다루지만, 현재에도 사적 영역과 공적 영역이 긴장 관계에 있음을 누설의 서사를 통해 그려냈다. 배급 체제의 붕괴가 낳은 비극이 고난의 행군이며, 이후 북한의 사회제도는 5·30조치와 같은 제도 개편을 통해 민중의 요구를 수용했다. 2020년의 북한 사회는 사적 축적을 어떻게 체제의 운명과 연결할 것인가에 대한 이데올로기 투쟁 과정에 있음을 이 작품을 통해 확인할 수 있다. 렴예성은 〈사랑하노라〉에서 '우리식 파마 약' 개발 과정에서 확인하게 된 북한 인민의 일상을 그려냈다. 북한 사회는 세계적 경쟁력을 갖춘 일용품 개발을 염원하지만, 세계와 닫힌 관계를 지속할 수밖에 없는 봉쇄와 제재가 지속되고 있다. 민중의 관점에서 볼 때, 한반도를 둘러싼 냉혹한 긴장 관계는 불안과 공포의 일상을 견뎌내야 한다는 불행의 지속일 뿐이다. 북한 민중의 요구인 세계화의 희망과 인민의 민주주의에 대한 열망은 아직까지는 '유예된 행복'으로 남아 있다.

국가주의 이데올로기는 '과학기술 강국, 경제 강국, 문명 강국, 사회주의 강성 국가 건설'을 외치고 있지만, 정작 북한 사회는 스스로의 의지와 관계없이 외부와 교류를 차단할 수밖에 없는 상황에 처해 있다. 북한은 국가기구의 생존을 위해 집단주의적 통제를 강화하고 있다. 북한 민중은 자력갱생으로 스스로의 삶을 추스르면서 국가가 요구하는 희생을 감내한다. 국가주의의 호명과 인민의 삶의 논리의 갈등 관계에서 북한의 일부 학자는 '자기 혁신과 자기 통치의 인간으로의 전환'이 '민주주의의 인민적 성격'과 연관되어 있음을 주창한다. 그 논의의 부분적 면모를 '인민대중의 주체성을 강조하는 민중주의'에서 확인할 수 있다.

◇

인민의
목소리를

찾
아
서

04

'고난의 행군' 이후
북한의 생태소설 읽기

생태주의와 생산력주의의
충돌 현장

경성림업시험장의 기적

북한 소설 림종상의 〈쇠찌르레기〉(1990)는 남한에 소개되어 잔잔한 반향을 일으킨 작품이다. 이 소설은 남한의 출판사 '살림터'에서 '북한 우수 단편선' 시리즈로 작품집 《쇠찌르레기》를 1993년 출간하면서 알려졌다.[1] 표제작이기도 한 이 소설은 3대가 동물학자인 한 가족의 사연을 분단 문제와 연결해 남한 독자에게 강한 인상을 남겼다.

〈쇠찌르레기〉는 화자로 등장하는 기자 출신의 '작가'가 한 이산가족에 얽힌 이야기를 전하는 액자소설 형식의 작품이다. '작가'는 동창이자 조류학자인 원창운의 집에서 하룻밤을 지새우게 된다. 원창운은 '작가'에게 자신이 삼촌에게 쓴 편지를 감수해달라고 부탁한다. 엄혹한 분단 현실임에도 그 편지는 일본을 통해 남한에 있는 삼촌에게 전달될 예정이었다.

원창운의 가족에게는 무슨 사연이 있었던 것일까? 원창운은 세계적인 생물학자인 고故 원홍길 박사의 손자다. 원창운의 삼촌인 원병후도 남한에서 조류학을 전공한 생물학 박사다. 원병후는 한국전쟁 때 월남 했다. 이산가족이 된 이들은 남과 북에서 각자 조류학 연구를 계속했다. 할아버지 원홍길 박사는 일제강점기부터 새와 곤충 채집을 했고, 해방 후에는 '종합대학 생물학 교원'으로 초빙되어 연구 활동을 했다. 그의 최고 업적 중 하나는 '북방쇠찌르레기'를 '북조선쇠찌르레기'로 고쳐 명명하는 논문을 발표하여 국제 조류계의 공인을 받은 것이었다. 그는 북한의 조류를 연구한《조선 조류지》와 같은 탁월한 저서도 남겼다. 그의 학문을 계승한 이가 바로 손자 원창운이었다. 그럼에도 원홍길 박사는 항상 남한에서 조류 연구를 하고 있는 아들 원병후를 그리워했다.

이 소설은 1963년 6월 7일 발생한 기적 같은 일을 다룬다. 원창운은 현장 연구 조사 작업을 하던 모란봉에서 북조선쇠찌르레기를 포획했다. 그는 새의 표식 가락지에 '농림성 저팬 C 7655'農林省 JAPAN C 7655 라는 표기가 새겨진 것을 발견했다. 그 내용을 할아버지인 원홍길 박사에게 알렸고, 원홍길 박사는 국제 조류학계의 공약인 '새가 발견되면 표식을 한 곳에 알려줘야 한다'는 규약에 따라 일본에 알렸다. 일본의 조류연구소는, 그 가락지에는 일본 농림성이라고 새겨져 있지만 사실은 '경성림업시험장에서 1963년 6월 7일'에 날려 보낸 것이라고 전달해온다. 또한 놀랍게도 '분단의 매개자로서의 북조선쇠찌르레기의 역할'까지 밝혀진다. 그 새를 날려 보낸 사람이 원홍길의 아들이자 원창운의 삼촌인 원병후라는 사실까지 일본 조류연구소에서 알려온 것이다.

이 소설은 남북 이산의 아픔을 조류 연구를 통해 그려낸 분단문학의 백미白眉다. 새는 자유롭게 남북을 넘나드는데 가족의 왕래는 봉쇄돼 있다는 사실이 안타까움을 자아내게 한다. 조류학을 매개로 제3국을 통해 남북의 연구 동향을 파악하고 학문적 긴장 관계를 형성하는 모습도 흥미롭다.[2]

〈쇠찌르레기〉는 실화를 바탕으로 했다. 북한의 대표적인 조류학자 원홍구 박사와 남한의 조류학계 권위자이자 경희대학교 교수 원병오 박사가 엄혹한 분단 상황에서도 쇠찌르레기를 매개로 서로 소통한 사건은 세계적으로도 화제가 됐다. 소설 속 원홍길은 실제 인물 원홍구 박사를 염두에 둔 형상화였고, 소설에서 간접적으로 그려진 원병후는 남한의 원병오 교수를 모델로 했다. 원병오 박사는 당시 상황에 대해 "63년 서울 홍릉에서 잡은 북방 쇠찌르레기 100마리의 발에 링을 달아 날려 보냈는데, 그중 한 마리가 휴전선을 넘어 평양으로 날아갔"고, "평양에서 잡힌 새는 당시 북한 과학원 생물학연구소장이었던 부친 원元씨에 의해 세계조류보호협회 아시아지역 본부인 동경 산계山階연구소에 다시 보고되어 아버지의 소식을 알"게 되었다고 했다.[3] 원홍구 박사와 원병오 박사의 사연은 남북 분단의 비극적 정조를 자아내는 상징적 사건으로 외국 언론에도 소개됐다.

남과 북을 넘나드는 쇠찌르레기는 한반도의 생태환경과 관련한 논의를 환기한다. 분단의 철책은 인간의 이동을 차단하지만, 하늘을 자유롭게 나는 쇠찌르레기와 같은 새는 인위적 분단에서 자유롭다. 바다와 물길을 통해서도 어류는 분단에 구애받지 않고 이동한다. 인간만이 생태공동체의 외곽에 있을 뿐 동물은 자연의 순환 속에서 생활한다. 태풍의 영향이나 대기의 흐름, 눈이나 비와 같은 기상 변화도 남과 북을 동일한 영향권 아래 있는 생명공동체로 묶어준다. 생태환경 공동체에는 남과 북의 구분이 따로 없다.

북한에서 발생한 급격한 생태환경 변화는 '사회주의 근대적 성장주의'와 깊은 관련이 있다. 성장 위주의 개발 중심주의가 자연재해와 연결되어 북한 역사상 최대의 비극인 고난의 행군 시기 대기근의 중요한 요인이 되었다.[4] 특히 1990년대 중반 고난의 행군 이후 식량난과 에너지난으로 극심한 산림 황폐화를 겪었다. 북한은 국토의 80퍼센트가 산림인데, 과도한 벌채 등으로 산림이 파괴되어 가뭄, 홍수, 산사태 등의 자연재해로 이어졌다. 인간은 생태계의 일부다. 자연의 변화는 궁극적으로 인간을 둘러싼 환경의 변화다. 모든 생명은 운명적으로 연결돼 있기에 한반도 북쪽의 변화는 남쪽에도 영향을 미친다. 그 영향은 동북아시아로 확산되고, 지구적으로 순환되기도 한다.

김정은 시대의 북한 소설 중 '생태환경 담론'과 관련 있는 작품들을 살펴보면 동시대 북한 민중의 생명에 관한 인식의 변화를 알 수 있다. 이 글에서는 산림 복구와 관련한 당 정책을 반영한 작품, 생태환경 문제로 촉발된 북한 내부의 모순을 드러내는 작품, 북한 생태환경에 대한 인식을 보여주는 작품을 분석하려 한다. 북한은 고난의 행군 이후 산림 복구와 국토 보호를 강조하는 정책을 펼치고 있지만, 북한 민중은 국가기구와 거리 두기를 하며 '생명 윤리'를 자율적으로 구현하는 양상을 보이고 있다. 그 양상을 김정은 시대에 발표된 생태환경 소설 작품들을 통해 의미화하려 한다.

자연과의 싸움, '산림복구전투'
━━━━━ 황철현의 〈푸른 숲〉,
김창림의 〈생활의 선율〉

2011년 12월 17일 김정일 국방위원장이 급성심근경색으로 사망한 후 유훈 통치가 이어졌다. 김정은은 2012년 4월 13일에야 국방위원회 1 위원장이 됐다. 그가 국방위원장이 되고 나서 두 번째로 발표한 담화가 〈사회주의 강성 국가 건설의 요구에 맞게 국토 관리 사업에서 혁명적 전환을 가져올 데 대하여〉(2012년 4월 27일)였다. 김정은 국방위원장은 '나라의 산림 실태'가 심각하다고 지적하면서 "산림 조성과 보호 관리 사업을 결정적으로 혁신하여 10년 안으로 벌거숭이산들을 모두 수림화하여야 하겠다"라는 의지를 천명했다.

당 정책으로 결정된 수림화는 '산림복구전투'로 불린다. 김정은은 2014년 신년사 때부터 지속적으로 산림 복구를 강조했다. 2014년 신년사에서는 "나무 심기를 전 군중적 운동으로 힘 있게 벌여 모든 산들에 푸른 숲이 우거지게 하여야 합니다"라고 했고, 2015년 신년사에서는 "전후에 복구 건설을 한 것처럼 전당, 전군, 전민이 떨쳐나 산림복구전투를 힘 있게 벌여 조국의 산들을 푸른 숲이 우거진 황금산으로 전변"시켜 "수림화, 원림화, 과수원화를 실현"해야 한다고 강조했다. 2016년 신년사에서도 산림복구전투와 더불어 "나라의 자원을 보호하고 대기와 강하천, 바다 오염을 막기 위한 적극적인 대책"이 필요하다고 했고, 2017년 신년사에서는 "현대적인 양묘장들을 꾸리고 산림복구전투를 근기根氣 있게 밀고 나가며 강하천 관리와 도로 보수, 환경보

호 사업을 계획적으로 진행하여 국토의 면모를 더욱 일신"해야 한다고
했다. 2018년 신년사에서는 "산림복구전투 1단계 과업을 성공"해야
한다고 했고, 2019년 신년사에서도 "산림복구전투 2단계 과업을 적극
추진하여 울림(울창한 숲) 녹화"를 통해 "환경오염을 철저히 막아야 한
다"고 했다. (2020년에는 김정은의 신년사 낭독이 예외적으로 생략되었다.) 김
정은 위원장이 2015년 신년사부터 지속적으로 산림 복구를 주요 정책
으로 추진하고 있음을 알 수 있다.

산림 복구는 청년들의 중요 사업으로 문학 작품에도 등장한다. 황철
현의 〈푸른 숲〉[5]은 청춘 남녀의 사랑과 산림 복구 사업을 연결한 작품
이다. 숲을 사랑하는 처녀 송향은 '군산림경영소'에서 나무 심기 실적
이 가장 좋은 '조림분조 분조장'이다. 그는 도일보사 신문에도 나올 정
도로 성과를 올려 자긍심도 높았다. 송향의 성과를 신문에서 읽은 박
성철은 실습생이 되기 위해 송향이 사는 마을인 명담리를 찾아온다.
박성철은 김정일 전 국방위원장이 "푸른 산, 푸른 숲"을 염원하며 "벌
거숭이가 되어가는 조국의 산들"에 대해 가슴 아파했다는 사연을 듣고
감동하여 의사의 길을 포기하고 산림복구전투에 뛰어든 인물이다.

이 작품에서 송향과 박성철의 대립이 흥미롭다. 송향은 지역에 기반
을 둔 인물이고, 박성철은 외부에서 온 이방인이다. 송향은 조금 있다
가 떠나갈 이방인에 대한 거부감을 안고 있고, 자력갱생의 원칙에 따
라 모든 일을 스스로 책임져야 한다는 주체성을 갖고 있다. 이에 반해
박성철은 외부에서 유입된 합리적 주체이자, 당의 정책을 실현할 국가
적 권위를 상징한다. 송향이 산림 황폐화 이후 지역공동체의 노력에
기반해 나무 심기를 해낸 인물이라면, 박성철은 국가적 과업에 고무된

지배 이데올로기를 실행하려는 인물이다. 이 둘의 갈등은 그 설정만으로도 흥미롭다. 둘의 갈등이 비록 조화로운 화해의 서사에 도달한다 할지라도, 이 소설에는 한때 방치됐던 지역의 생태환경 문제를 사후적으로 국가가 개입해 복원하려 한 이면의 서사가 자리하고 있다. 이는 고난의 행군 이후 북한 민중의 국가기구에 대한 신뢰에 균열이 생겼고, 산림 복구와 같은 계기를 통해 사후적인 수습 노력이 이어지고 있음을 징후적으로 드러낸다.

〈푸른 숲〉에서 송향이 외부의 도움 없이 조림한 나무는 "쓸모가 적은 나무"뿐이었다. 그 이유는 "수종이 좋은 나무를 구할 수가 없"어서다. 좀 더 나은 조림을 위해서는 좋은 나무모를 자체 생산해야 하지만, 지역의 형편이 넉넉하지 않아 주저하고 있었다. 그런데 외부에서 온 박성철은 잣나무 접붙이기 등을 통해 문제를 해결하기 시작했다. 그뿐 아니라 쓸모없는 '다박솔'(다복솔) 위주의 조림 사업을, 수종이 좋은 '창성이깔나무(일본잎갈나무)와 스트로브스소나무'(스트로부스소나무)로 전환하자면서 산림 복구의 과학화를 주장한다. 산림감독원인 '국보아바이'와 분조원인 옥미와 선희도 박성철에게 의지하지만, 송향은 여전히 박성철을 경원시한다. 송향은 박성철을 언젠가는 "갈 사람", "훌 떠나가"버릴 사람으로 보았기 때문이다. 송향의 마음에는 헤어짐을 염두에 둔 두려움이 있었고, 그 이별에 대비하는 마음 한구석에는 박성철에 대한 연모의 정도 있었다. 이것은 연애의 감정이면서도, 다른 면에서는 배신의 상처에 대한 두려움이기도 하다. 송향의 공포는 북한 사회가 고난의 행군으로 인해 충격적으로 감내해야만 했던, 국가기구 작동의 멈춤에 대한 상처의 흔적으로도 의미화할 수 있다.

이 소설은 명담리를 떠났던 박성철이 산림감독원으로 부임하면서, 명담리에 있는 산인 갈산대봉이 "수종 좋은 나무들이 뿌리를 내린 황금산, 보물산으로 전변"될 낙관적 전망을 내비치며 끝을 맺는다. 젊음의 열정이 모이면 돌박산(돌산)도 "과학기술에 의거한, 진정 과학기술이라는 날개를 달"고 조림 사업을 할 수 있고, 결국 "황금산으로, 푸른 산으로 전변"될 수 있다는 믿음을 강조한다. 더불어 송향과 박성철의 관계가 낭만적 사랑으로 결실이 맺어질 수 있으리라는 기대를 갖게 한다.

〈푸른 숲〉은 '자연의 과학적 통제'를 지향하는 북한의 상황을 직접적으로 드러낸 작품으로서, 북한 사회가 당 정책에 따라 벌거벗은 산의 수림화에 집중했다가 점차 과학적이고 체계적인 조림화로 변모하는 양상을 보여준다.[6] 송향이 조림분조장으로서 나무를 심는 것 자체에만 집중했다면, 산림경영과를 나온 박성철은 과학기술 지식에 기반해 "쓸모 있는 산"을 만들려고 한다. 송향의 자연발생적 사업 방식이 박성철에 이르러 인간의 의지에 기반한 과학적 사업 방식으로 전환됐음을 형상화한 것이다. 또한 이 작품은 북한 사회가 숲과 산을 대하는 일반적 태도를 보여주면서도, 고난의 행군 이후 북한의 국가기구와 지역공동체 속 민중의 긴장 관계를 징후적으로 드러낸다는 데 의미가 있다.

〈푸른 숲〉은 북한의 산림 황폐화 이후 복구 과정에서 나타난 지역공동체와 국가기구의 긴장 관계를 형상화한 것이라는 적극적인 의미 부여가 가능하다. 작품의 결론에서 송향과 박성철은 갈등을 넘어 신뢰 회복이라는 화해의 길에 들어섰다. 이는 고난의 행군 이후 북한의 지역공동체가 스스로 자신을 책임져야 했던 고통의 시간을 은유적으로 치유하고자 하는 열망이 담긴 서사로 해석할 수 있다. 송향의 박성철에 대한 불신도 지역공동체에 남아 있는 국가기구에 대한 거부감의 흔적이라고 적극적으로 읽을 수 있다.

〈푸른 숲〉의 작가인 황철현은 '은천군 량담리 농장원' 소속으로 표기돼 있다. 이 작품은 '당 창건 70돐'을 맞아 조선작가동맹이 실시한 '전국 군중문학 작품 현상모집'의 3등 입상작이다. 그렇기에 북한 주민의 일반적 상식을 대변하는 작품이라고 할 수 있다. 현업 작가나 현직 작가가 아닌 일반인이 쓴 입상작이기에 좀 더 풍부하고도 진솔한 북한 민중의 정서를 담고 있다. 〈푸른 숲〉의 서사는 청년들의 낭만적 사랑과 국가 산림 정책 사이의 조화로운 결합을 지향하지만, 그 이면에는 북한 민중의 불안 의식과 공포의 감정이 자리하고 있다. 고난의 행군 이후 북한의 지역공동체와 국가기구 사이에 미묘한 긴장이 형성됐음을 〈푸른 숲〉에 대한 적극적 읽기를 통해 확인할 수 있다.

김창림의 〈생활의 선율〉[7]은 황철현의 〈푸른 숲〉과 비슷한 맥락이면서도 생태환경 문제를 미래 세대의 윤리와 연결하고 있어 주목할 만하다. 이 작품은 최근 북한 소설의 변화상에 부합하는 풍부한 내면성을 표현하고 있다. 남편의 입장에서 아내를 관찰하여 서사를 전개하는 흐름이 유연하고, 남성 중심의 가부장적 질서가 여성의 주도적 행동으로 인해 균열이 발생하는 양상도 특이하다.

이 작품은 당 정책에 따라 양묘장을 꾸리고 식수植樹 사업을 하는 한 가족의 이야기다. 소설 속 화자인 '나'(정창길)는 아내가 '도에서 진행하는 산림 경영 부문 일군(일꾼)들의 회의에서 경험 토론을 하기 위해' 며칠 동안 집을 비우자 힘겨워한다. '나'는 군급 기관의 부원으로 일하고 있다. '나'는 자신의 업무만으로도 바쁜데, 아내가 집을 떠나자 식사, 빨래, 집짐승 돌보기 등으로 정신이 없을 지경이다. 무엇보다 양묘장을 제대로 건사하며 나무모에 저녁마다 충분히 물을 주는 일이 가장 힘들다. 고급중학교 졸업반인 아들 순철이 도와주기는 하지만 실수의 연속이다. 집안일을 직접 해보고 나서야 "집사람이 어느 시간에 잠을 자고 어느 시간에 깨여나는지 나는 그것조차 전혀 가늠해볼 념念도 안 하고 살아왔"다는 반성도 하게 된다.

〈생활의 선율〉은 '나'의 일방적 진술로 전개되지만, 모든 이야기의 초점은 아내에게 맞춰져 있다. 아내는 유치원 교사인데, '산 리용(이용)반' 책임자 일을 맡게 됐다. 이러한 급격한 이직은 읍 지구 '산 리용반' 조직 사업이 계기가 됐다. 아내는 가두여맹원으로서 해설 선전 사업 일을 나눠 맡아 수행하다가 어떤 깨달음에 직면했다. 그것은 "해설 담화 사업은 단순히 남을 교양하기 위해서 하는 것만이 아니"라 "우선 본보기가 있어야 하고 자기를 바칠 각오가 되어 있을 때 그 실효성은 몇 배 큰 힘을 나타"낸다는 것이었다. 아내는 유치원 교사를 그만두고 산리용반에 들어가 나무모를 키우고 산판山坂 일도 맡아하는 험한 길을 선택한 것이다. 여기서 더 나아가 아내는 집 안에 자체적으로 양묘장을 꾸며 나무모를 키워냈다. 양묘장에서 쓸모 있는 '창성이깔나무, 잣나무, 세잎소나무(리기다소나무), 평양단풍나무(은단풍), 평양뽀뿌라나무(평양포플러나무)' 등 다양한 품종을 관리했다.

좋은 나무모 확보라는 과업이 국가기구 차원에서가 아니라 개인의 헌신성에 기대어 이뤄지고, 무엇보다 한 가정의 희생을 통해 일궈졌다는 점이 이채롭다. 가정에서 이뤄지는 헌신은 북한 민중이 자율적 영역에서 생태환경을 보존하기 위해 노력하고 있음을 보여준다. 북한 사회는 고난의 행군 이후 대기근에 대한 국가기구의 무기력함을 경험했다. 이로 인해 '자립적인 활동' 영역이 민중 생존권의 측면에서 확대됐다.[8] 이러한 변화상이 생태환경 영역에서도 나타난 것으로 보인다. 아내는 양묘장을 자체적으로 꾸미는 것뿐만 아니라, "산림감독원이 군 산림경영소 부소장"으로 부임하자 그 업무를 떠맡아 수행하기까지 한다. 아내의 출장으로 인해 아내가 해냈던 슈퍼우먼과 같은 일을 '나'와 아들 순철이 맡아하면서 그 과중함을 이해하게 된다. 심지어 순철의 학급 친구들까지 양묘장 일을 거들고 나설 정도다.

아내가 도 회의에서 돌아와서는 정식으로 산림감독원 일을 맡아하겠다고 자청하고 나서자 또 다른 전환의 계기가 만들어진다. '나'는 아내에게 "남편과 한 가정에만 충실하길" 바랐던 것과 "조국과 인민, 사회와 집단을 위해 줄달음치는 녀성의 창조적 권리마저 짓누르려 했던" 것에 대해 반성한다. '나'는 일종의 역할 바꾸기를 통해 아내에 대한 이해의 폭을 넓혔다. 이러한 깨달음을 거쳐 산림 사업의 중요성을 받아들여 아내에게 '부부 산림감독원'으로 함께 일하겠다는 결심을 밝히게 된다.

〈생활의 선율〉은 국가기구와 당의 호명에 반응하는 청년들의 모습을 그린 〈푸른 숲〉과 몇 가지 점에서 대비된다. 이 작품은 '산림복구전투'라는 당 정책에 수동적으로 반응하는 것이 아니라 자기 삶의 철학과 결합해 나가는 아내의 모습을 그린다는 점이 인상적이다. 아내는 유치원 교사로서 미래 세대를 기르는 일을 했다. 그런데 이제는 미래의 숲을 위해 양묘장을 꾸리고 나무모를 키우는 일을 하기로 결심한다. 이 결단의 이면에는 "우리 순철이 앞에, 후대들 앞에 떳떳"하고자 하는 자기 신념이 자리하고 있다. 아내의 선택은 '산 리용반 조직 사업' 중에 깨달은 것이면서, 미래 세대를 위한 지금 세대의 의무감에서 기인한 자발적 합의이기도 하다. 더 깊은 맥락 읽기를 시도하자면, 아내와 '나'의 선택은 산림이 황폐화되었던 과거 경험에 대한 공포이기도 하다.

'나'와 아내는 미래 세대의 입장에서 산림 보호 문제를 바라본다. 미래 세대가 '산림 황폐화로 인한 극심한 곤란'을 반복해 겪지 않도록, 당장의 이익과 필요보다는 사랑과 희생 그리고 의무를 선택했다. 일부 철학자는 '미래 세대에 대한 의무감'은 '그들이 어떤 이익과 욕구를 갖게 될지 알 방법이 없기'에 불가능한 상상이라고 주장하기도 한다. 이에 대해 미국 세인트존스대학교 철학과 교수인 데자르댕Joseph R. Des-Jardins은 "미래 세대가 원하기 때문에 야생지를 보전하고 멸종 위기에 처한 종을 보전하려는 것은 아니다"라면서, "이러한 것을 알아서 욕구할 수 있는 세계에서 사는 삶이 그렇지 않은 세계에서의 삶보다 더 완전하고 의미 있는 삶이라는 우리의 판단에 기반한다"라고 했다.[9] 먼저 살고 있는 세대가 경험한 '더 완전하고 의미 있는 삶'이 미래 세대로 이어지기를 바라는 것은 '사랑과 우정'을 나누려는 마음과도 같다. 지금 세대의 편리한 생활과 경제적 이익을 위해 미래 세대의 생명과 건강을 훼손하는 것은 '도덕공동체'의 규범에 어긋나는 것이다. '나'와 아내는 이 윤리적 책무를 적극적으로 수행하려 한다.

그 이면에는 1990년대 중반 고난의 행군을 겪으면서 '후대 앞에서 떳떳한 부모'가 되지 못했다는 자책이 자리한다. 또한 산림감독원 업무가 중요하다고 강조한 것에는 산림 훼손이 심각한 상태라는 의미가 포함돼 있다. 산림감독원이 산림을 보호하는 업무를 한다고 했을 때 산림을 훼손하는 인적, 구조적 원인이 존재한다. 산림감독원은 입산 규정을 어기고 들어오는 사람, 산불을 유발하는 사람, 불법 벌목을 하는 사람 등에 대한 법적 통제를 수행한다. 산림 보호 업무가 미래 세대를 위한 도덕공동체의 책무라는 북한 민중의 심각한 상황 인식이 작품 속에 담겨 있다.

생산력 중심주의에 대한 성찰
▬▬▬▬ 김향순의 〈두 번째 작별〉,
박성호의 〈출발의 아침〉

한국 산림청 산하의 국립산림과학원이 1990년과 2008년을 대비해 북한의 산림 황폐화 현황을 제시한 자료가 있다. 이 자료에 따르면 1990년 북한의 황폐 산림 면적은 163만 헥타르였다. 그러던 것이 2008년에는 황폐 산림 면적이 284헥타르로 32퍼센트가량 증가했다.[10] 이렇듯 고난의 행군이 남긴 상처는 엄청났다. 산림이 황폐화되면 연쇄 작용이 일어난다. 산림의 홍수 조절 기능이 약화되고, 물 저장 능력도 저하되어 가뭄에 취약해진다. 결국 농업 생산성 저하로 이어져 만성적 식량난의 원인이 된다.

북한은 당 정책으로 산림 복구 사업을 추진했다. 문제 해결을 위해서는 원인 규명이 필요하다. 그런데도 북한은 산림 황폐화의 원인을 명시적으로 밝히지 않는다. 문학 작품은 누설의 서사이기도 하다. 소설은 사회적 현실의 반영이면서 상상적 산물이기에 동시대 현실에 대한 무의식적 발화가 이뤄진다. 서사의 전개 과정에서 은폐된 진실이 드러나기도 하고, 심층적 독해를 통해 숨겨진 사건의 의미를 도출해낼 수도 있다.

김향순의 〈두 번째 작별〉''은 어떻게 '명천지구의 산림 상태'가 황폐해졌는지를 보여주는 누설의 서사로 의미화할 수 있다. 소설 속 화자인 '나'는 기자다. 취재를 마치고 평양으로 귀환하려 하는데, 이모가 자신이 일하는 산림경영분소에 꼭 들렀다 가달라고 부탁한다. 탄광 마을에 위치한 산림경영분소를 뛰어나게 건사하는 소장을 취재해달라는 청탁이다. 막상 도착해보니 예전에 무성했던 이깔나무 숲은 황폐해졌고, 벌거벗은 산만 사방을 차지하고 있을 뿐이다. 산에 들어앉은 탄광들에서 나무를 마구 벌목한 데 원인이 있다. '나'는 소장과 이모가 산림화 방향을 놓고 크게 갈등하는 장면을 목격하게 된다. 소장은 양묘장에 창성이깔나무 씨를 다시 뿌리라고 요구하고, 반장인 이모는 쓸모는 없더라도 벌거숭이산에서 빨리 자랄 수 있는 아카시아를 계속 키우겠다고 주장한다. '내'가 보기에는 취재할 만한 모범적인 산림경영소가 결코 아니었다.

도대체 무슨 사연이 있었던 것일까? '나'는 이모에 대한 혈육의 정과 소장에 대한 거부감으로 금방 떠날 결심을 한다. 그러다가 해발 1000미터가 넘는 지역에서 자라는 이깔나무 숲을 발견하고 조그마한 희망을 안고 산에 올랐다. 바로 그곳에서 홀로 나무를 심고 숲을 가꾸는 소장을 발견하면서 이야기는 반전을 맞이한다. 숨은 영웅으로서 소장의 면모가 드러나고, 이모의 자기중심적 태도도 새롭게 제시된다. 무능력해 보였던 조성철 소장은 신심이 굳은 인물이었다. 그는 잣나무와 이깔나무를 지키기 위해 자신의 주장을 굽히지 않았다. 소장에게는 이런 사연도 있었다. 소장은 어느 회사의 부원과 크게 갈등했다. 그 부원이 건설 회사의 조경을 위해 상부의 승인까지 얻어내, 심은 지 5년밖에 안 된 잣나무와 이깔나무를 퍼가겠다고 나선 것이다. 소장은 끝까지 이를 거부해 억울하게 좌천되는 일까지 겪었다.

'나'는 소장과 함께 나무를 심으면서 그의 과거도 알게 되자 점점 인간적인 매력을 느끼게 된다. 그는 젊은 시절 채탄 소대장을 하면서 실적을 앞세우다 숲을 훼손한 적이 있었다. 과도한 벌목으로 지반이 약해져 산사태가 났고, 탄광 입구가 무너지는 엄혹한 상황을 초래했다. 이 일로 그는 법적 처벌까지 받았다. 그때 희생된 산림감독원이 '나'의 할아버지이자 이모의 아버지였다. 할아버지의 희생으로 집안에 가보처럼 간직돼온 '사회주의애국희생증'이 생겼다. 그 인연으로 이모와 소장은 각별한 관계를 맺었는데, 지금은 도리어 이모의 이기주의와 소장의 원칙주의가 충돌하고 있었다.

충격적인 부분은 이모의 자기중심적인 면모다. 이 소설이 인상적인 이유는 부정적 인물이 사회주의애국희생증을 가진 후손의 모습으로 그려지기 때문이다. 양묘반장인 이모는 좋은 땅에는 강냉이를 심어 자신의 경제적 이익을 도모하고 있었고, 소장은 자신의 텃밭까지 양묘장으로 가꿔 나무모를 생산하고 있었다. 과거 산림을 훼손했던 조성철 소장은 산림의 수호자가 됐고, 사회주의애국희생증을 가진 집안 출신인 이모는 산림 훼손자가 됐다. 이모는 심지어 평양의 유력한 기자인

'나'의 권위를 빌려 소장이 양묘반장 일을 계속 자신에게 맡기도록 청탁하려고 취재를 부탁했던 것이다. 이모는 양묘반장의 직위를 이용해 산에 있는 좋은 땅을 계속 개인의 이익을 위해 이용하려 했다.

이 작품은 북한의 현실을 사실적으로 형상화하고 있어 주목할 만하다. 북한 소설은 혁명적 낙관주의의 영향으로, 긍정적 관점에서 세계를 서사화한다. 과거의 어둠보다는 현재의 밝음을, 부정적 현실보다는 긍정적 미래를 형상화하는 것이 관습이다. 그런데 〈두 번째 작별〉은 산림 황폐화의 한 원인으로 탄광의 무분별한 벌목이 작용했음을 그대로 보여준다. 남한의 연구에 따르면, 북한의 산림 황폐화는 에너지 부족으로 인한 난방용 땔나무의 무분별한 채취, 식량 부족으로 인한 무리한 개간 등의 농지 확장, 나무 벌채 등을 통한 과도한 외화벌이, 사회 통제력 약화 등이 원인으로 꼽힌다. 특히 남한의 사회과학자에게는 북한의 사회 통제력과 산림 황폐화의 연관성 문제가 중요한 관심 사항이기도 하다.[12] 산림경영분소의 양묘반장이 자신의 사적 이익을 위해 산속의 땅을 이용하는 실상은 사회 통제력 약화의 한 영향이라고 할 수 있다. 이렇듯 〈두 번째 작별〉은 탄광의 채탄을 위주로 한 생산력 중심주의와 개인의 이익을 앞세운 산의 사적 이용 및 개간이 산림을 황폐화하고 있음을 누설하는 의미 있는 작품이다.

또 다른 작품인 박성호의 〈출발의 아침〉[13]도 북한의 생태환경 담론이 변화하고 있음을 보여준다. 이 작품은 북한 사회의 중요 현안인 발전소 건설 문제와 산림 황폐화 문제를 동시에 제기한다. '수정강발전소 건설돌격대' 대장 리명석이 중심인물인데, 그는 헌신적인 일처리로 신망을 얻은 책임감 강한 일꾼이었다. 그러나 시대가 변하면서 그에 대한 긍정적인 평가도 바뀌게 된다. 〈출발의 아침〉은 과거에 영웅적 인물로 찬양되던 리명석이 변화하는 시대 담론으로 인해 범법자로 규정되는 과정을 충격적으로 서사화하기에 인상적이다.

북한에서 중소형 발전소 건설은 에너지 문제 해결을 위한 중요한 사업이다. 덕천자동차공업소 노동자들이 '수정강발전소 건설에 필요한 자재'들을 리명석에게 어렵게 구해준 것도, 발전소 건설 이후 에너지 문제가 해결되리라는 기대 때문이었다. 리명석은 자신의 몸은 돌보지 않고 돌격대원들의 건강과 당의 요구를 충실히 챙기는 혁명 일꾼이었다. 그는 자체의 힘으로 자동차 수리 기지를 만들고, 산중에 남새(채소) 온실과 버섯 재배장 등 후방 시설을 갖춰 자력갱생 기지로 변화시키기도 했다. 군당 일꾼들과 돌격대원들도 돌격대 대장에 대한 믿음이 강했다.

그런 그가 부품 확보라는 큰일을 수행하고 귀환하자, 군인민위원회에서 조사를 받는 처지가 된다. 이전에는 영웅적이었던 그의 성과가 어느 순간 범죄행위로 규정되는 전환적 사건이 발생한 것이다. 공교롭게도 조사를 나온 이는 군대에서 함께 복무했던 철영이었다. 도법무부에서 문제를 삼은 것은 발전소 건설 과정에서 발생한 자연 훼손이었다. 철영은 명석에게 "우리는 과학성과 계획성이 없이 국토를 침범하고 엄중한 손상을 준 사건에 대한 신소申訴[14] 처리를 하러 내려왔소!"라고 소리친다. 군대 복무 시절에는 철영이 진지 공사 때 부러진 삽자루를 맞추려고 중대 뒷산의 어린 잣나무를 훼손해 명석이 문제를 제기했는데, 이제는 상황이 바뀌어 명석이 발전소 건설을 명목으로 국토를 훼손하자 철영이 법적 책임을 추구하게 된 것이다.

소설 속 명석은 완벽한 일꾼이며 영웅적 형상으로 그려졌다. 그런 그가 '제 딴의 타산' 속에서 "지금껏 발전소 건설이라는 큰 공사를 하는데 이쯤한 일이야 있을 수도 있지 않는가, 후에 해놓으면 될 게 아닌가 하고 생각"을 한 것이 화근이 됐다. 명석은 돌격대 대장에서 대원으로 강등되어 발전소 건설장으로 향하게 된다. 발전소 건설에 헌신할 수 있도록 해달라고 간청하여 돌격대 대원 신분만은 유지할 수 있었다.

북한의 소설에서 생산력 중심주의와 생태환경 문제가 본격적으로 충돌하며, 이것이 영웅적 인물에 대한 평가 기준의 변화까지 초래한다는 사실이 놀랍다. 〈출발의 아침〉이 형상화한 사건은 계몽적 의도를 갖고 있다. 북한은 당 정책과 법적 규제를 통해 '국토와 산림 파괴'에 대응하려 한다. 이는 김정은 시대에 생태환경의 인식 변화를 담아낸 중요한 의미로 해석된다. 고난의 행군이 남긴 상처를 치유하는 과정에서 북한의 생태환경에 대한 인식도 사회주의적 생산력주의를 비판적으로 바라보는 방향으로 변화하고 있음을 확인할 수 있다.

사람과 자연의 순환적
생태환경 담론을 위하여

북한은 김정은 시대에 들어와 당 정책의 변화에 따라 산림 복구와 국토 보호 등 생태환경의 중요성을 강조하고 있다. 인간의 복리를 위해 국가가 주도하여 자연을 관리하는 이데올로기 자체의 변화는 감지되지 않는다. 인간 중심주의는 주체사상의 핵심 원리와도 연관이 있다.

김일성은 "모든 것을 사람을 중심으로 생각하고 사람을 위하여 복무하게 하는 것이 바로 주체사상의 요구입니다"라고 했다. 그러면서 주체사상의 기초로 "사람이 모든 것의 주인이며 모든 것을 결정한다는 것"을 강조했다.[15] 자연을 정복의 대상으로 보는 자본주의적 세계 인식과 인간의 의지를 강조하는 주체사상은 근대 생산력주의를 공유한다. 주체사상은 '인간의 의식적 활동이 자주성의 본질'이라고 했다. 주체의 인식론은 인간과 세계의 관계에서 목적의식성을 중시한다.[16] 이러한 계몽주의적 당 정책은 국가 주도의 자연 관리를 정당화하고, 자연을 정복의 대상으로 보는 태도를 당연시한다.

북한 사회는 1990년대 중반 고난의 행군 시기에 산림 황폐화라는 인간 생존의 위기를 극단적으로 경험했다. 그 경험으로 인해 북한 민중은 국가기구가 관리하고 기획하는 인공적 환경 관리의 폭력성을 감지했다.[17] 고난의 행군 이후 북한의 국가기구는 생태환경의 중요성에 대한 담론을 적극적으로 강조한 반면, 북한 민중은 국가 주도에 포섭되지 않는 윤리적 감각으로 자연을 대하려는 태도를 보인다. 그 배경에는 미래 세대에 대한 윤리, 도덕공동체로서의 책임 등이 자리하고 있다.

한은희의 〈새들이 날아들 때〉[18]도 독특한 결을 가진 소설이기에 눈길을 끈다. 이 작품은 앞서 언급한 림종상의 〈쇠찌르레기〉의 속편으로 규정할 수 있다. 소설 속 주인공인 정현주는 〈희귀 조류 번식의 새로운 생태 조건과 먹이사슬 관계 연구〉라는 박사 논문을 작업하다가 중도에 포기했다. 지도교수인 박세빈 교수가 '현실성 있게 논문을 전면 재검토'하라고 하자, 반발심이 생겨 박사 논문 작성을 그만둔 것이다. 박

세빈 교수는 '조류학계의 개척자이며 원로인 원홍구 선생의 손녀사위'
이며, 북한 조류학계의 권위자다. 박세빈 교수는 정현주가 박사 논문
작업을 계속할 수 있도록 지속적으로 설득해왔다. 그것이 계기가 되어
정현주가 다시 연구소에 복귀하는 날, 박세빈 교수는 건강을 이유로
사직을 했다.

사직 이후 박세빈 교수는 의외의 활동을 전개해 나간다. 그는 금수
산기념궁전 수목원에 날아든 중백로와 밤물까마귀(해오라기)의 서식지
환경 조성에 헌신한다. 박세빈 교수는 남방계 기원 계통의 조류인 중
백로와 밤물까마귀에게 가장 적합한 먹이인 개구리의 서식지 만들기
에서 큰 성과를 이뤄냈다. 심지어 '무역 일군(일꾼)'들이 박세빈 교수가
힘겹게 키워낸 개구리를 수출하려고 교섭해오자 '문전박대'하며 쫓아
버리기까지 했다. 그는 해마다 1만여 마리의 개구리를 길러냄으로써
금수산기념궁전 수목원이 남방 기원 계통 새를 위한 적합한 서식지가
되도록 하는 데 성공했다.

이 소설은 경제적 이익을 넘어서는 조류의 생태환경 조성을 그리고
있다. 박세빈 교수는 단지 보호하고 보존하는 데 그치지 않고, 생태환
경의 연결을 탐구하여 인간과 새가 공존할 수 있는 공간을 만들어냈다.
이러한 돌발적 서사는 조류학이라는 학문 세계의 독자성 그리고 〈쉬찌
르레기〉 서사에 나타난 상징성이 결합됐기 때문에 가능했다.

북한의 생태환경 인식은 주체사상에 입각해 있기에 인간 중심주의
의 뿌리가 깊다. 또한 '만리마 시대'나 '사회주의 강성 대국 건설'과 같
은 구호에서 드러나듯 경제 중심주의적 논리가 강하다. 북한 사회는
내부의 변화와 남북, 북미 교섭을 통해 세계와 대면하겠다는 의지를

피력하고 있다. 북한이 미래에 직면하게 될 세계가 경제발전을 우위에 두고 국토를 파괴하고 에너지 종속이 가속화되는 불균형 사회로 추락하면 지금보다 더 큰 위험 사회가 될 가능성도 있다. 북한 민중이 높은 자존감을 유지하면서도 지속 가능한 생태주의 사회를 만들어갈 가능성은 현재진행형이다.[19] 생태주의 사회로서의 새로운 북한 모델은 자본주의 세계 질서에 포함되는 것이 아닌, 북한 민중의 자기 결정권이 존중될 때 그 가능성을 확대할 수 있다.

05

북한에도 페미니즘
소설이 있을까

선군시대, 북한 여성의
열망과 강박

선군시대 북한 농촌 여성의 위치

2000년대 초 북한 소설에서는 '선군先軍시대', '선군사상', '선군정치'가 중요한 구호로 제시됐다. 선군시대는 김일성 주석 사망 이후 김정일 국방위원장의 통치 체제가 이뤄진 이후의 시기를 지칭한다. 이 용어는 인민군대를 중심으로 "수령 결사옹위 정신, 결사관철의 정신, 영웅적 희생정신"을 구현한다는 의미를 담고 있다.[1] 선군사상, 선군정치는 김정일의 통치 이념으로 '인민군대의 영웅성'을 강조하는 군대 우위의 정치 이념이다. 북한에서는 선군정치가 1995년 1월 1일 '다박솔 중대'를 김정일 국방위원장이 현지지도 한 것에서 시작됐다고 했다.[2]

남한의 연구에 따르면 '선군정치'라는 용어가 처음 사용된 것은 1997년 12월 12일 자《로동신문》에서다.[3] 이후 본격적으로 선군정치에 대한 의미 규정이 이뤄지기 시작했다. 1999년 6월 16일 자《로동신문》에는 선군정치가 "△인민대중 중심의 인민적 정치, △군대이자 당이고 인민이자 국가라는 혁명 철학에 기초, △주체적인 힘으로 앞길을 개척해 나가는 자주적 정치, △혁명의 미래를 담보하는 선견지명 있는 정치, △제국주의와의 사상적 대결, 군사 외교적 대결, 정치 외교적 대결을 승리로 이끄는 필승의 담보, △사회주의 사회의 튼튼한 밑뿌리를 마련하는 위력한 무기, △사회주의 건설의 원동력 등"이라고 요약돼 있다.[4] '선군'에 대해 연구한 인제대학교 교수 진희관은 "선군정치 용어의 등장은 1997년이며 체계적으로 설명된 것은 1999년도 6월부터라 할 수 있지만, 북한은 그 시원을 1995년으로 상향 조정하여 사후 설명하고 있"다고 보았다.[5] '선군사상'은 이러한 논의에 비춰볼 때 '주체사상을 김정일 시대에 맞춰 적용한 새로운 사상'으로, 김정일 국방위원장의 지도 체제를 의미하는 상징적 용어라고 할 수 있다.

주목할 부분은 선군시대의 이면에는 고난의 행군이라는 어두운 그림자가 도사리고 있다는 점이다. 원래 '고난의 행군'은 김일성이 항일혁명운동을 할 때 어려움을 겪었던 시절을 일컫는 용어였다. 김일성의 조선인민혁명군은 일본군을 피해 1938년 12월부터 1939년 3월 말까지 혹한의 동절기에 100여 일 동안 행군해야 했다. 그 이동 경로는 중국 난파이쯔南排子에서 압록강 연안 국경의 베이다딩쯔北大頂子에 이르렀다. 당시 일본제국주의의 조선관동군은 동기冬期 토벌을 진행 중이었는데, 이때가 김일성이 항일운동 기간 중 직면한 가장 큰 위기의 순간이었다. 그래서 북한에서는 고난의 행군을 '시대적 위기, 정세의 위기'를 일컫는 용어로 사용한다. 여기에는 아이러니하게도 낭만성이 깃들어 있는데, 고난의 행군을 극복한 이후에는 승리가 기다리고 있다는 낙관주의가 내재해 있다.[6]

1990년대의 고난의 행군은 1994년 7월 8일 김일성 사망과 1995년 여름부터 연이어 발생한 자연재해로 인한 극심한 식량난을 일컫는다. 그런데 1990년대 중후반의 북한 문학에는 고난의 행군이 북한 주민의 생활에 어떤 영향을 미쳤는지에 대한 직접적인 언급이 드물다. 구호 차원에서 논의가 이뤄지는 정도였다. 하지만 2000년대 북한 문학에서는 고난의 행군에 대한 직접적인 회고가 등장한다. 굶주림의 고통은 가혹한 것이었다. 2000년대 북한 문학 작품에서 '굶주림의 현장'이 사실적으로 그려진다는 점은 주목할 만하다. 일종의 금기를 환기함으로써 현실을 긍정하려는 의도성이 텍스트 속에 새겨져 있기 때문이다.

'고난의 행군'과 '선군시대'는 짝패의 형상을 이룬다. 북한의 논문에서도 이 부분을 확인할 수 있는데, 북한의 문학평론가 전상찬은 '선군시대 단편소설 문학'을 '고난의 행군'과 연결해 논의했다. 그는 "우리 조국이 가장 어려운 시련의 고비를 넘어야 했던 '고난의 행군', 강행군 시기에 결사관철의 정신을 발휘한 인간 전형들은 례외 없이 자력갱생, 간고분투의 혁명 정신의 소유자들"이라며 '선군'을 강조했다.[7] 이는 고난의 행군을 극복하는 과정에서 일종의 비상 체제로 제기된 것이 선군시대임을 증언하는 것이다.

북한 사회의 공식 구호인 선군시대를 다각도로 읽어내기 위해서는 거시적 관점이 아닌 미시적 접근을 통해 구체화할 필요가 있다. 전체만을 보려고 하면 보는 이의 의도와는 상관없이 실제로는 아무것도 보지 못하는 것으로 이어질 수도 있다. 타자로서의 북한 사회의 현재를 이해하기 위해서는 오히려 그 대상을 미시화해 세밀히 봄으로써 전체를 주체의 관점에서 재구성하려는 노력이 필요하다. 나는 북한의 '농촌', '여성'을 살펴봄으로써, 북한 사회에서 '여성'과 '농촌'의 문제에 접근하려고 한다. 북한 사회에서 '농촌'은 고난의 행군이라는 식량난을 감당하고 견뎌내야 했던 곳이다. 자연재해로 인해 식량난이 발생했지만, 고난의 행군 이후 북한 사회에서는 농촌 생산성에 대한 관심이 고조됐다. 그런 의미에서 농촌 생산성 향상 문제는 선군시대의 핵심적 쟁점으로 부각됐다. 더불어 농촌의 '여성'을 주목한 이유는 체제의 위기 속에서 '여성'의 정체성이 어떤 변화를 겪는지를 파악하기 위해서다. 원광대학교 교수 김재용은 1990년대의 북한 여성소설을 '슈퍼우먼 콤플렉스', '민족 문제에 갇힌 여성 문제', '여성 정체성의 탐색'으로 특징지었는데, 이와 대비해 2000년대 농촌 여성의 형상화가 어떤 특징을 갖고 있는지도 살펴보려 한다.[8]

그간 남한 문학에서는 '북한 문학 속 여성'에 대한 연구가 여성 연구자를 중심으로 비교적 활발하게 전개됐다. 김현숙은 북한 문학 형성기부터 1980년대까지를 대상으로 하여 북한 문학 속 여성을 연구했다. 김현숙은 북한의 여성 인물들이 "남성에 의해 주도되는 간접적인 상태, 남성에 의해서 사회나 국가 그리고 김일성과의 관계로 이어지는 하위 인물들로 그려지고 있다"고 했다.[9] 이주미는 해방 직후부터 1961년까지 북한 소설 작품을 대상으로 북한의 여성 문제를 연구했다. 이주미는 북한 여성의 삶이 "여성 자신의 정체성에 주목하기보다는 국가의 생산성을 향상시키는 일에 집중되어 있다는 점"을 발견할 수 있었다.[10] 최영석은 여기서 더 나아가 근대 국가가 형성되는 프로젝트 과정에서 여성의 재현 문제를 다루면서 "북한의 여성상은 매우 두드러진 자발성, 당당함과 강력한 가부장적 예속하의 이중 구속이라는 두 가지

모순된 측면이 번갈아 나타"난다고 했다.[11]

비교적 최근 연구인 이상경과 임옥규의 연구도 눈길을 끈다. 이상
경은 '북한의 공식 여성 정책과 북한 여성의 생활 현실과의 갈등'을 문
학 작품을 통해 추적했다. 그는 역사적 관점에서 북한 여성의 생활을
고찰한 후 고난의 행군 이후 오히려 "공식적인 것, 남성적인 것, 기존
의 것들에 대해 심각한 질문을 던지는" 본격적인 여성 문학의 가능성
이 엿보인다고 했다.[12] 임옥규도 고난의 행군 이후 1997년부터 2006
년까지 《조선문학》에 실린 작품을 대상으로 북한 문학에 나타난 여성,
모성, 조국애를 검토했다. 그는 북한 문학이 최근에는 "전체주의가 아
닌 개인주의적 면모"도 드러나고 "여성의 사회적 위상도 향상"되는 경
향을 보인다고 분석했다.[13] 이들 연구 경향을 종합해볼 때 북한 문학
속에 형상화된 여성상은 국가의 공식 담론 체제에 포섭되어 있으면서
도, 여성의 정체성과 개인주의적 면모를 보이는 경향으로 변화하고 있
음을 알 수 있다.

북한의 문학평론가 리창유의 주장에 따르면, 선군시대에 요구되는
북한 문학의 과제는 "수령형상소설들과 선군의 현실에서 제기되는 절
실하고도 의의 있는 문제들을 반영한 훌륭한 작품들을 보다 많이 써"
내는 것이다.[14] 이를 위해서는 문학적으로 형상화 문제가 중요하게 제
기될 수밖에 없다. 북한 문학에서 형상화는 "인간의 사상 감정과 생활
흐름의 합법칙적 과정을 생활 그대로 표현하는 론리"를 가져야 한다
고 본다. 여기서 '론리'는 "구체적 생활에 바탕"을 두고서 "행동과 사
건, 성격 발전"이 이뤄지는 것을 의미한다.[15] 따라서 형상화의 원리를
분석하기 위해서는 주체가 생활과 맺는 관계를 파악할 필요가 있다.

2000년대 북한 농촌 여성의 형상화에서도 마찬가지 논의가 가능하다. 주체가 처한 생활의 흐름을 파악한 후 그 속에서 북한 농촌 여성의 형상화가 어떤 이념형에 의해 이뤄지는지를 살필 필요가 있는 것이다. 형상화와 관련해 관심을 가질 부분은 2000년대 북한 농촌 여성이 처한 '생활의 흐름'이고, 그 흐름 속에서 주체에게 합법칙성이라는 이데올로기로 강제되는 '선군시대'라는 담론이다.[16] 북한 문학 이론에서 형상화 문제는 생활의 흐름과 긴밀하게 밀착되어 있다. 형상화에 대한 논의를 통해 인물의 사상 감정(전형)과 생활의 문제(선군시대)의 조응 방식을 살필 수 있을 것이다.

선군시대를 페미니즘의 관점에서 접근하면 북한 여성의 상태라는 논점이 더 명료해질 수 있다. 페미니즘 연구자들은 여성과 군사주의의 관계를 크게 두 가지 관점으로 구분한다. 첫 번째 관점은 효과의 측면에서 군사주의의 영향을 논한다. 군사주의가 여성의 삶이나 일상에 미친 영향을 중시하는 것이다. 두 번째 관점은 군사주의의 동력으로서 성별 문화가 작동하는 방식에 대해 논한다. 이 입장은 남성 가부장제에 주목해 젠더가 군사주의의 생산과 실천에 미치는 영향을 분석하려 한다.[17]

나는 북한 문학의 현재를 젠더gendered적 측면에서 접근함으로써, 선군시대에 북한 여성이 처한 상황을 살펴보려 한다. 기본적으로 '선군'이라는 용어는 군대를 앞세운 것이므로 군사주의적 성격을 지닌다. 그렇다고 볼 때 선군시대는 '남성성'이 강조되는 시대임을 의미한다. 이전까지 사회주의 국가에서 국가를 바라보는 관점이 젠더 중립적 gender neutral이었다면, 북한 사회가 주창하는 선군시대는 남성성을 선명히 드러내는 것이라는 점에서 눈길을 끈다. 이러한 시기에 여성의 위상과 역할이 문학 속에서 어떻게 형상화되며, 북한의 공식 담론 체계와 북한 여성의 삶은 어떻게 서로 버티면서도 긴장 관계를 형성하고 있는지 그 양상을 논하려 한다.

'고난의 행군'에 대한 기억들
**——— 사회적 사건은 어떻게 여성의 일상에 개입하는가,
조인영의 〈한 녀인에 대한 추억〉**

조인영의 〈한 녀인에 대한 추억〉[18]은 고난의 행군에 대한 직접적 회고를 담았다는 점에서, 사회적 사건이 어떤 방식으로 여성(개인)의 일상에 개입하는지를 보여준다.

협동농장 경영위원회 기사장인 '내'가 만평틀이라는 지역의 토양 분석표를 보고 놀라는 장면에서 소설은 시작된다. 만평틀은 '내'가 7~8년 전에 연호농장 기사장을 하면서 관리하던 곳인데, 그곳의 "유기질 함량이 예상외로 높"게 나왔기 때문이다. 그 연유를 캐던 '나'는 만평틀이 '변음전'이라는 이름을 가진 어머니의 노고가 깃든 곳이라 '변음전틀'이라고도 불린다는 것을 알게 된다. 이를 계기로 '나'는 10여 년 전 연호농장의 상황을 기억 속에서 끄집어낸다. 이 소설은 바로 이 부분에서 고난의 행군에 대한 기억의 서사화로 이어진다.

그 당시 '나'는 연호농장의 기사장으로 있었는데, 농장 총회에서 "땅하고만 씨름하지 말고 사람의 심금을 울리는 일군(일꾼)"이 되어달라

는 비판을 받게 된다. 그 비판이 달갑지만은 않았지만, 평소에 눈에 띄지 않던 "키가 자그마하고 체소한(몸집이 작은) 가냘픈 인상의 모판관리공 녀인"이 "짜내는 듯한 모기 목소리"로 비판한 것이었기에 신중히 대할 수밖에 없었다. 모판관리공 여인들의 목소리를 대변해 힘겹게 '나'를 비판한 여인이 바로 변음전이었다. 이때부터 '나'는 태도를 바꿔 "책에서 본 유모아(유머) 몇 대목쯤 잊지 않고 있다가 휴식 참에 이야기"하는 등 인간적인 면모를 보이려고 노력했다. '나'는 고난의 행군이 시작되면서 무엇보다 여인들의 수고가 많아졌다는 사실을 다시 한 번 확인한다. 여인들은 끼니 걱정에 농사 걱정, 비료와 농사 물 걱정까지 하면서 수척해진 모습이었다. '내'가 증언하는 고난의 행군 시기에 겪은 고통은 다음과 같다.

> 행길(한길)로 몇 걸음 옮기다가 바람막이 바자(싸리, 짚, 수수대) 너머로 변음전의 모습을 눈주어 보던 나는 내 눈을 의심하며 잠간(잠깐) 걸음을 멈추었다. 보온 나래(지붕을 덮기 위해 짚으로 엮은 것) 두루마리를 안고 걸어가던 그는 무척 힘에 겨운 듯 눈을 꼭 감고 서 있다가 다시 걸음을 떼는 것이었다. 때식(끼니)을 변변히 들지 못하는 모양이었다. 그 모습을 목격한 나의 마음은 아릿하였다.
> 관리위원회에서 알아보니 그는 분배 식량을 적지 않게 탔다고 했다. 그런데 령길도로관리원인 남편과 한 직장에 다니는 로동자 세대들이 식량난을 겪게 되자 고루 나눠주었다고 했다.
> 아니, 식량을 퍼주고 나면 어떻게 한 해 농사를 짓는단 말인가. 나는 은근히 민망스러운 생각까지 들었다. 하지만 자기보다 이웃을 먼저 생각

끼니를 굶었던 현실에 대한 직접적인 언급은 1990년대 중후반 북한 문학에서는 좀처럼 찾아보기 힘들다. 그런데 〈한 녀인에 대한 추억〉은 끼니를 잇지 못해 걸음도 제대로 걷지 못하는 여인의 형상을 직접적으로 제시한다. 그것도 농사에 모범적인 변읍전 여인이 '행길'에서 "무척 힘에 겨운 듯 눈을 꼭 감고 서 있다가 다시 걸음을 떼는 것"으로 묘사된다. 그가 굶게 된 사연은 '노동자 세대들에게 식량을 나눠주었기' 때문이다. 이 진술의 이면에는 고난의 행군 당시 노동자가 농민보다 더 고통스러웠다는 사실이 자리 잡고 있다. 즉 끼니를 잇지 못하는 노동자를 위해 농민이 음식을 나눠줘야 했던 것이다.

고난의 행군 시기의 식량난은 일종의 금기로 간주됐기에 2000년대 초반까지만 해도 '굶는 노동자와 농민'에 대한 직접적 진술은 드물었고, 우회적으로 고통을 에둘러 표현했다. 예를 들면 김성희의 〈룡산의 메아리〉[20]는 다음과 같이 고난의 행군 시기의 어려움을 조심스럽게 기술한다. 룡산목장은 전쟁 때 피난 온 사람들이 만든 곳으로, 처음 이곳이 생길 때는 달구지 한 대 없고 돼지우리 하나 변변히 갖추지 못했다. 그랬던 룡산목장이 모두의 헌신 속에 종축(씨가축) 기지로까지 발전했다. 그런데 한때 풍성했던 '룡산'에서 '고난의 행군에 이은 강행군'으로 돼지 수가 급격히 줄었다. 급기야 룡산목장에서도 "닥쳐올 현실에 대처하여 돼지 대신 염소, 게사니(거위), 오리 등 풀 먹는 짐승으로 바꾸"자는 의견이 제기된다. '나'와 차옥 언니를 비롯한 사양공飼養工들은 "처음 한 발자국씩 양보하다가 차츰 모든 것을 잃게 될 것이 아닌가"라면서 종축 돼지를 줄이는 데 반대한다. 둘의 반대에 사람들은 "사람도 먹을 것이 없어 쩔쩔 매는데 돼지는 뭘 먹인다구 저래?" 하며 반발하기 까지 했다. 한때 대표적인 종축 기지 역할을 했던 룡산목장이 위기에 처한 상황이 그대로 드러난다. 하지만 이 소설에서도 "농장대학 졸업 생이고 당원"이면서 "일 잘하고 인물 잘난" 차옥 언니의 헌신적인 노력 으로 종축 돼지는 지켜지고, 결국 《도민일보》에 〈풀과 고기를 바꾸는 길에서〉라는 기사가 게재되는 성과를 낸다. 〈룡산의 메아리〉에서도 고 난의 행군으로 인해 어떤 고통을 겪었는지가 '종축 돼지 감축'이라는 비유적 사건으로 표현된 것이다.

그렇다면 2005년에 발표된 〈한 녀인에 대한 추억〉에 이르러 고난 의 행군 시절의 어려움이 직접적으로 진술될 수 있었던 이유는 무엇일 까? 이즈음에는 고난의 행군이 과거로 기억된다. 이는 고난의 행군이 동시대의 사건이 아니라, 기억의 대상이 됐음을 보여준다. 고통의 현장 에서 멀어졌을 때 그 고통은 과거로 회상될 수 있다. 현재까지 지속되 는 고통은 직접적으로 진술되기보다는 보통 회피된다. 그러한 회피로 부터 비교적 자유로워진 시기를 2005년 즈음으로 볼 수 있는 것이다.

그런 의미에서 2005년 즈음에 이르러야 북한 사회는 고난의 행군에 대한 고통스러운 기억 혹은 공포로부터 객관적 거리를 유지할 수 있었 던 것으로 보인다. 그 공포를 상대화할 수 있게 됨으로써 고난의 행군 시기에 변음전 여인의 형상이 영웅적으로 재현될 수 있는 것이다. 변 음전 여인의 아버지는 토지개혁 때 '달배미논'(반달 모양의 배미로 이루어 진 논)을 받았지만 전쟁 때 숨지고 말았다. 이러한 사연이 있었기에 변 음전 여인은 고난의 행군 시기에도 헌신적으로 논을 보살펴 왕가물(아주 심한 가뭄)에도 '모판과 논자리를 잘 관리'해냈다. 변음전 여인은 "땅과 곡식을 대함에 있어서 뭇 사람들과는 류다른 예린(여린) 정서"를 갖고 있었던 것이다.[21] 소설은 변음전 여인의 헌신성을 기리기 위해 '만평 틀'을 '변음전틀'로 고쳐 부른다. 변음전 여인의 각별한 헌신성은 고난의 행군 시기의 위기 극복을 상징적으로 형상화한 것일 뿐만 아니라, 지금까지 지속적으로 환기되는 '고통의 기억'인 것이다.

변음전 여인의 형상은 국가기구에 의해 '총동원 체제'에 포박된 북한 여성의 상황을 보여준다. 전시와 같은 험난한 시기에 '농업 생산성 증대를 위해 헌신'한 자에게는 '영웅의 명예'가 주어진다. 이는 어떤 의미에서 '여성=영웅(남성)'이 되는 길을 예증하는 것이기도 하다. 여성이 남성과 동일자가 됨으로써 위기 극복을 이뤄낼 수 있다는 상상은 여성을 '남성으로 젠더화'하는 것과 같다. 국가기구의 위기 상황에서 여성의 젠더적 개별성은 용인되지 않는 것이다. 그런데 국가가 위기 담론을 통해 '국민 총동원'을 주창할 때 그것은 국가기구가 처한 실재하는 위기이기도 하지만, '새로운 통합'의 기회일 수도 있다.[22] 그 전환의 지점이 2005년 즈음이었음을 〈한 녀인에 대한 추억〉을 통해 확인할 수 있다. 북한의 정치는 '고난의 행군'이라는 위기 담론을 환기함으로써 '선군시대'라는 새로운 통합의 기회를 마련했다. 즉 2000년대 북한 권력기구의 통치 방식을 '농촌 여성의 형상화' 방식에서 확인할 수 있는 것이다.

공포와 강박 그리고 사로잡힌 여성들

━━━ **국민 총동원 체제에 복속되는 젠더,**
윤경찬의 〈넓어지는 땅〉

그렇다면 고난의 행군은 북한 주민의 일상에 어떤 영향을 미쳤을까? 생산력 향상과 일상생활 사이에서 갈등하는 한 처녀의 형상에서 그 상처를 확인할 수 있다.

윤경찬의 〈넓어지는 땅〉[23]에도 고난의 행군 시기의 식량난에 대한 언급이 나온다. 소설 속에서 고난의 행군 시기에 작업반장으로 선출된 진옥은 "자기들이 농사를 잘 짓지 못해 나라의 형편이 더 어려워졌다"라는 죄의식으로 자책한다. 그러면서 "얼마나 많은 시련이 생활을 위협했던가, 통강냉이로 끼니를 에우고(때우고) 그것마저 떨어진 집들을 위해 크지 않은 식량 자루를 덜어내던 그때를 생각하면 자다가도 소스라쳐 일어나 벌로 나가군(나가곤)" 했다고 진술했다.[24] 문제는 처녀 반장 진옥이 고난의 행군 시기의 충격으로 인해 사랑마저 거부한다는 데 있다.

토지 정리 사업을 위해 동원된 '불도젤(불도저) 책임 운전수' 강철호는 진옥에게 호감을 갖고 접근한다. 철호는 '품이 적게 들면서도 실적을 올릴 수 있는 도로 옆의 기본 포전을 거부'하고 '제일 구석진 막대골에서 불도젤의 첫 동음動音을 올리자고 제기'할 정도로 적극적인 인물이다. 하지만 진옥은 고난의 행군 이후 "어떻게 하나 농사를 잘 지어서 어려운 시기를 이겨내자. 그전처럼 생활의 즐거움을 향유할 권리가 나에겐 없다"라고 되뇌면서 일에만 몰두한다. 진옥의 얼굴에서는 "청춘의 발랄한 웃음과 생신한 기운이 점점 사라지고 대신 걱정스러운 표정"만이 떠날 줄을 모른다. 강철호는 진옥의 이러한 각박한 태도에 일침을 가한다.

> "동무 말처럼 제가 현실에 겁을 먹었는지는 모르겠지만 어쨌든 나에겐 생활을 즐길 여유가 없어요. 제 본분을 다한 그때에 가선 나도 남들처럼 노래도 부르고 춤도 추겠지만 지금은 그럴 수 없어요. 이건… 제 운명이랍니다."
>
> "운명이라구요?"
>
> 강철호는 기가 막힌 어조로 처녀의 마지막 말을 되풀이했다. 언제나 싱글벙글하던 그의 얼굴이 순간 엄해졌다.
>
> "동문 생활의 모든 것을 스스로 희생시키면서 농사일만 걱정하며 사는 걸 장하게 생각하는 모양인데, 똑똑히 알아두시오. 그렇게 '고달프게 살면서 자기 본분을 다하려 한다'는 그건 어리석은 영웅성입니다. 오늘의 현실이 어려운 건 사실이지만 동무처럼 인간적인 아름다움마저 희생시키면서 가까스로 지탱해야 할 정도는 아니지요. 우리 세상은 미래를 확신하는 가장 강하고 아름다운 인간들이 건설했고, 그런 사람들에 의해서 굳건해지지요. 그런데 동문 어떤 '운명'에 대해 말하려는 거요."[25]

진옥은 '시대의 고난'을 극복하기 위해 일꾼으로서 최선을 다하려는 태도를 취한다. 그의 일하는 태도는 땅을 "안달복달 다루"는 것과 같다. 생활을 즐길 여유마저 갖지 못한 진옥의 모습은 각박하다. 그 각박함을 견뎌내기 위해 진옥은 "제 운명이랍니다"라는 표현까지 사용한다.

하지만 강철호는 이에 대해 분명한 반박을 가한다. 그가 보기에 진옥의 태도는 "인간적인 아름다움마저 희생시키면서 가까스로 지탱"하는 것에 지나지 않는다. 그러한 버팀은 '미래'에 대한 낙관적 태도와는 거리가 멀다.

2000년대 북한 농촌 여성의 생산성 향상에 대한 노력은 여러 작품에서 확인할 수 있다. 2000년대 북한 문학의 대표적 수작으로 꼽히는 변창률의 〈영근 이삭〉[26]은 개성적인 인물 홍화숙을 내세워, 개인의 이익과 국가의 이익이 만나는 지점을 긍정적으로 형상화한다. 사회주의적 윤리에 기초한 평균주의적 노동 평가를 반대하는 홍화숙의 태도가 이전에는 비판을 받았겠지만, "새로운 경제 관리 체제" 아래서는 긍정적으로 평가받는다. 이는 농촌 생산성을 향상시키기 위해 요구되는 새로운 인간형에 대한 형상화로 볼 수 있다. 그래서 김재용은 이 작품에 대해 "새로운 경제 관리 체제 속에서 실리를 추구하면서도 협동 경리經理를 유지할 수 있는 새로운 방도에 대한 모색의 흔적이 농후"하다고 평가했다.[27]

〈넓어지는 땅〉은 〈영근 이삭〉에 비해 훨씬 강박적이다. 이는 〈넓어지는 땅〉이 고난의 행군으로부터 자유롭지 못한 2001년에 발표됐고, 임금·물가·환율 조정 등을 포함한 2002년 7·1경제관리개선조치가 시행되기 이전의 작품이기 때문으로 유추할 수 있다. 그럼에도 강철호는 진옥의 조급한 태도가 변화하는 시대 상황과 맞지 않는다고 비판한다. 이는 강철호의 다음과 같은 언급에서 분명히 드러난다.

" … 사실 지금 우리 농촌엔 토지 정리보다 더 절박한 일도 많고 당면한 농사 문제만 해도 한두 가지가 아니지요. 그러나 당에서는 모든 난관을 무릅쓰고 토지 정리에 물질적, 로력적 투자를 아끼지 않고 있습니다. 왜냐면 그것이 우리 농촌을 공산주의 리상촌으로 꽃피워 이 땅에 강성 대국을 건설하시려는 장군님의 원대한 구상을 실현하는 사업이기 때문이지요. 경애하는 장군님께서는 이것이 바로 미래를 확신하는 공산주의자들의 일 본새라고 하시면서 토지 정리 사업은 농촌에 남아 있던 봉건 사회의 유물을 청산하고 이 땅을 로동당 시대의 토지, 사회주의 토지로 되게 하는 위대한 혁명이라고 하시였지요. 정말이지 우리가 하고 있는 토지 정리는 단순히 땅만 넓히는 자연과의 투쟁이 아니라 '고난의 행군'을 겪으며 일시나마 좁아지고 어두워졌던 일부 사람들의 마음까지 넓혀서 래일에 대한 신심과 락관을 든든히 심어주는 변혁이라고 할 수 있지요. …"[28]

강철호의 진술은 처녀 반장 진옥을 향해 있다. '생활을 사랑할 줄 모르는' 진옥은 고난의 행군이 가한 고통에서 벗어날 줄 모르는 비관적 인물이다. 이러한 비관적 태도를 극복하지 못하면 강성 대국의 내일이 없다고 강철호는 강조한다. 강철호의 목소리는 개별적인 발화이기보다는 '당의 정언'에 가깝다고 볼 수 있다. 이 소설에서 강철호는 땅크병(탱크병) 출신의 제대군인이고 군토지건설사업소 불도젤 운전수로 설정되어 있는데, 이는 선군시대의 '노력영웅'을 형상화한 것이다. 이러한 강철호의 강직한 태도에 매료되어 진옥이 "사랑, 그것은 벅차고 참된 생활의 거세찬 격류 속에서 미래를 확신하는 강의한 인간들만이 느낄 수 있는 환희의 분출이다"라는 사실을 깨닫게 된다.

이 소설은 두 가지 내포적 의미를 갖고 있다. 먼저 고난의 행군 시기의 어려움에 대한 기억이 얼마나 북한 주민의 일상에 깊이 각인되어 있는지를 간접적으로 드러낸다. 진옥은 "자다가도 소스라쳐 일어나 벌로 나가군" 하는 강박증에 시달린다. 그는 스스로 "고난의 행군 시기를 잊었는가고 준절하게 꾸짖으며 살아왔었다"라고 할 정도로 자기 암시적이다.[29] 이렇다 보니 "행복한 시절에 대한 눈물겨운 자기 부정"을 통해 일상이 영위된다. 이는 '사랑에 대한 부정'이며, '공포가 일상을 견디게 하는 상황'에 대한 진술이기도 하다.

여기서 주목할 부분은 여성의 성적 가치 판단이 어떤 사회적 환경 속에서 영향을 받고 있는가 하는 것이다. 영국의 사회학자 제프리 위크스Jeffrey Weeks는 "성적 가치는 폭넓은 사회적 가치들과 분리되기 어려우며, 그 사회적 가치 역시 천차만별이다"라고 했다.[30] 그런 의미에서 주목해야 할 부분은 진옥의 선택 자체가 아니라, 집단적 가치가 그의 선택에 미친 영향이다. 고난의 행군 이후 개인적 애정마저 자발성의 강박에 의해 억압되는 양상은 비극적이다. 북한 사회는 선군정치로 인해 남성적 영역이 확대되면서, 여성의 강박적 위기감이 고조되는 양상을 보인다. 북한 사회의 내면화된 공포 의식이 여성의 젠더적 측면에 투영되어 영향을 미치고 있음을 보여준다.

다음으로 소설의 문제 해결 방식을 살펴볼 필요가 있다. 강철호는 선군시대를 대표하는 남성 화자라고 할 수 있다. 그는 분명한 목소리로 당의 의도를, 진옥을 포함한 대중에게 전달한다. 그는 고난의 행군 이후 비관적 태도를 가진 이들에게 '내일에 대한 신심과 낙관'을 심어주기 위해 토지 정리 사업을 벌이고 있다는 것을 분명히 한다. 당의 목소리가 '땅크병 출신 제대군인'인 강철호에 의해 전달된다는 것은 선군시대의 상징성을 드러낸다. 이는 당의 목소리가 남성의 목소리이며, 현재 북한 사회의 문제가 군인(혹은 제대군인)에 의해 해결되고 있음을 드러내는 것이라고 할 수 있다.

선군시대에 인민군대가 위기에 처한 농촌을 구하는 모습은 관습적일 정도로 반복적으로 등장한다. 김명익의 〈백로 떼 날아든다〉[31]에서도 농업 생산성을 향상시키기 위해 노력하는 정연순이 등장한다. 그녀는 농업대학을 졸업한 후 도농촌경영위원회에 배치됐지만, 고향 땅 연백벌에서 농업 혁신을 이뤄내기 위해 작업반장으로 일한다. 연순은 논에 감자를 심어 이모작을 해내려고 고군분투한다. 겨우 관리위원회를 설득해 감자를 심었지만, 갑작스럽게 내린 눈으로 농사를 망칠 위기에 직면한다. 이때 갑자기 '삽자루를 둘러멘 인민군 전사들이 구보로 달려와' 눈을 치워줌으로써 감자 농사를 도와주는 극적 상황이 전개된다. 이러한 문제 해결은 오로지 인민군대만이 위기에 처한 농촌을 구할 수 있다는 상징성이 가미된 것이고, 선군시대의 이념을 문학 작품에 과도하게 적용하여 소설적 개연성의 결여를 초래한 것이기도 하다. 〈넓어지는 땅〉에서 당의 입장을 대변하는 저돌적 인물인 강철호가 '땅크병 출신 제대군인'인 것도 선군시대의 이념을 현장에서 구현하는 구체적 인물 형상화로 볼 수 있다.

그런 의미에서 농업 생산성 향상에서 농촌 여성은 주체적 위치에 서 있지만,[32] 결정적 순간에는 인민군대나 제대군인의 도움을 필요로 하는 주변부적 인물로 급격히 하강하기도 한다. 이는 소설 형상화에서 선군시대의 이념이 과도하게 적용됨으로써 여성의 주체성이 훼손되는 경향을 보이고 있음을 나타낸다. 앞에서도 언급했듯이, 1990년대 북한의 일부 소설에서 여성이 국가와 민족의 이데올로기적 호명으로부터 상대적으로 자유로운 인물로 형상화되는 경우도 있었다. 하지만 고난의 행군을 겪고 난 이후 일종의 총동원 체제에 직면해서는 '여성 정체성'에 대한 독자적 논의가 약화되는 경향이 확연히 드러난다.[33] 이는 선군시대에 남성성에 대한 이데올로기적 강조가 이뤄짐으로써 '여성의 주체성'이 국민 총동원 체제에 복속되는 양상이 가중되고 있다는 사실을 보여준다.

혁신의 열망과 이념의 압박
———— 세대 갈등과 젠더 갈등 그리고 새로운 세대의 이상적 여성상, 김영선의 〈불길〉

김영선의 〈불길〉[34]은 선군시대에 부응하는 헌신적 여성상을 제시한 작품이다. 구세대와 새로운 세대의 대립, 여성과 남성의 갈등을 축으로 낡은 것과 새로운 것의 대결까지 얽혀 있어 흥미로운 서사적 흐름을 형성한다.

소설의 화자이며 기자인 '나'는 샘골마을에서 노력영웅 칭호를 받은 류근혁을 취재하는 과정에서 그와 정이 들었다. 류근혁은 '조국해방전쟁(한국전쟁) 시기 1211고지에서 영웅적으로 싸웠던 인물'로, '거지골'로 불리던 샘골마을을 "집집마다 세 칸짜리 온돌방에다 현대적인 세간들이 그쯘하게(빠짐없이 충분히) 갖추어진 마을"로 바꿔냈다. '나'는 류근혁이 세상을 떠난 이후로는 샘골마을을 방문할 기회가 없었다. 그러던 차에 사촌동생 결혼식 때문에 이웃 동네에 왔다가 샘골마을을 일부러 시간을 내서 방문하게 된다.

'내'가 샘골마을을 다시 방문해야겠다는 생각을 갖게 된 것은 우연히 열차에서 신대승을 만났기 때문이다. 신대승은 '류근혁이 애착을 가지고 키우던 총각 분조장'이었다. 신대승은 '나'에게 류근혁의 딸 은아가 작업반장으로 일하면서 "아버지가 수십 년간 이루어놓은 것들을 모조리 뒤집어엎는다"라면서 깊은 우려를 표명했다. 신대승과 류은아의 갈등이 예사롭지 않다는 사실을 간파한 '나'는 류근혁과의 정리를 생각해 진상을 파악하려 나선다.

처음 소설은 신대승의 입장에서 사건의 전달이 이뤄진다. 신대승은 '나'에게 '자신이 신新분조장에서 시대에 뒤떨어진 구舊분조장이 된 사연'을 이야기한다. 밭이랑을 정리하는 데서 대승은 은아와 의견 충돌이 있었고, 그다음에는 최뚝(밭두둑에 난 길)을 없애는 데서 입장이 갈리면서 대판 싸우기까지 했다. 은아는 "최뚝은 네 땅, 내 땅을 가르던 낡은 사회의 유물"이기에 아예 없애버리고, 거기에 곡식을 심어 낟알 한 줌이라도 보태자고 주장한다. 이에 신대승은 농사에는 때가 있다면서 반대했다. 신대승이 보기에 "강냉이 모를 옮기고 한쪽으로 빈 포기를 찾아 보식補植해야 하는, 고양이 손이라도 빌려 써야" 할 만큼 바쁜 때에 최뚝을 없애는 일에 매달리다가는 자칫 농사의 때를 놓칠 수 있다는 것이다. 신대승의 내심에는 류은아가 제대한 지 몇 해밖에 안 되고, 또 농장대학에 다닌 지 이제야 3년 남짓밖에 안 됐기에 서툰 반장으로 간주하려는 태도가 자리하고 있었다. 신대승의 반발에도 은아는 최뚝을 몽땅 뒤집어엎고 거기에 강냉이를 심어버린다. 이때 신대승은 "잘못했다는 생각보다도 모욕 받은 아픔이 더 크"게 느껴졌다.

'나'에게 이런 사연을 전하던 신대승이 농장 일 때문에 자리를 비우자, '나'는 다른 각도에서 이 사건에 접근하려고 취재를 시작한다. 먼저 축산분조를 방문해 신대승과 류은아의 갈등을, 객관적 위치에 있는 초옥이 어머니를 통해 전해 듣게 된다. 은아가 돼지우리를 헐어버리겠다고 나섰을 때 작업반원들은 은아 반장의 겸손치 못한 처사에 불만이 가득했다고 한다. 돼지우리는 은아의 아버지인 류근혁의 공적이 깃들어 있는 곳이며, 그 돼지우리 덕을 샘골마을 사람들은 톡톡히 보아왔다. 그런데 은아가 아버지의 공적을 부정하는 듯한 태도를 보이자 마을 사람들이 쑥덕거린 것이다. 은아와 대승의 첨예한 대결 현장을 초옥이 어머니는 다음과 같이 재현해낸다.

"돼지우리를 왜 헐지 못해 몸살이요?"

"낡았어요."

"낡았다. … 어째서? … "

대승은 입귀(입꼬리)를 일그러뜨리며 "흥" 하고 코웃음을 쳤다.

은아는 꼿꼿해진 눈길을 대승에게 견주며 또박또박 그루를 박듯 말했다.

"두벌농사(이모작)를 대대적으로 하자면 헐어버리고 다시 지어야 해요."

대승은 뒤짐(뒷짐)을 짓고 천천히 은아의 앞뒤를 빙 돌았다.

"동무는 저 돼지우리에 아버지의 땀이 얼마나 슴배여(조금씩 스며들어 안으로 배어) 있는지 알기나 하오? 그래서 우리 작업반 사람들이 저 돼지우리를 보며 어떤 각오를 다지는지 알기나 하오?"

한참 후에 약간 갈린 듯한 은아의 목소리가 대승의 귀전(귓전)을 쳤다.

"저도 알고 있어요. 그래서 헐어버리자는 거예요."[35]

신대승은 돼지우리의 상징성 때문에만 허무는 것을 무작정 반대한 것은 아니었다. 연중 가장 바쁜 영농기에, 최뚝 허는 문제와는 차원이 다른 대공사인 '돼지우리 새로 짓는 문제'를 추진하는 것을 비판한 것이다. 신대승은 류근혁의 권위를 빌려와 "우리 작업반은 류근혁 작업반장이 있을 때부터 한 번도 알곡 생산 계획을 드틴(어긋나게 한) 적이 없는 작업반"이었음을 강조한다. 이에 대응하는 류은아의 태도 또한 결연하다. 류은아는 "제가 바로 류근혁의 딸이라는 걸 명심하세요"라고 외치면서 청년동맹원들과 함께 돼지우리를 몽땅 헐어버리고 만다.

은아와 대승의 대립은 북한 사회가 현재 추구하려는 혁신의 방향을 상징적으로 나타내는 것으로 해석이 가능하다. 노력영웅이었던 류근혁의 혁명적 전통을 어떤 방식으로 계승하는 것이 올바른가에 대한 첨예한 대립이 신대승과 류은아의 갈등 사이에 갈무리되어 있다. 신대승은 혁명 전통을 이어감으로써 좀 더 온건한 작업반 운영을 주장하는 반면, 류은아는 근본적인 혁신을 통해 류근혁의 뜻을 계승하려 한다. 이 둘은 모두 '류근혁이 만들어낸 전통'을 자기주장의 정당성으로 내세운다. 신대승은 류근혁과 함께 일해온 경륜을 내세우는 반면, 류은아는 "제가 바로 류근혁의 딸"이라는 사실을 직접적으로 제시한다.

은아의 주장은 북한 사회에서 지도자의 권위가 어디에서 나오는지를 보여주는 상징적 진술로도 읽을 수 있다. 혈연관계를 우선시하는 태도가 '류근혁-류은아'의 연속성에 대한 승인에서 나타난다. 또한 좀 더 근본적인 차원에서 이 작품은 류근혁의 뜻을 계승할 수 있는 이는 "시대의 요구"에 따라 "부단히 전진하고 혁신"하는 사람이라고 주장하면서, 대담한 결단을 실행해 나가는 류근혁의 딸 류은아를 후계자로 규정한다.

2000년대 북한의 농촌 여성소설에는 '부녀' 관계가 혁명적 전통의 계승 관계로 자주 등장한다. 앞에서 언급한 김명익의 〈백로 떼 날아든다〉의 주인공인 정연순은 구름봉 작업반장이었던 아버지 정태봉의 뜻을 잇는 혁명적 일꾼으로 그려진다. 또 김성희의 〈룡산의 메아리〉에서 화자인 별이의 아버지도 "목장의 초창기 지배인"으로 설정되어 있다. 무엇보다 주목할 작품이 박경철의 〈이 땅은 넓다〉[36]다. 이 작품의 주요 인물인 류순애는 〈불길〉의 은아처럼 당찬 여성 인물이다. 류순애는 류만식의 외동딸로서 그만이 진정 "혁명적 군인 정신"을 지니고 "최대한의 실리"를 얻을 수 있다는 '후계자의 자부심'을 강하게 갖고 있다. 이러한 혁명적 전통 속에서 순애는 '논에다 콩을 심는 혁신적 시도'를 성공적으로 이끌어낸다.

그렇다면 〈불길〉에서 신대승과 류은아의 갈등은 어떤 방식으로 해결됐을까? 그 해결 과정에 대한 진술은 신대승의 집에서 이뤄진다. 항상 류은아 편에 서 있었던 초옥은 신대승과 결혼한 후 단란한 가정을 이뤘다. 초옥과 대승이 맺어질 수 있도록 주선한 것은 바로 은아였다. 초옥은 '나'에게 그때의 사정을 조목조목 설명한다. 신대승의 우려와 달리 돼지우리를 헐고 새롭게 짓는 데는 단지 스무 날이 걸렸을 뿐이었다. 청년동맹원들이 저녁마다 돼지우리 공사장에서 일해 공기를 단축함으로써 영농기의 바쁜 일손에 지장을 주지 않게 했다. 신대승 또한 "은아 동무의 일솜씨는 아버지 때부터 물려받아 내려오는 것이라고 하는데, 무슨 일이든 그를 당하는 사람이 없습니다"라면서 결국 승복하고 만다. 신대승은 최뚝 없앤 곳에서 강냉이가 800킬로그램이나 수확되고, 돼지우리 또한 입체적으로, 그리고 현대적이면서도 돼지를 곱은 더 기를 수 있게 지어진 것에 감탄한다. 두벌농사를 하자면 모든 것이 두 배가 되어야 한다는 류은아의 주장은 관철되었다.

이 소설은 은아에 대한 오해에서 시작되어 그의 행위가 옳았음을 증명하는 방식의 결말로 나아간다. '나'에게 사건을 진술하는 사람도 처음에는 신대승이었다가, 다음에는 사료 관리 책임자인 초옥의 어머니이고, 다시 초옥을 거쳐 신대승으로 넘어가면서 정보의 조합이 이뤄지는 양상을 띤다. 이 소설의 묘미는 바로 여기에 있다. 독자들은 기자인 '내'가 수집하고 조합해낸 정보를 통해 은아의 영웅적 면모에 점차 동화되어간다. 더구나 초기에 신대승을 통해 접했던 내용이 소설의 결말에서는 판이하게 다른 반전으로 이어짐으로써 서사적 긴장이 지속된다.

소설의 대미에서 신대승은 "저기 기러기 떼 길잡이처럼 맨 앞에서 호미질을 하고 있는 처녀가 은아 반장입니다"라고 말하며 존경심을 한껏 표현한다. 작가 또한 '나'의 목소리를 빌려 "낡고 뒤떨어진 모든 것을 불사르며 강성 대국 건설에로 줄기차게 내달리는 선군시대의 참된 지휘관!"으로 은아 반장을 호명한다. 그러면서 후대들은 앞선 세대가 이루어놓은 공적을 현상 유지나 해서는 안 되고, 대담하고 크게 혁신해 나갈 때만이 참된 계승이 이뤄진다고 진술한다.

〈불길〉에는 이상적인 농촌 여성의 형상이 직접적으로 제시되어 있다. 은아는 제대군인이며, 노력영웅 류근혁의 딸이자, 새로운 세대를 대표하는 젊은 여성 반장이다. 그는 신대승에게 "치마 두른 반장"이라고 다소 경멸적인 호명을 받기도 하고, 작업반원들에게도 '아버지의 공적을 무시하는 겸손치 못한 젊은 반장'으로 불린다. 하지만 은아는 류근혁의 업적을 현상 유지하는 것이 아니라, '선군시대의 요구'에 맞게 혁신을 통해 농업 생산성을 배가하는 성과를 낸다.

이 작품은 2000년대 북한 문학의 이념이 지향하는 바가 무엇인지를 여실히 보여준다. 선군시대의 표상으로서 제대군인인 은아는 역시 제대군인 출신의 열정적인 리里청년동맹비서와 함께 청년동맹원들을 동원해 혁신을 주도했다. 은아는 스스로를 "제가 바로 류근혁의 딸이라는 사실을 명심하세요"라며, 자신이야말로 류근혁의 혁명적 의지를 제대로 계승할 수 있는 존재임을 확언한다. 이는 '김일성-김정일-김정은'으로 이어질 새로운 후계 체제에 대한 문화적 정당화 작업으로 읽을 수도 있다.

농업 생산성의 배가에 여성이 적극적으로 동참하고 또 동원되는 양상은 이채롭다. 이는 그만큼 북한의 농촌 사회에서 여성의 위치가 당당함을 증언하는 것이고, 다른 한편으로는 북한 여성이 '남성과 차이 없이' 생산성 향상에 동원되고 있음을 드러내는 것이기도 하다. 그 '차이 없는 여성'은 바로 북한 문학이 표상하는 혹은 그리고자 하는 이념형이다. 그리고자 하는 것이 바로 실재하는 것이라고는 할 수 없다. 이 간극 속에서 북한 문학의 이데올로기적 기능이 도출된다. 선군시대를 옹호하는 여성은 '동원된 참가'를 수락한 것이며, 생산성의 혁신을 선한 것으로 바라보는 생산력주의를 자기화한 것이라고 할 수 있다. 그런 의미에서 북한 여성의 '선군시대'로의 참여는 '이데올로기적으로 구성된 젠더의 형상'을 하고 있다고 평가할 수 있다.

위기 담론과 '자발적 동원' 사이에서

북한의 대표적인 문학 이론가인 김정웅은 이전 시기 사회주의 문학이 '로동 계급'을 혁명의 주력군으로 내세웠다면, 선군혁명문학은 "내세우고 형상하여야 할 기본 주인공은 선군시대의 혁명의 주력군-인민군대"라고 했다.[37] 이렇게 분명히 선언하면서도 그는 사회주의 문학과 선군혁명문학의 관계를 봉합한다. 인민군대가 주인공이면서도 선군시대에 맞게 형상화만 된다면 농업 근로자나 지식인도 주인공이 될수 있다는 것이다. 여성은 농업 근로자로서 농업 생산성 강화를 위한과업을 수행하는 선군시대의 구현자로 형상화되어 있다. 이들 여성 농업 근로자는 제대군인이나 인민군대의 도움을 받아 그 과업을 완수하는 경우가 많다. 그런 의미에서 선군시대의 농촌 여성은 농업 생산력 증대의 주인공이면서도, 인민군대에 의존하는 조력자로 형상화되어있다.

2000년대 북한 문학에서 형상화된 농촌 여성을 통해 북한 사회가처한 현실을 다음의 몇 가지로 계열화하면 이해가 쉽다. 이는 형상화의 논리에서 주체가 처한 상황을 계열화한 것이기도 하다.

첫째, 선군시대의 이념으로 제시되는 '선군사상, 선군정치'가 북한의 농촌 여성을 형상화한 소설에서는 뚜렷한 내용성을 띤다기보다 고난의 행군에 대한 고통스러운 기억, 공포와 연결되는 경우가 많다. 이 공포의 기억이 '생산력주의'에 대한 강박으로 구현된다. 김성희의 〈룡산의 메아리〉나 윤경찬의 〈넓어지는 땅〉은 여성이 주도해 생산력 증대를 이뤄내야 하는 농촌 풍경을 그렸다. 이들은 모두 고난의 행군의 아픈 기억을 통해 농업 생산력 강화라는 과업에 대해 강박증적으로 반응한다. 2005년 발표된 조인영의 〈한 녀인에 대한 추억〉에 이르러야 고난의 행군에 대한 회고적 진술이 이뤄진다. 이는 2000년대 중반 즈음에야 북한 사회가 고난의 행군에 대해 객관화할 수 있는 여유를 갖게 됐음을 나타낸다.

둘째, 2000년대 농촌 여성의 형상에서 간과하지 말아야 할 부분은 북한 여성이 '공적 세계'에서는 당당한 농업 근로자이지만, '사적 세계'에서는 가정의 일이나 연애 등에서 문화적으로 억압당하는 약소자의 위치에 놓여 있다는 사실이다. 농업 근로 영웅으로서 공적 영역에만 헌신하려 드는 변음전 여인의 형상이나(〈한 녀인에 대한 추억〉), 연애 감정을 애써 외면하려 드는 진옥의 형상(〈넓어지는 땅〉)이 대표적인 예다. 사생활이 보장되지 않는 공적 세계는 삶의 비정상성을 간접적으로 드러낸다. 그것은 개인의 내밀한 감정보다는 전체성을 중시하는 것이고, 사적 자유가 보장되지 않음을 나타내는 것이기도 하다. 사적 자유에 대한 억압이 대개 고난의 행군에 대한 공포의 기억을 환기하며 이뤄진다는 사실은 북한 사회가 겪은 불행했던 과거를 증언한다. 더불어 1990년대 북한의 여성소설에서는 '국가와 민족으로 환원되지 않는 여성 정체성 찾기'가 이뤄졌던 반면, 고난의 행군을 겪고 난 이후인 2000

년대 여성소설에서는 '국민 총동원 체제'에 준하는 젠더적 동원이 이뤄지고 있음을 확인할 수 있다. 여성은 선군시대의 이념에 따라 '남성성'을 일상화하거나 '젠더적 재구성'을 해야 하는 상황에 처해 있다. 이는 북한 문학이 강박처럼 남성성의 신화에 포박되어 있음을 증명한다.

셋째, 선군사상, 선군정치의 이념에는 새로운 후계 체제에 대한 상징적 서사가 자리 잡고 있다. 대표적인 예로 김영선의 〈불길〉을 거론할 수 있다. 이 작품은 북한의 후계 체제 구축과 관련한 징후적 독해가 가능하다. 주요 인물인 은아는 노력영웅 칭호를 받은 류근혁의 딸로 등장해 샘골마을을 새롭게 부흥시킨 뛰어난 인물로 형상화되어 있다. 은아는 제대군인이며, 새로운 세대를 대표하는 젊은 여성 반장이다. 아버지 류근혁의 뜻을 받들면서 아버지보다 더 뛰어난 성취를 이끌어내는 류은아의 형상은 후계 구도와 관련해 북한 사회의 이념적 지향을 보여준다.

주목할 부분은 북한 문학에 나타난 여성 정체성의 재구성이 '자발적 동원'의 외양을 띤다는 점이다. 이를 통해 체제의 위기가 '국민의 성격'을 '남성성'(선군시대)으로 고착화하는 양태 속에서 여성의 주체성이 상대적으로 약화되고 있음을 알 수 있다. 1946년 '북조선의 남녀평등권에 대한 법령'이 발표된 이후 북한은 사회주의 이념에 따라 여성의 지위를 보장했다.[38] 그러나 고난의 행군 이후 체제 위기 속에서 '여성성'은 상대적으로 위축되는 양상을 보였다.

국가기구는 '총동원 체제'라는 비상 선포를 통해 일상을 지배한다. 비상 상황에서 지배되는 일상은 바로 비정상적 일상을 당연시하는 태도로 이어지기 마련이다. 그 일상화된 비상 상황 속에서 북한 여성의 자발적 동원이 이뤄지고 있다. 그렇기에 고난의 행군이라는 위기 국면 이후 북한 여성의 자발적 동원 속에서 여성은 점차 '2등 국민화'되는 징후를 보인다.

현재를 추동하는 힘으로 과거의 상처가 동원되는 사회는 불행하다. 현실에 기반해 현재와 미래를 가늠할 수 있을 때, 즉 과거로부터 자신을 객관화할 수 있을 때라야 안정된 일상이 가능하다. 그런 측면에서 볼 때 '선군시대'라는 구호는 '고난의 행군'이라는 과거에 포박되어 있음을 보여주며, 북한 사회가 아직도 위기 극복을 위한 비상 체제하에 있음을 스스로 드러내는 것이기도 하다.

다만, 2018년 즈음에 이르러서는 북한 여성의 욕망 표현이 이전보다는 자유로워지고 있음을, 앞서 소개한 김옥순의 〈동창생〉과 렴예성의 〈사랑하노라〉와 같은 작품에서 확인할 수 있다. 이들 작품은 공적 영역을 강조하는 주제를 구현하고 있지만, 사적 영역에서 발현되는 여성의 자기표현이 주체적인 면모를 보인다. 이러한 변화는 북한 사회에서 가부장적 질서에 대항하는 여성의 젠더적 자기구성의 양상과 관련해 이해할 수 있다. 여성의 적극적 행동이 고난의 행군을 극복하는 데 영향을 미쳤듯이, 북한 민중의 민주적 자기결정권에 미치는 여성의 역할도 점차 강화될 것이라는 전망을 해본다.

06

'사실'과 '허구' 사이에서 진실 찾기, 북한의 실화문학 읽기

'가족국가' 북한의 내밀한 이야기

'실화'와 '문학', '사실'과 '허구'의 긴장

《조선문학》 2012년 제11호에 〈조선민주주의인민공화국 창건 65돐 기념 전국문학축전 조직 요강〉이 실렸다. 조선작가동맹 중앙위원회는 "천만 군민을 강성 국가 건설에로 힘 있게 고무, 추동하고 주체문학 건설에서 새로운 앙양을 일으키기 위하여 전국문학축전"을 조직한다고 밝혔다. 공고문에는 조선작가동맹 전체 동맹원들과 문학 창작 기관 작가들을 대상으로 '소설문학', '시문학', '아동문학', '극문학', '평론', '단평', '사화', '전설' 작품을 공모해 시상한다는 내용이 게재됐다.

조선작가동맹 중앙위원회는 작품의 주제도 분명하게 명시한다. 그 내용은 ① 백두산 3대 장군의 혁명 업적을 주제로 한 작품, ② 김정은의 영도와 위인상을 형상화한 작품, ③ 혁명 전통을 주제로 한 작품, ④ 부강 조국 건설과 최첨단 돌파전의 승리를 위한 인민의 투쟁과 생활을 반영한 현실 주제의 작품, ⑤ 인민군대의 투쟁과 군민 대단결, 청소년들의 투쟁과 생활을 주제로 한 작품, ⑥ 계급교양 주제, 조국통일 주제, 역사 주제의 작품이다.

이 여섯 개 항목의 주제는 북한 문학이 공식적으로 표방하는 문학적 형상화의 지향을 보여준다. 혁명 전통에 입각한 수령형상문학이 중요한 부분을 차지하고, 인민의 투쟁을 그린 현실 주제의 작품이 그다음에 위치한다. 그다음 선군혁명문학에 이어 계급교양, 조국통일, 역사 문제를 중시한다. 수령형상문학과 혁명전통문학이 의례화된 영역이라고 했을 때, 현대 북한 문학의 주요 쟁점은 '인민의 투쟁과 생활을 반영한 현실 주제의 작품'이라고 할 수 있다.'

2010년대 즈음 북한 문학의 무게중심은 선군혁명문학에서 인민의 투쟁과 생활의 형상화로 이동했다. 남한의 북한 문학 연구자들도 '선군 담론에서 민생 담론으로'라는 해석을 내놓고 있다. 김성수는 "2009년 이후에 군 우선 원칙은 원칙대로 슬로건 차원에서 그대로 두긴 하지만 민생을 돌보는 '인민 생활 향상'이 새로운 담론으로 부각되기 시작하였다"라고 언급했다.² 오태호도 "김정일 애국주의, 최첨단시대, 사회주의 현실 주제(양심과 헌신의 목소리) 등으로 분류하여 김정은 시대의 북한 문학의 현재적 지형도"를 살필 수 있다고 했다.³ 〈조선민주주의인민공화국 창건 65돐 기념 전국문학축전 조직 요강〉에서도 인민군대의 투쟁보다 인민의 투쟁과 생활을 앞에 놓은 것이 눈길을 끈다. 선군 문학은 지속적인 담론으로 영향력을 행사하고 있되 인민 생활의 향상 문제가 북한 사회의 핵심 쟁점이라는 점에서 주목할 만한 변화라고 할 수 있다.⁴

내가 주목한 부분은 〈조선민주주의인민공화국 창건 65돐 기념 전국

문학축전 조직 요강〉에 제시된 장르 구분이다. 조선작가동맹 중앙위원회는 작품의 종류를 명시하면서 소설문학 부문을 '단편소설, 단편과학환상소설, 단편실화문학, 수필'로 구분했다. 소설문학 부문의 주요 영역에 단편과학환상소설과 단편실화문학이 있는 것이 특징적이다. 북한의 과학환상소설에 대한 연구는 최근 남한에서 활발히 이뤄지고 있다.[5] 반면 동시대 북한의 단편실화문학은 그간 남한의 연구자들이 상대적으로 주목하지 않은 영역이다.

북한 문학에서 과거에는 오체르크ocherk라고 부르던 것을, 1961년 '실화문학'으로 명칭을 변경하여 현재에 이르고 있다. 실화문학은 현장 보고문학으로, 남한에서는 허구성을 가미한 '르포문학'이라고 말할 수 있다. 나는 문학사적 장르로서 오체르크가 아니라, 동시대의 북한 문학으로서 실화문학에 주목했다. 내가 동시대 실화문학에 주목하는 이유는 다음 몇 가지 때문이다.

첫째, 북한의 실화문학에 대한 접근은 동시대 북한 현실을 적극적으로 해석해낼 수 있다는 측면에서 의미가 있다. 그간 북한 문학 연구가 역사주의적 관점에 입각해 '문학사 연구'의 관점을 취했다면, 나는 '동시대' 북한 문학 작품을 통해 북한 문학과 북한의 현실을 해석하려 시도한다.

둘째, 실화문학은 '사실'과 '문학'이 중첩된 장르다. 남한 연구자들이 북한 문학에서 끊임없이 북한의 현실을 읽어내려 했다면, 북한 문학은 여전히 허구로서의 소설문학을 명시적으로 주장해오고 있다. 북한 문학의 허구적 창조성에 대한 강조는 '새로운 성격 창조'라는 언어에 집약되어 있다.[6] 소설의 창조적 성격을 견지하면서도 사실성에 기반한 독특한 형태의 문학이 북한의 실화문학이다. 나는 북한의 실화문학을 통해 북한 문학이 구현해내는 북한 사회의 현실 문제를 다각적으로 해석해내려 한다.

셋째, 실화문학은 민중주의적 관점에서 해석 가능한 동시대의 미시 서사다. 북한의 역사소설은 항일혁명문학적 관점이나 민족주의적 관점의 거대 서사이고, 수령형상문학은 주체의 인간학에 입각한 구성주의적 거대 서사다. 그에 반해 실화문학은 민중의 생활사가 투영된 미시 서사로, 작은 역사의 구현물이라고 할 수 있다. 실화문학에는 아래로부터 구성된 작은 서사가 담겨 있다. 이 민중주의적 관점과 아래로부터의 미시 서사에 주목할 때, 북한 민중의 관점에서 북한 현실을 바라볼 수 있는 보편적 시각이 확보될 수 있다고 본다. 나는 북한 체제에 의해 호명되는 '인민'과는 구별하기 위해 '민중'이라는 개념을 사용했다.[7]

나는 실화문학의 장르적 특징을 북한 문헌을 통해 규명한 후, 구체적인 작품 속에서 북한의 생생한 현실을 읽어내려 한다. 북한의 거대 서사가 공식성을 띤다면, 북한의 민중 생활이 반영된 실화문학은 실재하는 삶의 모습을 그려낸다. 북한 문학에서 실화문학은 '현실에서 벌어지는 의의 있는 사건들과 아름다운 이야기들을 사실대로 진실하게 묘사하는 서사문학의 한 형태'로 정의한다.[8] 상대적으로 허구가 적고 사실적인 사건이라는 점을 강조하는데, 바로 이 부분에 주목해 '사실'과 '허구'의 긴장을 포착할 수 있다. 또한 민중주의적 관점에서 '징후적 독해'[9]의 방법론을 원용하면 사건의 이면을 살필 수 있다. 북한 문학에서 '실재하는 현실'을 다루는 실화문학을 통해 작품 속에 감추어진 북한 사회에 대한 '새로운 해석'을 도출해낼 수 있으리라 기대한다. 내가 지향하는 '새로운 해석'은 북한의 공식 담론에서 억압된 비공식적이고 미시적인 민중의 욕망에 대한 적극적 의미 부여다.

해방 이후 북한 건국 이전에도 북한에서는 작가와 예술가의 노동 현장 체험을 강조했다. 북조선로동당 중앙위원회 상무위원회 제29차 결정서로 1947년 3월 28일 발표된 〈북조선에 있어서의 민주주의 민족문화 건설에 관하여〉에 작가의 현장 체험에 대한 논의가 포함되어 있다. 나는 1949년 3월 개최된 북조선문학예술총동맹(이하 문예총)의 제 3차 대회를 주목한다. 문예총은 이 대회에서 "전체 문학가 예술가들에게 현실에 대한 지식을 높이며 조국과 인민이 요구하는 것이 무엇이며, 무엇을 지향하는가를 고상한 사실주의에 입각하여 작품에 반영시킬 것을 요구하였고, 노동 대중의 생활과 투쟁의 현실 속에서 생동하는 문학예술 작품을 창조할 것을 전체 작가, 시인, 예술가들에게 호소"했다. 특히 문학 분야에서는 "작가들과 시인 및 문학 활동가들이 '인민 속으로부터의' 애국주의적 구호 밑에 공장, 광산, 기업소, 농어촌, 인민 군대, 보안대에로 현지를 향하여 나아갔으며, 문학동맹은 작가들의 현지 파견을 조직, 지도"했다.

작가 현지 파견 사업은 실화문학과 직접적 관련이 있다. 특히 "흥남 공업지대에 송영·이북명·박웅걸, 황해제철소에 김사량, 아오지탄광에 황건 등"이 파견되어 활동했다는 내용이 눈길을 끈다.[10] 현지에 파견된 작가들은 실화문학을 발표했다. 이 전통이 1953년경부터 오체르크라는 장르로 쓰이다가, 1961년경부터 실화문학이 오체르크라는 용어를 대체한 것으로 볼 수 있다.

북한 문학의 실화문학은 러시아 문학의 오체르크에서 영향을 받았고, 중국의 보고문학과도 영향 관계를 형성한다. 그렇다면 실화문학을 어떻게 더 구체적으로 이해할 수 있을까? 북한의 논의를 참고하여 실화문학의 특징을 다음 몇 가지로 구분해 살필 수 있다.

첫째, 실화문학은 실재하는 인물과 사건을 기초로 하여 창작되기 때문에 사실성이 강하다. 북한 문학에서는 "어디까지나 실재한 사실, 실재한 인물에 기초하여 생활 세부에 이르기까지 사실 그대로 형상하는 것을 원칙"으로 한다고 강조한다.[11]

둘째, 실화문학은 사실 자료를 활용하면서도 작가가 창조성을 발휘하여 본질적이고 의미 있는 부분을 형상화할 수 있다. 실화문학은 "풍부한 소설적 묘사력에 의거하여 높은 형상성을 보장하고 있다"는 데서 일반 실화와 변별된다.[12] 또한 실화문학은 작가들이 취재를 통해 사실 자료에 바탕을 두고 서사화하는 경우가 많다.

셋째, 실화문학은 동시대성과 현장성이 강하기에 북한이 직면한 현실을 잘 보여준다. 실화문학의 중요한 특징으로 "시기성과 기동성"을 거론한다. 이를 통해 "현실 속에서 실지로 있은 가장 감동적이고 의의 있는 사건이나 사실을 그대로 보여주는 것으로 하여 커다란 감화력을 가진다"라는 것이다.[13] 실화문학은 동시대의 현실을 적극적으로 표현하고 있기에, 북한 내부에서 북한 독자를 위해 창작하고 발표된 문학이라는 특징이 있다.

넷째, 실화문학은 허구의 한계가 제한되어 있다. 실화문학은 "주인공을 비롯한 주요 인물, 중심 사건들은 원형의 이름 그대로, 실제 사건 그대로 그려"야 하며, 특히 "중심인물들의 자서전, 회상록, 편지, 그들과 관련된 력사적 보도자료 등은 절대로 꾸며내지 않"아야 한다. 또한 "일반 소설에서 이것이 사실 그대로였다고 납득시키기 위하여 허구로 꾸며낸 '사실 자료', '문건'들을 인용하는 듯한 수법은 실화소설에서 허용되지 않는다"라고 한다.[14] 다만 "보조적 인물이나 그와 관련되는 일화, 세부들은 풍부한 예술적 허구와 묘사력으로 형상할 수 있다"라고 했다. 그런 의미에서 실화문학은 사실에 기반한 '실화'와 허구가 가미된 '문학'의 중간 단계에 위치한 독특한 북한 문학의 장르라고 할 수 있다.

실화문학은 실재하는 현실을 다루어야 한다고 엄격히 규정하면서도, 주변 인물과 일화 그리고 형상화의 영역에서는 '제한된 허구'를 허용한다. '실재하는 현실과 허구의 결합'이 가능한 이유는 정책적 측면에서의 필요와 작가의 창작적 개입이 결합됐기 때문이다. 현실에서 직면한 의의 있는 사건을 다루어야 한다는 전제가 있는데도 작가는 문학적 형상화를 위해 제한적 허구를 활용하는 셈이다. 바로 이 부분에 주목하게 된다. 징후적 독해에서 미학적 생산물이 유효한 것은 '불일치성'과 '내적인 것'에 대한 차이 때문이다. 독일 빌레펠트대학교 교수 클라우스-미하엘 보그달Klaus-Michael Bogdal은 알튀세르의 논의를 원용해 "작품들은 이데올로기를 방해하는 모순적인 실천들의 동인動因들"이라고 했다.[15] 즉 작가의 내면적 시선이 투영됨으로써 미학적 균열이 발생하고, 그 균열 속에서 작품 내에 현존하면서 부재하는 것에 대한 적극적 읽기가 가능해진다는 것이다.

영웅 탄생의 서사화와 실화문학의 실재성

━━━━ 목숨을 바쳐 동료를 구한 노동자의 희생정신,
한철순의 〈보석은 땅속 깊이〉

《조선문학》에 매년 게재되는 실화문학의 수는 일정하지 않다. 실화문학은 단편소설 장르에 묶인 작품명 옆에 괄호로 '실화문학'이라고 표기해 분명히 구분하는데, 고정적으로 게재되지 않고 비정기적으로 수록된다. 2009년에 3편,[16] 2010년에 2편,[17] 2011년 2편,[18] 2012년 2편,[19] 2013년 7편,[20] 2014년 6편,[21] 2015년 5편,[22] 2016년 8편,[23] 2017년 11편,[24] 2018년 5편,[25] 2019년 4편[26]이 게재됐다. 2011년 11월 17일 김정일 사망 이후 2012년 1월부터 실화문학이 점차 증가하다가, 2013년에 7편, 2014년에 6편으로 늘었으며, 2017년에는 최고 11편이 수록되었다. 이러한 추이는 리룡운, 리성식, 안명국, 오관천, 한철순, 홍남수 같은 작가가 활발하게 실화문학을 발표했기 때문이기도 하지만, 북한 문학 장르에서 실화문학의 역할이 커진 것으로도 볼 수 있다. 앞에서 언급했듯이 실화문학은 시기성과 기동성을 요구하면서도, 시대의 요구를 적극 반영한다. 김정은 시대의 통치가 안정화되면서 시의적절하게 정책적 요구를 반영할 필요가 있었기에 실화문학이 증가한 것으로 보인다.

　김정은 통치가 시작된 2012년 이후 《조선문학》에 게재된 실화문학 중 북한의 현실을 사실적으로 표현한 작품 가운데 해석 가능성이 높은 네 작품을 선정했다. 2012년에 게재된 〈보석은 땅속 깊이〉(한철순)와 〈재부〉(전충일) 그리고 2014년에 게재된 〈초석〉(리룡운)과 〈필요한

사람〉(리성식)이다. 이들 작품에 대한 구체적인 텍스트 분석을 통해 북한의 실화문학에 대해 고찰하려 한다.

실화문학이 정책적 필요와 연관이 있다는 사실은 《조선문학》 2012년 제11호에 수록된 한철순의 〈보석은 땅속 깊이(실화문학)〉[27]라는 작품을 통해서도 구체적으로 살필 수 있다. 이 작품은 '금골광산 영광갱 채광공 박태선'의 희생을 그린다.[28]

대부분의 실화문학은 인물 중심 문학이다. 간혹 사건을 중심에 놓고 형상화하는 작품도 있지만, 인물의 영웅적 행적을 서사화하는 경우가 많다. 〈보석은 땅속 깊이〉도 박태선의 영웅적 희생을 형상화하고 있다. 제대군인인 박태선은 한쪽 다리를 잘 쓰지 못하던 금골피복공장의 김정순을 아내로 맞아들이는 품이 넓은 사내였다. 그는 금골광산에서 일하면서 '나라의 귀중한 재산을 아끼기 위해' 노력하는 인물이었고, '동지를 자기처럼 아끼고 귀하게 여길' 줄 아는 광산노동자였다. 박태선은 2012년 1월 15일 아침 갓 탄광에 배치된 제대군인 지동규와 막장 작업을 하던 중 낙석이 떨어지자 자신의 목숨을 바쳐 지동규를 구했다.

〈보석은 땅속 깊이〉는 박태선의 희생을 기리기 위해 그의 사후에 창작된 작품이다. 이 작품은 2012년 1월 15일 아침에 실제로 발생한 박태선의 희생을 생생하게 그려낸다. 사실 관계의 정확한 전달에 치중하다 보니, 작가는 북한 사회가 직면한 물자 부족 상황도 상세하게 묘사한다. 이 소설에는 2톤은 될 듯한 큰 돌 밑에 깔린 착암기를 파내기 위해 노동자들이 달려들어 그 돌을 제거하는 작업 현장이 그려져 있다. 또한 소대 휴게실에서 식사할 때 여성 노동자인 은경이 '가마치밥'(누룽지)으로 끼니를 때우는 장면도 나온다. 은경의 상황을 눈치채고 박태선과 우승환 소대장이 소화가 잘 안 된다는 핑계로 가마치밥과 자신의 밥을 바꿔 먹는 미담을 제시한다. 이러한 사소한 사건들은 북한의 광산노동자들이 처한 상황을 보여준다는 점에서 문제적이다. 이미 고난의 행군을 '지난 시기'라고 하는데도 물자를 절약하기 위해 노심초사하고, 소대원들이 충분히 식사를 할 수 없을 정도의 상황임을 실화문학의 정황 속에서 유추할 수 있다.

2010년대 북한의 단편소설에는 고난의 행군 시기를 회상하는 내용이 자주 등장한다. 고난의 행군에 대한 회고 서사는 극단적 상황에 처해 어려웠던 시기를 환기함으로써 지금의 열정적 힘을 고양하려는 의도를 지니고 있다. 따라서 그 시기의 고통에 대해서는 순화된 색채로 표현하는 경우가 많다. 그런데 실화문학에서는 세부사항의 진실성 면에서 고난의 행군 시기 북한 민중의 고통이 핍진하게 그려진다. 극한의 고통을 적극적으로 형상화하지 않았다 하더라도 북한 민중의 기억 속에 남아 있는 '배고픔'의 고통이 심각했음을 알 수 있다.

〈보석은 땅속 깊이〉는 2012년을 대표하는 실화문학으로 《조선문학》에 게재됐다. 김정은은 박태선이 희생된 직후인 2월 1일에 "훌륭한 인간입니다. 이 동무의 영웅적 소행을 잊지 말며 동지들을 위해 바친 그의 값 높은 삶이 언제나 우리의 마음속에 빛나도록 희생된 동무의 몫까지 합쳐 더 많은 일을 합시다"라는 글을 남겼다고 한다. 김정은의 지도에 따라 박태선에게는 '조선민주주의인민공화국 영웅 칭호'가 수여됐고, 그의 유해는 '애국렬사릉'에 안치됐다. 박태선이 일했던 채광 5소대는 '박태선 영웅소대'로 명명되고, 그의 아들은 '만경대혁명학원'에 보내졌다고 한다.

박태선에 대한 영웅 칭호 부여는 김정은의 권위를 강화하기 위한 의도된 통치행위로 볼 수 있다. 김정은이 박태선의 영웅적 행위를 칭송하는 글을 남긴 시점이 2월 1일이라는 사실에 주목해보자. 박태선의 영웅화가 김정은의 통치권 행사를 통해 이뤄졌다는 사실은 북한 체제가 내적 안정성을 획득했다는 사실을 방증한다. 정치지도자 김정일의 갑작스러운 부재를 젊은 김정은이 빠른 속도로 대체한 것이다. 이는 '애도를 통한 치유'와 '인민의 통치를 위한 힘의 결집' 그리고 김정은 시대에 작동하는 '당과 인민의 자기 통치'의 양상으로 파악할 수 있다.[29] 북한 체제는 자체 내에서 정상적으로 작동하고 있고, 그 통치 체계에 따라 김정일의 자리를 김정은이 대체했다. 박태선의 영웅화는 그런 의미에서 북한 통치 체계가 정상적으로 작동하고 있음을 증명하는 작품으로 의미 부여할 수 있다.

현실 세계의 암묵적 분출
━━━━━ '그는 필요한 사람인가',
　　　네 명의 시점으로 재구성된 리성식의 〈필요한 사람〉

실화문학은 특정 인물을 둘러싼 오해와 해소 혹은 특정 인물의 영웅적 행위를 그리는 경우가 빈번하다. 이로 인해 작가가 인물을 형상화하는 데 곤란을 겪는 서사가 나타나기도 한다. 실존 인물이다 보니 작가는 인물의 내면세계를 직접적으로 그리기가 어렵기에, 중심인물과 주변 인물의 시점을 오가는 방식으로 서사를 이끌어간다.

리성식의 〈필요한 사람(실화문학)〉[30]은 구성 룡호사업소의 부장 김영 철의 헌신성을 그린 작품이다. 이 작품은 총국 일꾼에게 김영철을 비 방하는 '신소申訴 편지'가 전달되면서 시작한다. 총국 일꾼은 김영철을 모범적인 일꾼으로 평가하고 있었는데, 신소 편지에는 "기관의 기본 사업에 지장"을 초래하면서까지 "비非경지 농사와 집짐승 기르기 등 부업을 우선시"하는 잘못된 사업 관행을 보이고 있다는 비판 내용이 담겨 있었다.

이 작품은 김영철의 시점, 김영철의 아내 명영희의 시점, 여성 노동 자 현순의 시점 그리고 총국 일꾼의 시점을 넘나든다. 첫 부분과 마무 리 부분에서 작가의 개입이 이뤄진다.

김영철은 룡호사업소 부장으로, 소설에서는 2002년도 상황을 다음 과 같이 묘사한다.

> 시市 량정糧政사업소 수매 과장을 하던 김영철이 룡호사업소 부장으로
> 임명된 것은 고난의 행군, 강행군에 이어 온 나라가 강성 국가 건설을
> 위한 총진군의 북소리를 한창 울리던 2002년도였다.
> 문건 인계를 끝내고 현장 료해了解(사정이나 형편이 어떤가를 알아보는
> 것)를 나간 김영철은 막연하여 숨이 다 막힐 것만 같았다. 현장 실태가
> 너무도 한심했고 종업원들 생활 형편도 어려웠기 때문이다. 우리나라
> 의 경제 형편을 극도로 악화시킨 원쑤 놈들에 대한 적개심이 끓어 번졌
> 고 일시적인 난관에 손맥을 놓고 주저앉아 하루살이 식으로 동면이나
> 해온 일군(일꾼)들이 민망스러웠다. 그럴수록 자신이 지닌 책임감으로
> 해 어깨가 무거워졌다.

김영철은 대담하게 낡은 창고와 휴계실(휴게실)들을 허물어치우고 새롭게 현대적으로 짓는 것으로부터 사업의 첫걸음을 떼었다. 그의 의지를 시험하려는 듯 이러저러한 난관이 겹쳐들었다. 자재, 로력, 시간… 있는 것보다 없는 것이 더 많던 때였다.[31]

김영철은 2010년대 초반의 시점에서 2002년도 즈음의 북한 경제 상황을 회고한다. 고난의 행군 이후 피폐해진 사업장을 다시 복구하기 위해 김영철 부장은 '종업원들의 생활 조건부터 풀어줘야 한다'는 생각을 갖게 된다. 그가 시도한 것이 비경지 농사와 축산이었다. 10여 년의 세월을 공들여서 본업인 사업소 사업 이외에도 '먹이 가공 시설을 갖춘 조리실', '48칸의 우리'에서 기르는 돼지, 산기슭에는 토끼우리, 닭장, 염소우리까지 만들어놓은 것이다. 룡호사업소가 부업 수준을 넘어서는 성취를 이룰 수 있었던 데는 김영철 부장의 10여 년에 걸친 헌신이 있었다.

김영철 부장의 아내인 명영희의 시점에서는 조금 다른 면모를 보인다. 명영희는 두 아이의 어머니로서 가정 일에 헌신해왔는데, 남편인 김영철은 딸을 시집보내려고 애써 장만한 "가구들과 어미돼지를 사업소의 부업 밑천으로 쓰려고 실어 내가"는 것이다. 그럴 때는 "가슴 속에 맺혀 있던 고까움"도 생기고 "섭섭"한 마음을 가질 때도 있었다. 명영희의 관점에서도 고난의 행군 시기는 "형언키 어려운 육체적 부담과 정신적 고통을 안겨"주었던 때로 기억된다. 과거를 생각하며 명영희는 "생일을 쇠는 시부모들의 밥그릇에, 등산 가는 아이들의 밥곽(도시락)에 산나물범벅을 담아줘야 하는 이 심정이 어떠했겠는지 한번 상상해보세요"라고 말한다. 명영희의 섭섭함은 사업소가 나서서 딸 정심의 산후 조리를 위해 "산모용 참미역이며 산꿀이며 애기 포단(포대기)들"을 안겨주고 "창고 수리" 건설 자재를 승용차로 싣고 왔을 때 스르르 풀린다. 사업소의 융성이 결국 종업원 전체의 풍요로 이어진다는 깨달음 때문이다.

여성 노동자인 최현순의 시점에서 바라본 김영철 부장의 형상은 이채롭다. 최현순은 38세의 과년한 처녀로 '남다른 생활 처지로 시대의 낙오자'가 되어가고 있었다. 그런데 김영철 부장이 집짐승 관리를 맡겨서 사업소에 입직하면서 현순의 생활 태도는 점차 변화하기 시작한다. 현순은 김영철의 사람됨을 객관화해 제시하는 역할을 한다. 작가는 김영철을 부각하기 위해 '시대의 낙오자'인 최현순의 변화 과정을 서사화했다. 전체 이야기는 김영철에 맞춰져 있지만, 시대의 낙오자인 최현순을 주목할 경우 북한 사회가 직면한 다른 면모가 드러난다. '사실'과 '문학'을 동시에 담아내야 하는 실화문학은 '존재하는 현실을 삭제할 수 없다'는 데서 문제적인 지점을 만들어낸다. 최현순은 '번영하는 이 땅에 자기 몫'을 갖지 못했던 인간에서, 김영철의 도움으로 회한의 눈물을 흘리는 '개심한 존재'로 나온다. 북한 소설에 직접적으로 등장하지 않는 '시대의 낙오자'가 실화문학에서는 중요 인물로 그려진다. 이 소설을 통해 북한 사회가 이들 낙오자를 '공민의 일원'으로 포용하는 문제를 시대적 과제로 삼고 있음을 징후적으로 해석해낼 수 있다.

총국 일꾼의 관점에서는 김영철 부장에 대한 오해가 풀려 나가는 과정을 기술한다. 총국 일꾼은 신소 편지에 따라 구성 룡호사업소를 현장 방문해 조사한다. 평소 총국 일꾼은 "김영철네 사업소에서 종업원

들에게 매달 돼지고기와 닭알(달걀)을 정상 공급하고 땔감까지 보장한
다기에 총화 때마다 모범 단위로 내세우며 칭찬"을 해왔다. 그런데 "기
본 임무 실행에 지장을 주는 부업의 산물이라니 편향을 시급히 바로잡
아야겠다"라는 생각이 들었다. 하지만 직접 방문한 현장 사정은 딴판
이었다. 사업소 일은 "드팀없이(어긋남이 없이) 집행됐었고, 문건 정리도
빈 틈"이 없었다. 게다가 부업이라는 집짐승 우리와 양어장, 휴게실의
상황도 모범적이어서 총국 일꾼은 놀라워한다. 그래서 신소를 한 사람
을 불러 면담을 진행하기에 이른다. 신소자는 "기관의 소임"이 중요한
데도 "시시한 부업 따위에 정력을 소비하며 본신사업(자기가 해야 할 기
본적인 사업)에 지장"을 준다는 주장을 펼친다. 그러면서 "우리 로동자,
사무원들이 뭐 잘 먹고 잘살자고 직장 출근을 합니까. 나라를 떠받들
고 혁명을 하기 위해서지"라고 말한다. 이 말에 총국 일꾼은 결연한 태
도로 다음과 같이 이야기한다.

> "인민들을 잘 먹이고 잘 입히고 세상에 부럼 없이 문명한 생활을 누리게
> 하자는 것이 우리 당의 강성 국가 건설 구상이요. 본신사업에 지장을 준
> 다는 구실을 대며 자체로 살아 나가려는 투쟁을 시끄럽게 여기는 건 혁
> 명하기 싫어하는 건달뱅이 태도요. 항상 봐야 일하기 싫어하는 사람이
> 뒤에서 말 많거던."[32]

　총국 일꾼은 사업소의 일에 충실하면서 자력갱생의 태도로 기관이
부업을 통해 생활을 향상시키는 것을 긍정한다. 룡호사업소의 부업을
주목할 만한 성취로 칭찬하고, 사업소의 부업에 대해 문제 제기하는

것을 제지한다. 룡호사업소는 종업원들의 생활 향상뿐만 아니라, "4·24인민군창건기념일을 앞두고 수십 마리의 돼지를 비롯한 원호 물자를 청천강계단식발전소 건설에 동원된 군인 건설자들에게 실어 보"내기도 한다. 이러한 일련의 활동이 평가를 받아 룡호사업소는 "3대 혁명 붉은 기를 쟁취하였고 종업원들이 훈장과 메달을 수여받았다"라고 기술한다.

김영철은 모든 구성원의 사생활까지 챙기는 헌신성을 보여준다. 전용현 당비서는 "부장 동진 우리 기관의 세대주입니다. 아버지 없는 자식들이 어떠하다는 거야 잘 알겠지요?"라고 말할 정도다. 김영철은 자기 가정의 재산을 사업소의 부업 밑천으로 기증하는가 하면, 종업원들의 실수를 예측해 대비하면서도 어버이와 같은 애정으로 종업원들을 감싸준다. 이는 북한 사회가 가족주의의 형식과 내용으로 운영되고 있음을 보여준다.

북한 사회 전체가 겪은 고난의 행군은 극복해야 할 과거의 사건이면서도 결코 잊어서는 안 되는 사회적 긴장의 촉매제이기도 하다. 고통스러웠던 과거 기억의 긴장 속에서 기업소는 자립적으로 경제적 곤란을 해결하고 있음을 〈필요한 사람〉이라는 작품을 통해 읽어낼 수 있다. 사생활이 존재하지 않는 공적 생활은 '거대한 대가족'과 같은 운영 원리를 갖는다. 이러한 체계 속에서는 사생활이 너무도 쉽게 공적 생활에 동원되기에 '개인의 욕망이 제어되는 생활'이 강제되기 마련이다. 따라서 북한 사회의 과제는 어떤 방식으로 사생활적 요소를 복권하는지가 쟁점으로 부각될 수 있다. 실화문학의 영웅적 인물들은 개인의 사생활에 개입하거나 중재하는 경우가 많다. 북한 사회에서 공적 생활

위주의 사회 운영 방식이 중간 관리자에게 과도한 희생을 요구하고 있음을 이 소설을 통해 알 수 있다.

〈필요한 사람〉은 고난의 행군 이후 북한 경제의 변화를 가늠하게 하는 작품으로서도 의미가 있다. 이 작품은 2002년까지 북한 전역이 밥 대신 '산나물범벅'을 먹어야 할 정도로 어려웠다는 사실을 직접적으로 보여준다. 그뿐 아니라 사회 곳곳에 현순과 같은 '낙오자'가 있고, 그들에게 일자리를 창출하거나 갱생의 길을 열어주는 역할을 단위 사업소에서 해야 했음을 역설적으로 보여준다. 일종의 사회 시스템 재정립이 고난의 행군 이후 이뤄졌다고 볼 수 있다.

'공민의 도리', 정치윤리적 긴장들

**━━━━ 공공성의 과잉 확대,
리룡운의 〈초석〉**

리룡운의 〈초석(실화문학)〉[33]은 '××광산 3갱'의 갱장으로 근 15년간 사업한 광철의 이야기다. 그는 대학시절 경제학을 전공했고 "노력과 정열, 창조적 두뇌"로 '3갱이 광산적으로 제일 앞선 단위'가 되도록 했다. 이 작품도 고난의 행군 시기와 지금을 대비한다.

> 그때로 말하면 겹쳐드는 온갖 시련과 난관을 고난의 행군이라는 한마디 말로 요약해 부르던 참으로 어렵고 힘든 나날이었다. 한낮에도 산짐승들의 울음소리가 들려오고 딸기나무와 잡초만이 무성한 깊은 골짜기

에 그래도 갱이라고 부를 수 있는 것은 낡은 펠트지를 씌운 산전막같이 찌그러진 압축기장(압축기계)과 눈비에 녹쓴(녹슨) 권양기(전동장치로 짐을 들어 올리거나 내리는 기계) 한 대, 아구리(아가리)에서 몇십 메터(미터) 밖에 뚫지 못한 채광장도 없는 막장뿐이었다. 갱 인원이라야 고작 스무 명 되나마나한데 무엇부터 어떻게 해야 할지 도무지 갈피를 잡을 수 없었다고 한다.[34]

고난의 행군 시기에 대한 사실적 기술은 그 극복을 부각하기 위한 포석이다. 이렇듯 형편없던 상황이 지금은 광철의 헌신을 통해 다음과 같이 바뀌었다.

갱 사무실로부터 시작하여 탁구장과 한증칸이 달린 목욕탕, 그 아래 자그마한 마당을 건너 가파로운 지형을 리용하여 기묘하게 지은 특색 있는 영양제 식당, 그 건물들의 맨 뒤에 덩실하게 솟아 있는 종합 집짐승 우리에 이르기까지 모두가 금시 날아갈 듯한 조선식 합각지붕을 떠이고 서 있는데 모르는 사람이 척 봐선 그것이 어느 광산의 산하 건물들이라고 믿기 어려운 것이었다.[35]

인용문이 드러내고자 하는 것은 명확하다. 과거 잡초만 무성했던 곳에 사무실, 노동자 복지 시설, 가축 사육 시설까지 들어선 발전상을 보여주려는 것이다. 광철의 헌신성과 노동자들의 노력 속에서 가능했던 성취일 것이다. 실제로 광철의 소대원들은 '3갱 담배' 일화를 갖고 있을 정도로 험난한 시절을 겪었다. 노동자들이 담배가 떨어져 '가둑나무

(떡갈나무) 잎과 같은 잎사귀들을 따서 말린' 후 말아서 대용 담배를 피우던 시절도 있었다. 그때 광철은 '그럴싸하게 보이는 풀잎을 모조리 태워가며' 냄새를 맡고는 노동자들을 위해 '싱아 잎에다 익모초를 섞고 여기에 마른 싸리 잎까지 적당히 배합'하면 담배 맛이 난다는 것을 알게 되어 '3갱 담배'를 보급했다. 고난의 행군 시기에 노동자들은 자력갱생의 의지로 스스로 담배까지 해결해야 했을 정도로 어려움을 겪었다. 이때는 북한의 사회 기간 체제가 붕괴되어 있었음을 간접적으로 확인할 수 있다. 그 극복 과정 또한 각 단위의 자립적 힘에 의해 이뤄졌음을 앞의 진술을 통해 유추할 수 있다.

　광철은 소대원들과 함께 15년 만에 무에서 유를 창조하듯 3갱을 바꿔냈다. '2중대 3대 혁명 붉은 기 칭호 쟁취운동 판정'을 통해 명예를 획득할 수 있는 상황에서 광철은 스스로 그것의 철회를 요청한다. 그는 4편도의 광맥이 막히자 자신의 양심으로는 '탄맥이 터질 때까지는 판정을 받을 수 없다'고 고집을 부린다. 결국 4편도에서 광맥은 터지지만, 광철은 과중한 업무로 인해 숨을 거두고 만다. 노동자의 과로로 인한 사망이 영웅시될 수밖에 없는 사회적 환경은 비극적이다. 이 소설에서 의사들은 "당장 사회보장에 넘겨야 할 형편"일 정도로 광철의 건강이 염려된다는 의견을 내놓는다. 하지만 광철은 "비겁한 사람은 죽음을 두려워하지만 용감한 사람은 닥쳐오는 죽음을 어떻게 하면 훌륭히 맞겠는가를 생각한다"라면서 4편도의 광맥에만 집중한다. 소설은 광철의 영웅적 죽음에 "생이란 무엇인가 누가 물으면/ 우리는 대답하리라/ 세월이 간대도 잊을 수 없는/ 조국에 바쳐진 순간이라고"라는 노래를 헌정한다.

이 소설의 마지막에 첨언된 에피소드가 흥미롭다. 광철이 사망한 후 평양의 대학에 진학한 딸 주옥은 '전 과목 최우등 성적'을 받는 모범생이 됐다. 그런 주옥이 엄마 영월에게 부당한 요구를 한다.

"어머니, 지금 학급 동무들은 모이는 기회만 생기면 수도의 한복판에 벌어지는 이 거창한 건설 사업들을 화제로 올리고 있어요. 저도 동무들과 짬 있는 대로 건설장에 현장 지원대로 나가군 해요. 그 과정에 전… 그러자면 여기엔 어머니의 그 방조가 꼭 필요해요. 도와주세요. 어머니, 기회란 항상 있는 게 아니지 않나요."

먼 곳에 있는 딸이 어머니의 도움을 바라고 있다.

그 도움의 의미가 무엇인가는 영월이도 잘 알고 있다. 그러지 않아도 요즘 신문과 방송, 텔레비죤을 통하여 수도의 한가운데 일떠서는 창전 거리며 인민극장과 같은 기념비적 건축물들에 대한 소식을 접하고 있는 그였다. 수많은 군인들과 돌격대원들, 수도 시민들뿐 아니라 대학생들도 이 건설에 떨쳐나섰다. 지원자로, 혹은 야간돌격대원으로….[36]

북한은 2012년 4월경부터 평양 거리 조성 사업을 집중적으로 진행했다. 인용문에 등장하는 창전 거리에 8층짜리 인민극장을 지었고, 고층 아파트와 아동백화점, 영광호텔과 대동강호텔 신축 공사도 진행했다.[37] 소설 속 상황은 2012년에 실제로 진행된 대규모 동원 사업이었다. 실화문학 〈초석〉은 대학생 등의 노동 인력 동원도 만만치 않았다는 사실을 명시적으로 제시한다.

딸 주옥은 아버지를 닮아 '고집이 세고 승벽이 강'했다. 주옥은 어머니 영월에게 '성의껏 준비한 지원 물자'를 자신의 이름으로 보내달라고 요구한다. 그럴 경우 주옥의 공로가 두드러져 높은 평가를 받을 수 있기 때문이다. 영월의 갈등은 여기서 시작된다. 남편 광철은 광산에서 희생되어 사회주의애국희생증을 받았다. 영월은 그 명예를 지켜야 한다는 양심의 목소리와, 딸 주옥을 도와야 한다는 혈육의 끌림 속에서 번민한다.

영월은 고민을 거듭하다 광철이라면 어떻게 했을까 하는 생각을 하고, 주옥의 요구를 거부한다. 이는 북한 사회가 직면한 세대 간 갈등 사례로 볼 수 있다. 개인의 노력으로 채워야 할 공적을 부모의 후광을 통해 손쉽게 얻는 경우가 북한 사회에서도 빈번함을, 영월의 갈등을 통해 알 수 있다. 부모 세대와 자녀 세대의 갈등은 공적 영역과 사적 영역이 혼재되면서 나타나는 사회적 문제다. 북한 사회 또한 영월과 주옥이 갈등하는 것과 같은 일이 자주 발생하고 있음을 알 수 있다.

영월의 거부로 인해 크게 상심한 주옥은 연락을 끊어버린다. 주옥은 "어머니는 아마 제가 마음속으로 얼마나 한을 품고 원망했는지 상상도 못할 거예요"라는 편지를 쓸 정도다. 주옥은 어머니에 대한 반발심으로 야간지원돌격대에 자원해 자신을 혹사하기까지 한다. 그러나 노동의 와중에서 주옥은 아버지 광철의 희생을 되새기게 되고, "이 땅에 사는 공민이라면 어떤 자세와 립장으로 나라를 받아들여야 하는가를 몸과 마음으로 체득"했다는 회한의 편지를 영월에게 띄운다. 더불어 영월은 딸 주옥이 '국가 표창을 수여받았다'는 소식을 듣고 '공민의 사명감'을 다시 한 번 각인하게 된다.

프랑스 철학자 자크 랑시에르Jacques Ranciere는《정치적인 것의 가장자리에서》라는 책에서, '유토피아적 사회주의'가 상상하는 공동체에 대해 언급했다. 그는 "형제 같은 노동자들의 공동체"는 세 가지 관념이 만든 것이라고 했다. 첫 번째는 "공동체의 원리arche, 곧 공동체가 공통으로 두는 것—노동자, 노동력 그리고 노동의 생산물—의 한 원리"가 있고, 두 번째로 "형제애의 원리가 즉각적으로 노동의 직무와 결실을 배정하는 원리가 되도록 만드는 정확한 척도"가 있으며, 마지막으로 "공동체를 유지하기에 적합한 그리고 각 인물 속에 구현된 덕에 대한 관념"이 있다고 했다.[38] 공적인 것만으로 채워진 공동체는 금욕주의적 태도를 강요한다. '공민의 윤리'를 통해 사적인 것을 억압하고 '형제애'를 중시하는 태도를 공공연히 한다. 이 작품에서 '공적 윤리'는 광철의 '덕'을 강조하고, 젊은 세대인 딸의 사적인 요구는 공동체의 원리에 위배되는 것으로 제시했다. 광철의 헌신을 통해 가족의 행복이 보장되었는데, 가족의 행복은 사적인 것을 억압하고 공적 윤리에 복속할 때만 보장된다는 서사 구조를 형성한다. 이는 공적인 것에 사적인 것이 종속되는 '유토피아적 사회주의'의 모습을 보여준다. '공공성의 과잉 확대'가 북한 사회의 한 특징임을 〈초석〉을 통해 확인할 수 있다.

극한 노동의 세계와 가족윤리의 동원
**━━━ '보이지 않는 노동'과 가족 총동원 체제,
전충일의 〈재부〉**

전충일의 〈재부財富〉[39]는 북한 문학이 높이 평가하는 작품이다. 이 작품은 2012년 '위대한 수령 김일성 동지의 탄생 100돌 경축 전국문학 축전'에서 소설문학 부문의 '단편실화'에 입선한 작품이다. 작가인 전충일은 조선작가동맹 중앙위원회 소속이다.[40] 〈재부〉는 단편실화로 문학상을 수상했지만, 나중에 작품이 수록될 때는 '단편소설'로만 표기됐다. 나는 〈재부〉의 사실성을 근거로 실화문학이라고 판단한다.

전충일의 〈재부〉는 '희천발전소 건설장'을 형상화한 대표적인 작품이다. 희천발전소 건설은 북한의 국가적 역량이 총동원된 사업이었다. 2001년에 처음 공사가 시작됐으나 경제난으로 방치돼 있다가 2009년 3월 공사가 재개됐다. 김정일 국방위원장은 "희천발전소 건설장이 강성 대국 건설의 최전선"임을 강조하며, 현지지도를 위해 지속적으로 방문했다고 한다. 희천발전소 건설 과정에서 '희천 속도'라는 구호가 등장할 정도로 건설이 급박하게 이뤄졌다. 남한의 통일부 보고에 따르면, 희천발전소 건설은 '평양시에 건설 중인 주택 10만 세대의 전력 공급과 직결되어 있어 2012년까지 완공하도록 독려'한 측면이 있다고 했다.[41]

전충일의 〈재부〉는 별도의 평론이 《조선문학》 2013년 제3호에 게재될 정도로 문학적 위상이 높다. 소설은 화자인 최영희의 내적 고백을 통해 희천발전소 건설 현장을 재현해냈다. 대부분의 실화문학이 취재 형식 혹은 다른 사람의 증언을 재구성하는 방식인 데 비해 〈재부〉는 최영희의 내면세계를 섬세하게 형상화해 인상적이다. 이에 대해 북한의 문학평론가 함정남은 〈재부〉를 "사회주의 강성 국가 건설을 위한 오늘의 대고조 총돌격전의 한복판에 뛰여들어 점차 자신과 가정의 울타리를 벗어나 조국의 만년 재부를 창조해 나가는 길에서 아름다운 한

떨기 꽃으로 활짝 피여난 한 녀성의 성격 성장 과정을 감명 깊게 보여"
준 작품으로 높게 평가했다.[42]

화자인 최영희는 평양에 거주하는 결혼 4년차 주부다. 남편 김윤일
은 초기복무사관(기술병과의 직업군인 부사관)[43]인 굴착기 운전사로서 "대
동강맥주공장 건설, 평양대극장과 청류관 개건… 지금은 또 이렇게 희
천발전소"[44] 건설 현장에서 일하기에 오붓한 신혼생활을 해보지도 못
한 상태다. 세 살 난 딸 진미는 아빠 흉내를 내며 국 사발과 밥사발로
'굴착기 운전' 놀이를 한다. 딸 진미의 굴착기 운전 놀이는 소설 전체에
서 상징적 의미를 지닌다. 화자인 최영희가 남편의 도시락으로 굴착기
운전 연습을 하고, 결국에는 남편을 대신해 굴착기 운전을 하는 상황
에 이르는 것으로 연결된다.

소설은 군인 가족회의에서 희천발전소 건설 현장에 가족들이 위문
을 가기로 결정했다는 데서 시작한다. 설레는 마음으로 건설 현장에
도착한 최영희는 큰 실망을 하게 된다. 희천발전소 건설장의 핵심인
언제(댐)에서 일하고 있으리라 믿었던 남편이 골재 채취장에서 홀로
일하고 있었기 때문이다. 최영희는 "하필이면! …무엇이 모자라서, 남
들보다 무엇이 못해서 이런 한적한 곳에서 일한담"이라며 남편을 원망
하는 마음을 갖게 된다. 하지만 실상은 전혀 달랐다. 희천발전소 건설
장은 "교대라는 말조차 모르고 밤낮으로 일하고" 있는 실정이다. 면회
도 "남편들의 자동차 운전칸"에서 이뤄져야 할 정도로 급박했다. 남편
은 "교대 운전수가 없어 낮에 밤을 이어 그냥 일"을 해야 했기에 과로
로 "푹 꺼져 들어간 눈확(눈구멍), 충혈된 눈"으로 힘든 나날을 보내고
있었다. 보다 못한 최영희는 "진미를 본가에 맡겨놓고 여기 희천발전

소 건설장에, 정확하게는 남편의 곁에 다시 나"오게 됐다. 다른 주부들도 건설 현장에 오기는 마찬가지였다. 무뚝뚝한 남편 곁에서 일을 거들려고 하지만, 남편은 오히려 거치적거린다고 불편해하기만 한다. 최영희는 남편에게 "나한테 굴착기를 배워(가르쳐)주세요"라고 부탁했다가, "여기가 뭐 애들 놀이턴 줄 아오!" 하는 핀잔만 듣게 된다. 남편이 가르쳐주지 않자 주성이 아빠에게서 굴착기 작동법을 배워 남편이 없는 틈을 타 조작하려다 오히려 남편에게 크게 혼이 나기까지 한다. 나중에 정치국원이 나서서 남편을 설득하고, 남편도 마음을 돌려 굴착기 작동법을 최영희에게 본격적으로 가르쳐준다.

이 소설은 건설 현장에서 최영희와 김윤일이 부부 운전수로 소문이 자자하게 퍼지면서 희천발전소의 명물이 되고, 급기야 '굴착기의 꽃', '언제 우(위)에 활짝 핀 아름다운 꽃!'이라는 별명까지 얻게 되는 변화상을 그렸다. 소설은 "애오라지(오로지) 수척해진 남편만을 생각하여 희천으로 달려 나왔던 내가, 남편의 모자라는 잠시간을 위해 굴착기 운전을 배우던 이 최영희가 이제는 어머니 조국과 숨결을 같이하고 조국의 재부에 자기 몫을 보낼 줄 아는 조국의 딸이 되었다"라는 결론으로 마무리된다.[45]

작중 화자인 최영희의 변화 과정은 북한 문학에서 높이 평가할 만큼 의미가 있다. 하지만 〈재부〉의 이면에 담긴 민중의 생활상은 극한의 고통을 감내해야 하는 것이었다. 최영희가 바라본 김윤일의 노동 환경은 극단적일 정도로 엄혹하다.

그날 밤 나는 한잠도 자지 못하였다. 가족들을 위해 내여준 숙소가 있었지만 교대 운전수가 없어 낮에 밤을 이어 그냥 일하고 있는 남편의 운전칸에 함께 앉아 있었다. 골재를 다 실은 자동차가 떠나가고 다음 차가 오기를 기다리는 동안 잠깐잠깐씩 눈을 붙이는 남편을 물끄러미 바라보느라니 얼마 전까지만 해도 "우리 남편이 바로 거기에 나가 있어요!" 하고 자랑하고 싶어 하던 나 자신이 너무도 저주스러워 가슴이 찢기는 듯하였다. (중략) 교대 운전수가 없는 남편은 여전히 밤낮으로 일했다. 잠, 잠이 모자랐다. 남편에게는 밥보다도 물보다도 잠이 귀했다. 안해(아내)가 곁에 있으면서도 속수무책으로 있자니 죄를 짓는 것만 같았다. 그러나… 잠이야 대신해줄 수 없지 않은가.[46]

굴착기 운전사 김윤일은 희천발전소 건설장에서 '교대 근무도 없이 밤을 새워' 일해야 했다. 식사도 굴착기 안에서 해결해야 했고, 골재를 실어 나를 자동차들이 미처 도착하지 못했을 때만 의자 등받이에 몸을 기댄 채 잠을 잘 뿐이다. 노동자를 우선시하는 사회주의 국가 북한의 실상이 이렇듯 참혹하다. 굴착기 기계를 계속 움직여 골재를 채취하는 것이 노동자의 수면과 같은 기본적 욕구보다 중요하다. 인간보다 기계를 중시하는 극한적 생산력주의 속에서 희천발전소는 건설됐다.

남녀의 역할 차별이 온존하며, 굴착기 운전은 남자만 할 수 있는 일로 국한하던 현실도 드러난다. 최영희는 희천발전소 건설장에서 "식당 일을 도와주거나 군인 건설자들의 작업복을 빨아주는 것 그리고 짬이 나는 대로 굴착기 청소를 해주는 것이 고작"인 일에 배당된다. 여성이 굴착기 운전을 한다는 것은 꿈도 꿀 수 없는 일인 것처럼 간주된다. 이러한 성차별적 역할 배분이나 과도한 노동 강도 속에서 '희천 속도'가

구호로 외쳐졌고, 비공식 영역에서는 가족의 희생을 통해 노동 재생산이 이뤄졌다.

사회주의 국가인 북한은 국가와 당이 가족을 '노동력 재생산'의 기반으로 동원한다. 〈재부〉는 공식 노동 영역에서 한계에 부딪친 노동력을 가족 총동원 체제로 버티는 양상을 보인다. 교대 운전수가 없어서 굴착기 안에서 쪽잠을 자며 극한의 노동력에 내몰렸던 김윤일은 아내 최영희가 굴착기 운전 기술을 습득하자 비로소 맞교대를 할 수 있는 여유를 갖게 된다. 이러한 가족노동을 통한 파국의 회피는 '공공의 생산적 노동'의 위기가 '사적이고 비생산적인 노동'의 동원을 통해 극복되는 것과 같다. 결국 북한 사회가 공식 노동 부문에서 제외돼왔던 '보이지 않는 노동'을 동원하고 있음을 〈재부〉와 같은 실화문학을 통해 확인할 수 있다. 북한 체제가 직면한 재생산의 위기는 실화문학이 재구성해낸 현실을 적극적으로 독해함으로써 징후적으로 읽어낼 수 있다. 그런 의미에서 '사실'과 '허구'의 긴장이 만들어내는 북한 실화문학의 해석적 자리는 여전히 넓다고 할 수 있다.

내밀한 목소리,
이데올로기 양식의 탄생

북한의 실화문학은 사실에 기반하면서 문학적 상상이 개입되기에 생활의 원리와 미학적 원리가 긴장 관계를 이룬다. 작가는 실제 사실을 취재해 작품화하면서도 '허구의 한계가 제한돼 있다'는 점을 유의해야 한다. '제한된 허구'를 받아들이면서도 문학적 구성력도 획득해야 하는 실화문학은 불완전한 장르이기에 경계에 서 있는 문학이다. 서구적 관점에서 보자면 실화문학과 단편소설의 차이는 논픽션과 픽션의 관계에 빗댈 수 있다. 《서사학 강의》의 저자 포터 애벗H. Poter Abbott은 논픽션 서사가 갖는 특별한 매력에 대해 다음과 같이 이야기했다.

> 논픽션 서사들은 이것은 실제로 일어난 진짜 이야기라고 주장할 수 있다는 점에서 픽션이 갖지 못한 특별한 매력을 가진다는 것이다. 이는 역사나 전기, 자서전이나 다큐멘터리 영화 그리고 실제 주인공을 재현하는 각색된 독백의 인터뷰와 같은 서사들이(그리고 지질학이나 고생물학, 천문학들이 제때에 정말 발생했는지에 대한 설명을 포함하는 그런 문제에 관한 서사들이) 지니는 커다란 매력이라고 할 수 있다. 요컨대 실제로 일어난 진실은 독자들에게 인기가 있다.[47]

논픽션과 실화문학은 '실제로 일어난 사건이나 인물'에 관한 이야기로 믿어지기에 '특별한 매력'을 갖는다. 그런데 이들 문학이 갖는 매력의 영역은 특정 공동체 내부에 머무는 경우가 많다. 북한 실화문학의 독자는 북한 내부의 민중이다. 체제 바깥을 염두에 두고 허구의 범위를 제한하거나 '실화문학의 장르적 특징'을 규정하지는 않는다. 실화문학은 북한 사회의 내밀한 목소리를 갈무리하는 문학이다. 내부 문제라는 분명한 지시 대상을 갖고 있고, 북한 민중이 살고 있는 현실에 기반해 형상화가 이뤄지기에 공통 감각 속에서 쓰이고 읽히는 문학이다. 남한 독자로서 동시대 북한 실화문학에 특별한 매력을 느끼는 이유는

'내밀한 이야기의 맥락' 때문이다. 북한 민중이 공유하는 '진짜 이야기'라는 점 때문에 징후적 독해와 맥락적 해석이 가능해진다. 더불어 남한의 독자로서는 엿보는 자의 상상력을 동원한 읽기라는 점에서 특별한 매력을 지니고 있다.

북한의 실화문학에는 북한 사회의 구조적 특징이 투사돼 있다. 실재하는 인물과 사건에 토대를 둔 이야기이기에 민중의 삶이 소설 속에 자연스럽게 스며든다. 북한 실화문학 속 민중은 최고지도자와 당에 대한 경애심을 표현하지만, 실제로는 가족의 안정과 소소한 행복의 기반 위에서 공공적인 것과 관계를 형성한다. 또한 직장과 노동 현장을 형상화하면서도, 관계적인 면에서는 대부분 가족과 깊이 연루되어 있다. 이는 가족적 윤리에 토대를 둔 공공적인 것으로의 연결이라고 의미화할 수 있다. 특징적인 것은 북한 실화문학이 공공 영역의 체제 위기를 가족과 같은 사적 영역을 동원해 극복하려 한다는 사실이다. 이는 북한 체제가 가족국가적 측면을 갖고 있음을 드러내는 것이고, 다른 측면에서는 사적 영역을 전유하여 공공 영역의 위기를 봉합함으로써 체제의 불안정성이 심화되고 있음을 보여주는 것으로도 해석할 수 있다.

북한 실화문학은 인물을 중심으로 서사가 이뤄지며, 자기 이야기를 하는 진술보다는 취재 형식의 재현이 더 빈번하다. 이는 북한 실화문학이 이데올로기적 양식으로서 기능하기 때문에 나타나는 현상이라고 할 수 있다. 북한 실화문학은 이데올로기적 성격을 분명히 갖고 있다. 남한 연구자들은 북한 문학을 '정치성 과잉의 문학', '수령형상문학'으로 비판해왔다. 실제로 앞에서 언급한 〈보석은 땅속 깊이〉에는 "경애하는 김정은 동지께서 박태선 동무에게 크나큰 은정을 베풀어주시였습니다"[48]라는 구절이, 〈필요한 사람〉에는 "인민들을 잘 먹이고 잘 입히고 세상에 부럼 없이 문명한 생활을 누리게 하자는 것이 우리 당의 강성 국가 건설 구상이요"라는 대목이, 〈초석〉에는 "광산을 시대의 요구에 맞게 더 훌륭히 꾸려놓고 위대한 장군님을 모시고 싶었던 자기의 소원을 끝내 이루지 못하고 가는 그 소원을 자신들에게 부탁하고 떠났던 것이다"[49]라는 표현이 나온다. 또 〈재부〉에는 "경애하는 최고 사령관 동지의 명령 관철을 위해 희천발전소의 완공을 하루라도 앞당기기 위해 하루를 백 날, 천 날 맞잡이로(서로 맞먹게) 사는 그들"이라는 선동의 언어도 등장한다.[50] 이들 표현은 북한의 정치체제가 북한 문학에 강제한 것이기도 하고, 세습 체제 아래 있는 북한 문학의 실상을 드러내는 것이기도 하다. 그러나 체제가 문학에 미치는 영향이 그 체제 속 문학의 보편성 자체를 무화無化할 수는 없다. 창작자는 체제 안에서도 자기표현의 욕망을 갖기에 문학이라는 영역 속에 자신의 위치를 마련한다.

실화문학을 통해서도 징후적으로 읽어낼 수 있듯이, 문학 텍스트에 대한 해석 작업은 '틈 벌리기'와 같다. 북한 문학 내부의 관점에 서 있는 내재적 접근과 북한 문학을 타자화하는 외부적 관점 사이의 틈, 북한 문학에서 저항 이데올로기를 도출해내려는 저항적 독해와 지배 이데올로기를 비판해내려는 반체제적 독해 사이에도 틈이 있다. 이 틈 속에서 지배체제와 긴장 관계를 형성하고 있는 민중의 존재를 구체화할 가능성도 있다. 체제 안에서 성실하게 생활하는 이들은 온전히 체제 내적일 수도 없고, 반체제적일 수만도 없다. 북한 문학에서 민중주의적 보편성을 읽어내려는 시도는 북한 체제를 용인하려는 시도이기보다는 민중의 비체제적 상태를 의미화하려는 것이다. 체제에 순응하지 않는 문학의 자율성은 민중의 비체제적 모습 속에 존재한다. 북한 문학에 내재해 있는 문학의 보편성이라는 한 파편도 민중의 구체적 모습의 형상화를 통해 구원을 얻을 수 있다.

07

애도의 문학,
기억의 정치

김정일 사후 재현된
'통치와 안전'의 작동

마모된 혁명, 인민의 안전

"혁명의 성산 백두산에서 빨찌산의 아들로 탄생하시여 위대한 혁명가
로 성장하신 김정일 동지께서는 장구한 기간 우리 당과 군대와 인민을
현명하게 령도하시여 조국과 인민, 시대와 력사 앞에 영구 불멸할 혁
명 업적을 쌓아올리시였다."[1]

　김정일의 사망을 전하는 북조선의 공식 발표문은 '혁명'이 반복적으
로 등장한다. 김정일의 업적을 밝힌 위 인용문에만도 '혁명'이라는 단
어가 세 번 쓰였다. 발표문은 김정일에 대해 "혁명과 건설의 영재", "혁
명적 도덕 의리의 최고 화신"이라고 했고, "위대한 혁명가의 가장 빛나
는 한생", "성스러운 혁명 실록과 불멸의 혁명 업적"을 이룬 삶을 살았
다고 했다. 〈위대한 령도자 김정일 동지의 서거에 즈음하여〉라는 발표
문 전문에는 '혁명'이라는 어휘가 총 30번 등장한다. 북한에서 김정일
의 사망은 "당과 혁명에 있어서 최대의 손실"이라고 할 만큼 인민대중

에게 큰 상실로 강조됐다.

북한에서 '혁명'은 "인민대중의 자주성을 옹호하고 실현하기 위한 조직적인 투쟁"을 의미한다.[2] 김일성의 저작에서 유래한 이 설명은《조선말 대사전》에서는 '혁명'에 대한 기본 개념으로 정의된다.[3] 남한에서 '혁명'은 "급변하는 변혁" 혹은 "어떤 상태가 급격하게 발전, 변동하는 일"을 지칭한다.[4] 북한에서 혁명이 '일상적인 투쟁'을 의미한다면, 남한에서는 '이전 세계와 단절'을 뜻한다. 북한은 '혁명적 전통'을 강조하면서 혁명을 일상화한다. 북한의 혁명은 자주성을 중심에 놓은 조직적 투쟁이기에 '항일혁명'을 역사적 전통으로 삼는다. '인민대중의 자주성 옹호'라는 현재의 과제를 위해 '항일혁명 전통'이라는 과거의 전통을 강조한다. 이는 혁명을 원형적인 것으로 상정함으로써 혁명의 현재성을 괄호 속에 가두는 것과 같다.

북한은 혁명의 일상화를 위한 통치성이 발현되는 사회다. 나는 미셸 푸코Michel Foucault의 '통치성' 개념에 주목해 북한 사회와 북한 문학에 접근하려 한다. 푸코는 통치성에 대해 "인구를 주요 목표로 설정하고, 정치경제학을 주된 지식의 형태로 삼으며, 안전장치를 주된 기술적 도구로 이용하는 지극히 복잡하지만 아주 특수한 형태의 권력을 행사케 해주는 제도·절차·분석·고찰·계측·전술의 총체"라고 했다.[5] 푸코의 논의에서 주권, 규율, 통치는 서로 연관된다. 권력의 유형으로서 통치는 특유의 작동 방식이 있다. 푸코는 "주권이나 규율 같은 다른 권력 유형보다 우위로 유도해간 경향, 힘의 선線"을 '통치성'으로 이해한다고 했다.[6] 흔히 북한 사회를 규율과 억압의 사회로 규정하고 그 작동 방식을 파악하는 것이 일반적 시각이다. 일본의 역사학자 와다 하루키和田

春樹의 '유격대 국가'와 '정규군 국가'[7]나, 영국 케임브리지대학교 석좌 교수인 권헌익과 한양대학교 정병호 교수가 북한을 '극장국가'[8]로 명명한 것도 규율의 체계를 전제한 논의다. 나는 북한 체제를 '통치와 안전'의 메커니즘을 통해 접근하려 한다. 이를 통해 북한 사회를 '당과 인민의 자기 통치 사회'로 규정한다.

'통치성'은 혁명적 상황이나 지도자의 부재 상황에서 발현되는데, 그 작동 방식이 '안전'의 메커니즘이라고 할 수 있다. 김정일의 갑작스러운 사망에 대한 북한의 대응도 '통치와 안전'의 메커니즘을 통해 이해할 수 있다. 안전은 불확실성에 대한 대처를 통해 정상화 형식에 도달한다. 북한 소설을 통해 통치와 안전의 메커니즘을 살핌으로써 김정은의 형상화와 관련된 논의를 풍부하게 해석해낼 수 있다.[9] 북한 체제는 젊은 지도자의 이미지를 구성하고 김정은을 포괄하는 방식으로, '통치와 안전'의 작동을 위해 '기억과 재현의 정치'를 수행하고 있다.

나는 혁명의 전통을 강조하는 북한 사회가 지도자의 사망으로 인해 발생한 '불확실성'을 '안전 특유의 정상화'로 전환하는 방식에 관심을 갖게 되었다. '통치와 안전'이라는 주제와 관련이 있다고 판단한,《조선문학》에 수록된 소설 작품들을 통해 나의 관심을 구체화했다. 특별히 김하늘의 〈영원한 품〉, 최종하의 〈깊은 뿌리〉, 김금옥의 〈꽃향기〉 그리고 석남진의 〈사진에 깃든 이야기〉가 눈길을 끌었다. 김정일을 추모하기 위해 간행된《영원히 함께 계셔요》[10]에 수록된 작품들도 참고했다.[11] 이들 문학 작품들을 통해 '지도자의 사망이라는 급진적 변화'에 북한 사회가 어떻게 대응하는지를 살펴보려 한다. 북한 체제의 '통치와 안전'의 메커니즘 그리고 세계 인식의 공통 감각을 '당과 인민의 자기 통치'로 구체화해보고자 한다.

극비, '중대 보도'의 긴박성
────── 그날 명태잡이 원양어선의 마지막 임무,
김하늘의 〈영원한 품〉

북한 수산성 부국장 림해철은 3개월여 동안 '먼바다 선단'(원양어선)을 지도하다 동해안에 있는 연포수산사업소로 귀환했다. 그의 아버지도 연포수산사업소 선장으로 오호츠크 어장을 주름잡던 '왕년의 먼바다 개척자'였다. 림해철은 "석 달 나마(조금 넘게) 먼바다에 나가 실적을 올린 젊은 부국장"[12]의 자부심을 갖고 있다. 수산성에서는 그의 성과를 치하하고, 빠른 평양 귀환을 돕기 위한 '대기 승용차'(관용차)까지 보내준다. 그런데 그의 '손전화'(휴대전화)가 갑자기 울리면서 상황이 급변한다. 수산성의 당 일꾼이 "연포사업소 먼바다 선단을 래일(내일) 아침 다시 출동시켜야" 한다는 명령을 하달한 것이다. 그때가 2011년 12월 16일이었다.

김하늘의 〈영원한 품〉은 '먼바다 선단'에 관한 이야기다.[13] 이 소설은 김정일 국방위원장의 지시로 "수도 시민 1인당 물고기 공급량"을 맞추기 위해 귀환하자마자 다시 먼바다로 떠나는 선단의 조업 과정을 실감 나게 형상화한다. 김정일은 "새해를 맞는 평양시민들에게 물고기를 공급"하기 위한 대책을 논하면서, 어종별로 총수량을 확보하기 위해서는 '명태 200톤'이 더 공급되어야 한다고 지시했다. 소설의 주인공인 수산성 부국장 림해철은 먼바다 선단을 이끌고 명태 떼의 흐름을 따라잡아야 하는 상황에 처했다. 이 소설에는 "이해도 마지막까지 눈보라 강행군, 심야 강행군을 하시는 장군님께 수도 시민들의 물고기 공급을 어종별로 전량" 공급했다는 보고를 하기 위해 고군분투하는 해철의 노력이 담겨 있다. 하지만 그 이면에는 김정일의 사망 시기 즈음을 둘러싼 정황을 재구성하려는 정치적이면서도 적극적인 의도가 투영되어 있다.

연포수산사업소의 먼바다 선단은 목표로 한 200톤을 채우기 위해 그물질을 계속하던 중 12월 19일 12시에 '중대 보도'가 있을 것이라는 소식을 듣게 된다. 선장과 무전수 그리고 전체 성원들은 수산성 부국장인 해철에게 "중앙에서 뭘 좀 알구 내려왔지요?"라며 소식을 미리 전해주길 바란다. 12시에 있을 중대 보도의 내용을 알고 있으면서도 정보를 주지 않는다고 선원들은 지레짐작한 것이다. 하지만 해철은 "나두 정말 모릅니다. 다만 우리가 출항하던 전날 밤 경애하는 장군님께서 눈보라를 헤치면서 또 어디론가 현지지도를 떠나시였다는 얘기를 들었을 뿐"이라면서, "그 눈보라 강추위 속에 어디로 가셨을가 하구 현지지도 보도가 나오는 걸 기다렸"다고 말한다. 12시의 중대 보도 내용은 소설 속에서 다음과 같이 그려진다.

드디어 낮 12시! 그러나…
환희에 찬 목소리가 아니라 피울음을 씹어 삼키는 녀방송원의 목소리가 울려나왔다.
"전체 당원들과 인민군 장병들과 인민들에게 고함.

…

… 위대한 령도자 김정일 동지께서 주체 100(2011)년 12월 17일 8시 30 분에 현지지도의 길에서 급병으로 서거하시였다는 것을 가장 비통한 심정으로 알린다.

…"

모든 것이 일시에 굳어졌다. 사람들은 숨이 꺽 막혀 서로의 얼굴을 마주 볼 뿐이였다. 이럴 수가?…

아니!

선장이 먼저 얼어붙은 정적을 깨버리며 조타실 쪽에 대고 사납게 울부 짖었다.

"야! 무전수! 이놈아! 이게 우리 방송 맞아?"

레시바를 귀에 낀 무전수도 얼굴이 해쓱해서 굳어져 있었다.

"선실에 가서 텔레비 켜라!"

모두가 그제야 정신을 차리고 일제히 갑판 아래 선실로 쏟아져 내려갔 다. 밀치고 덤벼치며 텔레비죤 수상기를 켜니 이번에는 남자 방송원이 비통한 울음을 울고 있었다.

"…

위대한 령도자 김정일 동지께서는 심장 및 뇌혈관 질병으로 오랜 기간 치료를 받아오시였다.

… 겹쌓인 정신 육체적 과로로 하여… 달리는 야전 렬차 안에서…

…

… 병리해부검사에서는 질병의 진단이 완전히 확정…

…"14

김정일의 사망 소식을 전하는 소설의 내용은 남한 언론의 보도 내용과 일치한다.[15] 예기치 않은 보도에 해철은 부국장의 직권으로 귀항을 명령하고, 무선을 보내 "선단 귀항하겠다. 현재 어획량 55톤"을 보고하려 했다. 그런데 먼저 날아든 전보문은 '경애하는 김정은 동지가 가르치신 내용에 따라' 애초의 계획대로 명태 200톤을 확보한 후 귀환하라는 내용이었다.

바로 이 부분에 주목할 필요가 있다. 지도자를 잃은 슬픔에 조기 귀환하려는 부국장의 개인적 판단을 수산성에서는 체제 안전을 위해 '200톤 확보'를 지시한다. 소설 속에서는 아버지 김정일을 잃어 그 누구보다 격렬하고 애절한 슬픔에 잠긴 김정은이 '김정일의 마지막 업무 지시'를 이행하도록 지시한 것으로 나온다. 즉 이 소설은 김정일의 사망에도 인민 생활 부문에서의 업무 수행이 연계성을 갖고 이뤄졌다고 그린다. 개인의 판단보다는 인민 전체의 삶을 위해 '조절적 통제'가 이뤄지고 있음을 드러낸다. 또한 김정일이 김정은으로 자연스럽게 대체되고 있음을 강조한다. 해철은 "인민의 태양이 꺼졌다는 비보가 천리대양에 날아왔는데, 자연의 태양이 그냥 떠 있는 것이 이상한 일"이라면서 자신의 비통함을 표현했다.

푸코는 안전장치와 관련해, 특정한 사건에 대해 "권력의 반응은 일정한 계산, 즉 비용 계산으로 삽입"되고, "넘어서는 안 될 용인의 한계"를 설정한다고 했다.[16] 북한 사회는 1994년 7월 8일 김일성 사망으로 인해 극심한 혼란을 경험했다. 자연재해로 인한 기근으로 북한 체제가 위기에 직면했고, 인민의 생활도 피폐해졌다. 그런데 2011년 12월 17일 김정일 사망 이후에는 통치성이 발현되면서, '명태 200톤 생산'과 같이 생산의 영역이 적절히 제어됐다. 김정일의 갑작스러운 사망에도 불구하고 평양에서 구역별로 물고기 공급에 차질이 없도록 수산성이 긴밀하게 조치를 취한 것이다. 비록 소설에서는 김정은의 지도가 강조됐지만, 북한 체제의 통치성은 '안전'을 우위에 놓는 방식으로 위기 상황에 대응하고 있었음을 확인할 수 있다.

푸코는 또한 "국가이성의 원칙에 따라 통치한다는 것은, 국가가 견고해지고 항구성을 가지며 부유해지고 또 국가를 파괴할 수 있는 모든 것과 직면해 강고해지도록 하는 행위"라고 했다. 통치술이 행해야 하는 것은 "국가를 존재케 하는 임무와 동일시"된다.[7] 김정일 사망 이후 북한 체제는 '통치와 안전'의 메커니즘 작동을 위해 확고한 노력을 기울였다. 수산성 부국장은 비상 상황에서 '조업 중단과 귀환'을 지시했지만, 체제의 명령은 '임무 완수'를 지시한다. 위기 상황에서도 '안전 특유의 정상화'가 유지됨으로써 오히려 김정은 체제로의 이행을 강조한다.

북한에서 김정일 사망 발표를 하자 남한 언론은 "사망 51시간이 지나도록 청와대도 국방장관도 까맣게 몰랐다"라고 비판했지만,[8] 김정일 사망과 관련해 북한 주민에게도 기밀 유지가 철저히 이뤄졌음을 〈영원한 품〉을 통해 확인할 수 있다. 그 의문의 징후는 이 소설에 대한 적극적 읽기 과정에서 재구성할 수 있다. 북한 사회 내에서도 12월 19일 12시 이전까지는 김정일 사망을 극소수의 사람만이 알고 있었다. 이는 1994년 7월 9일 낮 12시에 '특별 방송'을 통해 김일성의 사망 소식을 전했던 상황과도 유사하다. 김일성은 1994년 7월 8일 오전 2시에 '급병'으로 사망했고, 그 발표는 다음 날인 7월 9일 낮 12시에 특별 방송을 통해 이뤄졌다. 당시 북한 중앙방송과 평양방송의 보도 내용은 김정일 사망 보

도와 형식적으로 유사하다.[19]

김정일 사망을 애도하기 위해 발행된 작품집《영원히 함께 계셔요》에 수록된 민경숙의 예술산문 〈꽃다발〉에도 '중대 방송'에 대한 언급이 나온다. 고등중학교 3학년 1반 학생인 고일경이 온실에서 근무하는 고모로부터 "우린 중대 방송이 있다면서 12시에 모이라고 하더구나"라는 이야기를 듣고는 '장군님의 새 현지지도 소식', '또 인공지구위성을 쏴 올렸다는 소식'을 기대한 것이 그 예다.[20]

북한 내부에서도 김정일 사망은 급작스러운 사회변동을 예고하는 것이었고, 당으로서는 이를 적절히 제어할 필요가 있었다. 그래서 51시간이라는 시간 간격을 두고 사망 발표를 하고, 사망 원인은 병리해부검사를 통해 밝혀졌음을 공포했다. '통치와 안전'이라는 점에서 북한 체제가 김정은이라는 젊은 지도자가 야기할 수도 있는 불안정성을 적절히 제어하고 있음을 보여준다. 북한의 통치성 작동 방식은 새로운 지도자인 김정은 체제의 구축이라는 외양을 띤 것처럼 보이지만, 김정은 체제의 출범도 궁극적으로는 '국가 수준의 통치'를 위한 것이라고 할 수 있다. 푸코는 16세기 저술가 라 페리에르Guillaume de Laferriere의 말을 인용해 "통치란 사람들을 적절한 목적으로 이끌기 위해 사물을 올바르게 배치하는 일"이라고 했다.[21] 김정은 또한 북한 체제의 안정을 위해 적절히 배치된 지도자라고 할 수 있다. 그러므로 김정은 체제의 향방이 아니라, 북한 체제가 통치 메커니즘 아래 '안전'을 목적으로 작동하고 있음에 주목해야 한다.

그렇다면 김정일에 대한 기억은 통치와 연결해 소설 속에서 어떤 방식으로 재현될까? 그 구체적 재현과 기억의 양상을 통해 북한의 통치성이 '안전'과 연결되는 방식을 확인할 수 있다.

'현지지도'라는 독특한 통치술, 애도와 치유를 통한 '당과 인민의 자기 통치'

━━━━━ 최종하의 〈깊은 뿌리〉,
김금옥의 〈꽃향기〉, 석남진의 〈사진에 깃든 이야기〉

김정일 사후 북한 소설은 공식 영역에서 '김정일의 행적'을 '선군정치와 인민 생활 향상'이라는 측면에서 형상화하고 있다. 김정일의 '현지지도'를 그린 소설의 첫 부분은 '달리는 야전 차 안'이거나 '빠르게 이동하는 승용차' 혹은 '현지로 이동하는 열차 안'에서 시작한다. 김정일의 죽음과 연관해 극적인 상황을 강조하기 위한 의도적 설정이며, 현지지도가 김정일의 중요한 일상이었음을 강조한다. 김정일은 통치 기간 내내 인민의 일상생활 안정에 집중했다. 고난의 행군 이후 피폐해진 생활경제를 복원하기 위한 경공업 분야와 먹을거리 문제 해결이 북한 사회의 우선 과제였다.

김정일의 현지지도는 김일성의 지도 방식을 계승한 북한의 독특한 통치술이다. 현지지도는 '공적인 정치 관행'이고, "나라의 최고지도자가 변방으로 몸소 찾아가 일반 시민들과 친밀한 만남"을 가진다는 측면에서 흥미로운 통치 기술이다. 김일성에 의해 고안됐다는 현지지도는 "북한 수뇌부의 현지지도 여행 전통 덕택에 김일성과 북한의 주민들은 일터와 주거지, 심지어 그들의 가정에서 만날 기회가 있었고, 지도자는 인민의 삶의 모든 세세한 부분에까지 세심한 관심을 표현"했다.[22] 이는 지도부와 인민의 친밀한 접촉을 통해 인민의 자기 통치가 미시 영역까지 미치도록 설정한 것과 같다.

김정일의 현지지도와 관련해 최종하의 〈깊은 뿌리〉[23]를 주목할 필요가 있다. 이 작품은 김정일 사망 직전의 마지막 행적을 구체적으로 재현하는 듯한 필치로 쓰였다. 김정일의 모습은 '총참모부의 일군(일꾼) 조성국'에 의해 그려진다. 조성국은 김정일의 행적에 대해 "달리는 야전 차가 침실이 되고 집무실이 되어 눈물겨운 쪽잠과 쉐기밥(주먹밥) 전설도 생겨났으니 전선 길 천만리는 위대한 장군님께서 헤쳐 가시는 눈물겨운 헌신의 천만리"라고 했다.[24] 이러한 형상화는 "현지지도의 길에서 급병으로 서거"했다는 북한의 공식 발표와 겹친다.

소설에서 김정일은 '박경호네 려단' 방문을 재촉한다. 박경호 여단이 자체 발전소를 건설하여 전력 문제 해결의 모범을 보였기 때문이다. 현지에 도착한 김정일은 전기 난방을 할 정도로까지는 충분히 전력 문제를 해결하지 못한 것을 보고 실망한다. 그런데 박경호는 발전소 건설을 통해 충분한 전력을 확보하긴 했으나 농장 주민에게 전기를 공급해 군민 간의 유대를 강화하기 위해 부득이 전기 난방을 하지 못했다고 보고한다. 박경호의 노력은 '군민이 단합된 힘을 믿고 선군의 길'로 나아가는 것으로 의미화된다. 더 나아가 "지심(땅속) 깊이에 억세게 뿌리내린 나무들"처럼 선군정치가 '군민의 결합' 속에서 가능함을 강조한다. 선군정치가 외부의 위협에 대응하는 것이라면, 인민 생활에 대한 배려는 내부의 안전을 위해 필수적인 부분이다. 이 둘의 조화를 통해 '통치와 안전'의 메커니즘이 작동할 수 있다. 김정일 사후에 '군민의 단합'을 강조한 서사가 배치된 것도 이러한 맥락과 관련이 있다.

이 작품에서 눈여겨볼 부분은 발전소 건설 이전에 박경호 여단의 과오를 김정일이 지적한 대목이다. 박경호 여단은 '고난의 행군 시기 최고사령부의 작전 구상'에 따라 중부 산간 지대로 부대를 옮기게 된다. 훈련장의 위치 선정이 문제였는데, 부득이 과수원의 일부를 훈련장 진입로로 확보하게 됐다. 김정일은 "어버이 수령님께서 쓰셨다가는 지우시고 지우셨다가는 다시 쓰시며 작성하신 인민군 군무자들이 지켜야 할 10대 준수 사항의 한 조항에 인민의 생명, 재산을 털끝만큼도 다치지 말아야 한다"였음을 환기하며 박경호 여단의 과오를 지적했다. 이러한 지적을 받은 경험이 있는 박경호 여단이 과거의 잘못을 극복하기 위해 주민들과 전기를 나누는 솔선수범을 한 것이다. 다른 측면에서 보자면 고난의 행군 시기에 군을 우선으로 하는 과정에서 인민과 갈등이 존재했음을 간접적으로 보여주는 것이라고 할 수 있다. 이러한 갈등이 소설 속에서 형상화되고 김정일의 지도로 시정됐다면, 군과 민의 갈등은 선군정치의 핵심 문제였다고 유추할 수 있다.

김정일이 현지지도를 통해 해결하고자 했던 문제는 선군정치로 인한 갈등과 식량난 같은 인민 생활과 관련된 것이었다. 푸코는 주권과 규율에 대비되는 '통치'는 18세기 '인구'의 등장에 기인한다고 했는데, "인구의 조건을 개선하고 인구의 부, 수명, 건강 등을 증진"하는 것이 "통치의 최종 목표"라고 했다.[25] 생산력의 발전 측면에서 인민 생활은 통치의 중요한 쟁점일 수밖에 없었다. 김정일 사후에 인민의 일상생활과 현지지도를 접맥하려는 서사가 재현되는 것도 '통치와 안전'이라는 측면과 관련이 있다. 북한의 체제는 김정일의 죽음에 대한 인민의 죄

의식을 자극함으로써 인민이 경제적 생산 활동에 좀 더 헌신하도록 하는 '인민의 자기 통치'를 유도했다.

김금옥의 〈꽃향기〉[26]도 "인민군 병사들과 인민들의 식생활에서 중요한 남새(채소) 문제를 두고 생각이 많으신" 김정일을 제시하면서 시작한다. "전조등을 환히 켠 야전 승용차는 평양으로 향하는 도로를 따라 빠른 속도로" 달리고 있다. 승용차 안에서 김정일은 "항상 전투적인 분위기 속에서 초소 근무를 수행하면서 땀 흘리며 훈련을 하는 군인들에게 봄, 여름 시원한 김치를 맛있게 담그어 먹도록" 하기 위해서는 "봄, 가을 무우(무)" 품종을 개량해야 한다고 고민한다. '좋은 남새 종자'를 후방에서 보내는 '병사들의 어머니'에 관한 이야기는 소설에서 중요한 의미를 지닌다. 그 어머니가 바로 김숙임이다. 김숙임은 김일성 수령에게 '사회주의 협동화'社會主義 協同化에 대한 감사의 표시로 코스모스 꽃다발을 바친 인물이다. 30여 년 전에는 김정일이 농장관리위원장이 된 김숙임 여인에게 '남새 농사'를 잘 지었다고 칭찬한 일도 있다. 김정일은 김숙임이 현업에서 퇴임한 이후에도 '품종이 좋은 남새 종자 연구도 하고 직접 재배 시험'도 하는 헌신성을 치하한다.

이 소설은 당시 북한 사회가 채소 작황 등 생활경제 문제로 인해 곤란을 겪고 있음을 드러낸다. 지도부까지도 나서서 종자 문제를 적극적으로 고민하고 혁신을 위해 방안을 모색한다는 것을 통해 현지 식량 조달이 어려웠으리라는 것을 알 수 있다. 민생을 살피는 김정일의 형상은 헌신적인 인민의 모습과 연결되어 애도의 감정을 자극하는 방식으로 서사가 전개된다.

앞에서 언급한 《영원히 함께 계셔요》에 수록된 황령아의 〈맹세의 눈물은 뜨겁다(실화문학))에도 김정일이 현지지도 과정에서 과로로 사망했음을 강조하는 구절이 등장한다. 이 작품의 주인공인 정학명은 12월 19일 정각 12시에 중대 방송을 듣고 소스라치게 놀라며 "장군님께서 가시다니, 그것도 야전 렬차에서…"라고 비통해한다.[27] 실화문학이라고 덧붙여진 〈맹세의 눈물은 뜨겁다〉는 승리중학교 청년동맹 조직부 비서인 정학명이 학생들을 조직하여 모두 군대에 입대하게 되는 과정을 그린다. 사범대학에 진학하기로 한 문수향, 경공업대학에 진학하기로 한 리자향, 아버지가 대학 학부장인 고은경 등 6학년 6반 41명 전원이 최전선인 '대덕산 초소'로 입대함으로써 "아버지 장군님께서 내 나라, 내 조국을 빛내주시기 위해 한평생 선군의 길을 가시다가 야전 렬차에서 순직"한 것에 대한 보은의 의지를 밝힌다.[28]

〈깊은 뿌리〉에서도 소설 속 화자인 조성국은 '김정일의 현지지도가 극한의 인내심을 요구'하는 헌신적 행위였음을 강조했다. 또 앞에서 분석한 김하늘의 〈영원한 품〉에서도 해철은 "아, 그날 밤의 눈보라! 강추위! …가슴 저림을 자아내던 그 야전 렬차에 대한 이야기가 이렇듯 심장을 비틀어 찢는 아픔으로 이어진단 말인가!"라고 슬퍼한다.[29] 김정일의 현지지도와 인민 생활에 대한 배려가 '정신적, 육체적 피로'를 불러왔고, 그에 따라 순교자처럼 '달리는 야전 열차 안에서 죽음을 맞이'했다는 것이다. '통치' 권력은 인민의 자발성을 촉발하여 '안전'의 메커니즘을 작동시킨다. 김정일의 사망이 지도자와 인민의 공통 감각 형성의 중요한 계기인 현지지도로 인한 과로사였음을 밝힘으로써 인민의 자발적 동원을 강조하는 것이다.

또 다른 흥미로운 소설은 석남진의 〈사진에 깃든 이야기〉[30]다. 이 소설은 폴리비닐알코올로 만든 합성 섬유 '비날론'(북한에서는 '주체섬유'라고 부른다)과 관련해 북한 경제가 정상화하는 과정에 있음을 보여주며, 더불어 고난의 행군의 여파가 북한 경제에 얼마만큼 깊은 상처를 남겼는지를 드러낸다. '2·8비날론련합기업소'는 현대적인 비날론 공장 준공을 축하하며 74명의 혁신자들에게 '노력영웅 칭호'를 수여하게 된다. 그중 '콤퓨터 운영원 조영근'은 특별한 사연을 지니고 있다. 1960년대 중엽 조영근은 김일성의 교시를 관철하기 위한 비날론 공장 건립이 한창이던 시기에 첫 돌을 맞은 아이였다. 아들의 돌 생일도 챙기지 못하고 일을 하는 합성직장 공정기사 조명호를 위해, 김일성은 사진 기사를 파견하여 돌 사진을 찍어주도록 배려했다. 그 아이가 장성하여 1997년 공장대학에 입학했고, 2001년 졸업한 후 컴퓨터 전문가가 됐다. 아버지 조명호는 고난의 행군 시기에 공장에서 순직하고, 비날론 공장도 10년 넘게 멈춘 상태였다. 시련의 와중에도 조영근은 대를 이어 비날론 공장을 지키며 현대식 컴퓨터화에 기여했다. 비날론 공장은 김정일에게도 대단한 의미를 지니고 있다.

> 장군님께 있어서 비날론은 곧 수령님의 비날론이었다. 그래서 그이께서는 2·8비날론련합기업소에서 16년 만에 비날론이 다시 쏟아지는 것이 그리도 기쁘신 것이었고, 그래서 한 달 전 기업소를 현지지도 하고 떠나면서 수령님께서 계시는 금수산기념궁전에 가져가려고 비날론 띠 섬유를 승용차에 싣게 하신 것이 아니었던가.[31]

김정일에게 '비날론 재생산'은 김일성의 위업을 다시 복원하는 것이고, 고난의 행군 극복의 상징이다. 그렇기에 세대를 이어서 '북한 과학 기술의 상징인 비날론 공장'을 복원한 것이고, 이를 통해 인민 경제의 회복을 상징화하려 한 것이다. 북한 문학 연구자 오태호는 '비날론 재 생산'과 같은 과학기술에 대한 강조를 '최첨단시대의 돌파'로 의미화했 다. 그는 "'최첨단시대'는 문학 작품 속에서 '최첨단 돌파전의 시대, 총 공격전의 시대, 새로운 천리마대진군시대, 대고조시대, 지식경제시대' 등의 유사한 표현으로 활용되지만, 지식과 기술이 급속도로 발전하는 21세기를 강조하면서 최고속의 강행군을 통해 목표를 달성하는 시대 라는 의미를 내포"한다고 했다.[32]

과학기술은 통치의 영역에서 주요한 안전 기제라고 할 수 있다. 안 전과 관련해 "다가치적이고 가변적인 틀 내에서 조정되어야 할 사건 혹은 사건들이나 일어날 법한 여러 요소의 계열에 대응해 환경milieu 을 정비"하는 것이라고 한 푸코의 언급은 '최첨단시대'와 연관해서도 유효하다.[33] 인민의 통치와 안전을 위해서는 과학기술 문제도 중요한 환경 정비에 포함될 수 있다. 선군정치와 군사기술 그리고 일상 경제 의 안전을 통해 '생명 관리 정치'를 수행하려 하는 것과 같다.[34]

김정일은 선군정치와 강성 대국 건설이라는 상징적 성과에 기반하 면서도, 경공업을 포함한 인민 생활의 안정에 그의 역량을 집중했다. 2012년 소설 작품들이 그리는 그의 행적이 대부분 현지지도에 맞춰져 있고 경공업 분야에 대한 각별한 관심을 반영하는 것이 이를 방증한 다. 김정일 사후에 그의 현지지도를 강조하는 서사와 인민 생활을 세 심하게 챙기는 모습이 반복적으로 등장하는 것을 어떻게 볼 것인가? 이는 유훈 통치를 강조하고, 김정일과 김정은으로 이어지는 '정치적 이양'을 위한 서사일까?

김일성 '민족', 김정일 '조선', 김정은 '영도'로 이어지는 통치의 메커니즘은 연속성을 갖고 있다. 더불어 주목해야 할 것은 '애도를 통한 치유'와 '인민을 통치하기 위한 에너지 결집'이다. 바로 이 부분에서 '당과 인민의 자기 통치'가 발현된다. 김정일을 애도하는 서사적 흐름은 인민의 죄의식을 건드리는 방식으로 전환된다. 애도 감정이 깊어지면 심리적 상처로 깊이 각인된다. 사랑하는 대상에 대한 애도 감정은 소중하지만, 그것은 시급히 치유되고 극복돼야 한다. 그 치유의 자리에 인민의 죄의식과 새로운 지도자 김정은이 위치하게 된다.

통치의 메커니즘이 애도의 의례와 연결된다는 점에서, 김정은 시대의 이미지화에 주목하기보다는 '당과 인민의 자기 통치'라는 측면에 좀 더 집중할 필요가 있다. 통치 시스템적인 측면에서는 정치지도자의 상실로 인해 발생하는 애도 감정을 '미래에 대한 희망'으로 치환할 것이 요구된다. 푸코의 통치성에 기반해서 보자면 '불확실성'을 '안전한 공간'에서 관리하기 위해 '애도와 치유'가 작동하고, 그 전환의 기능을 북한 문학이 적절히 수행하는 것으로 볼 수 있다.

'정치 부재' 시대의
통치성

1994년 7월 8일 김일성 사망과 2011년 12월 17일 김정일 사망을 '새로운 수령의 탄생'으로 동일화할 수 있을까?

북한 문학 연구자 김성수는 김일성 사망을 분석한 글에서 "1994년 7월 김일성 사망이 '김정일 시대'의 새로운 개막을 의미하는 것은 사실이다. 김정일 시대의 개막이 당장은 유훈 통치라 하여 김일성 체제를 그대로 계승하는 것처럼 보이지만, 앞으로 얼마든지 북한 사회가 전반적으로 변화할 것이라는 예상이 가능하다"라고 했다.[35] 김일성의 압도적 카리스마에 의해 구축된 북한 체제는 '수령 형상'으로 압축되는 경향이 있다. 그렇기에 수령 형상화와 관련된 의제들이 주요 논의의 핵심 주제로 설정됐다. 김정은 시대를 표상하는 이미지로는 '발걸음'에 주목했고, 김정일과 김정은의 연속성 강조라는 측면에서 '선군에서 민생으로'가 강조되기도 했다.[36] '김정일 애국주의의 추구'와 '최첨단시대의 돌파'는 기존 체제를 동일성과 차이로 의미화한 접근으로 볼 수 있다.[37]

하지만 김정일 사후 북한 문학의 동향과 북한 사회의 변화에서 주목할 부분은 '통치와 안전'이다. 젊은 지도자 김정은의 형상화 또한 '인민의 안전'이라는 측면에서 배치되고 있다. 김하늘의 〈영원한 품〉은 김정일 사후 경제활동이 중단될 수도 있는 상황을 제어하는 북한의 통치 양상을 잘 보여준다. 애도 분위기 속에서 '조업을 중단하고 귀환'하려는 먼바다 선단의 림해철 부국장에게 수산성은 '어획량 달성 후 귀환하라'고 지시한다. 이는 인민 경제를 지도자의 부재보다 우선시하는 '안전 메커니즘'의 작동으로 볼 수 있다. '국가의 항구성'을 보존하려는 이러한 조치는 불확실성을 정상성으로 이끌려는 북한 체제의 권능을 과시한다.

김정일에 대한 기억과 재현의 정치는 '현지지도'의 헌신성을 강조하는 양상을 띤다. 최종하의 〈깊은 뿌리〉는 야전 차에서 생활하다시피 했던 김정일의 생전 모습을 재현함으로써 애도 감정을 고조한다. 김정일의 헌신성을 추모하는 감정을 통해 인민의 헌신성을 끌어내려는 포석이다. 김금옥의 〈꽃향기〉와 석남진의 〈사진에 깃든 이야기〉도 김정일 사후의 불확실성을 통치의 메커니즘으로 포섭하려는 의미를 담고 있으며, 인민의 생활 안정을 최우선 과제로 상정함으로써 '당과 인민의 자기 통치'를 강조한다.

북한은 혁명이 '인민대중의 자주성 옹호와 실현을 위한 투쟁'을 의미한다고 했다. 이는 혁명의 일상화라는 측면에서 인민의 피로감을 가중시킨다. 하지만 일반적으로 혁명은 '정치의 재편'이며, '새로운 인민 주체의 출현'이라는 근본적 변화를 의미한다. 북한 사회는 '항일혁명투쟁'과 '김일성-김정일-김정은'으로 이어지는 혁명 전통을 강조하며, '정치 부재'의 현실을 만들고 있다. 랑시에르는 '정치와 치안(안전)'을 대립시키면서, 치안이 작동하는 사회는 "특정한 행동 양식을 타고난 집단들, 이 활동들이 실행되는 자리들, 이 활동과 이 자리들에 상응하는 존재 방식들로 구성"되는 반면, 정치의 본질은 "공동체 전체와 동일시되는 몫 없는 자들의 어떤 몫을 보충하면서 이 타협을 교란하는 것"이라고 했다.[38] 푸코도 "정치란 통치성에 대한 저항, 즉 최초의 봉기 혹은 최초의 대립과 함께 탄생하는 것"이라고 했다.[39]

북한 체제는 혁명을 일상화함으로써 '인민대중의 자주성 옹호와 실현'에 이른다는 사회 운영 원리를 중시한다. 북한 체제에서 '통치와 안전'은 새로운 주체를 형성하기보다는 기존의 공동체를 강화하는 방식을 취한다. 정치는 '통치성에 대한 저항'에서 움트고, '불일치'를 기반으로 주체성을 실현한다. 그런 의미에서 북한 사회는 '혁명의 체제 내화'이자 '혁명의 일상화'라는 측면에서 '정치 부재' 사회라고 할 수 있다.

김정일 사후에 형상화되고 있는 소설의 서사는 통치와 안전의 측면에서 징후적이다. '인민의 자주성'을 호명함으로써 인민을 배제해 새로운 정치의 출현을 가로막는다. 이 정치 부재의 방식이 단지 억압적 기제의 활용이라고만 볼 수 없는 이유는 인민대중을 전면에 내세우기 때문이다. 북한의 지배 언어는 인민의 자주성을 혁명이라는 측면으로 끌어올리면서 '당과 인민의 자기 통치'로 제어하는 양상이다. 김정일 사망에 대한 추모가 '혁명'의 언어로 점철된 것도 '인민의 자주적이면서도 조직적 투쟁'이라는 자기 통치의 외피를 고수하기 때문이다. 향후 북한 사회는 김정은이라는 젊은 정치지도자가 인민대중과 맺는 관계에 따라 그 향방을 가늠할 수 있다. 이는 정치지도자의 자기 통치가 국가 안전이라는 적절한 목적을 향해 있는가와 관련이 있다. 김정은의 수령 형상화 양상에 주목할 것이 아니라, 북한 체제가 동원하는 '인민의 자기 통치 메커니즘'이 김정은이라는 정치지도자와 어떤 관계를 맺는가에 관심을 기울여야 한다. 혁명으로 담론화되는 '인민의 자주성 옹호와 실현'이 앞으로 '인민의 자기 통치'로 제어될 수 있는가가 향후 북한 사회의 미래를 가늠하는 지표가 될 것으로 보인다.

◇

분단의
공포와

불
안

08

북에서 온 탄원서,
북한의 지하문학 읽기

익명의 작가 '반디'의
체제 비판적 소설집 《고발》

제3의 문학적 사건, 지하문학

분단 이후 북한 문학은 남한에서 두 차례의 주목할 만한 '사건'의 도화선이 됐다. 서로를 금기시하고 적대시하는 상황에서 같은 언어인데도 남북의 문학은 소통 불능 상태였다. 단절 상황은 1980년대 후반에 이르러야 변화했다.

첫 번째 사건은 1988년경 터졌다. 남한의 대학가는 '북한 바로 알기 운동' 열풍에 휩싸였다. 북한의 문학 작품이 지하 출판을 통해 간행됐고, 대학가 사회과학 서점을 중심으로 확산됐다. 북한 문학을 읽은 남한 독자들은 항일투쟁의 역사적 정통성에 대해 고민하기 시작했다. 북한 민중의 생활 속에 스며든 윤리주의적 태도에 매혹된 이들도 있었다. 1980년대 학번 대학생들은 《청춘송가》[1]를 읽고, 《벗》[2]과 《쇠찌르레기》[3]를 읽으며 북한의 문학을 접했다. 그러다 1990년대 초중반 이후 소련의 해체와 동구 사회주의권의 몰락으로 북한 사회에 대한 호기심은 급격히 소멸했다. 대학가 서점의 서가를 채웠던 북한 문학 작품은 갑자기 헌책방의 한구석으로 내몰렸다. 국가권력이 금기시했기에 매력적이었던 북한 문학 작품은 먼지를 뒤집어쓴 낡은 골동품 취급을 받았다.

두 번째 사건은 2002년 발생했다. 북한의 역사소설인 《황진이》[4]가 남한에 합법적으로 반입되어 판매됐다. 《황진이》는 벽초 홍명희의 손자인 홍석중이 쓴 역사소설이자, 북한에서 출간되고 인쇄되어 남한에 배포된 최초의 소설이었다. 인민예술가 차형삼이 표지화와 삽화로 그린 조선화의 선명한 색채가 인상적이기도 했다. 북한의 독특한 활자체와 누르스름한 종이 질도 이야깃거리가 됐다. 홍석중의 《황진이》는 2004년에는 제19회 만해문학상 수상작으로 선정됐다. 북한의 문학 작품이 남한의 문학상을 받는 최초의 사례였다. 《황진이》를 읽은 남한 독자들은 조선의 신분제 질서 속에서 북한의 관료주의를 비판하는 작가의 의도를 읽어낼 수 있었다. 남한 독자들은 작가의 역사적 상상력과 북한 사회에 대한 은유적 비판에 환호하며 작품을 읽었다. 이 작품은 남과 북에 모두 익숙한 '황진이 이야기'가 동시대 성찰과 남성적 문체로 버무려진 완숙한 소설이었다.

그리고 2017년 국내에서 출간된 북한 작가, 필명 반디(반딧불이를 뜻함)의 《고발》[5]이 제3의 문학적 사건을 만들어냈다. 남한 독자들은 1980년대 후반의 '북한 바로 알기 운동'과 2002년 《황진이》 소개에 버금가는 사건을 목도하게 되었다. 《고발》은 북한 사회의 내밀한 이야기가 은밀하게 남한 독자에게 전해진 소설집이라고 할 수 있다.

《고발》이 남한에 소개되어 출간되기까지의 사연도 극적이다. 북한에서 작품 활동을 하고 있는 한 지식인 작가가 1990년대 초중반 경제 위기를 겪으면서 자신의 역할에 대해 깊이 반성한다. 그는 북한의 사회 현실을 외부 세계에 알림으로써 북한의 변화를 가속화할 수 있다는 믿음을 갖게 된다. 이 작가의 선택은 너무나 위험해서 목숨을 담보로 한 도전과도 같았다. 그는 친척이 중국으로 가겠다는 결심을 털어놓자 '자신의 원고 뭉치'를 건넸다. 탈출 성공 여부가 불확실했던 그 친척은 후일을 기약하며 원고 뭉치는 놓아두고 떠났다. 수개월이 지난 후 그 친척은 사람을 보내 다시 원고 뭉치를 받아온다. 반디의《고발》은 이렇게 빛을 보게 됐다.

2014년 '조갑제닷컴'에서 첫 출간된《고발》[6]은 일부 독자의 제한된 호기심만 불러일으켰다. 반디의 단편소설 일곱 편에 대한 관심은 반딧불이의 불빛처럼 미약했다. 그러던 것이 한강의《채식주의자》를 번역한 데버라 스미스Deborah Smith로 인해 이 작품에 대한 관심이 확 타오르기 시작했다. 데버라 스미스는《고발》을 영어로 번역해 '영국 펜' English PEN의 2016년 하반기 번역상 수상자가 됐다.[7] 한강의《채식주의자》로 들떠 있던 남한 독자들의 눈길이 반디의 불타는 책에 머물기 시작했다.《고발》을 읽은 남한 독자들은 '북한이 아니라 남한에서 태어난 것이 다행'이라는 즉각적인 반응부터, '남한의 모습을 북한 사회를 통해 본다'는 성찰의 목소리에 이르기까지 다양한 의견과 감상을 내놓았다.《고발》에는 정치적 탄압을 각오하면서까지 자신의 작품을 바깥 세계로 내보내야 했던 작가 반디의 절실함이 담겨 있다. 그렇기에 남한 독자들도 진지한 태도로 작품에 반응했다.

검열 없이 발표된
북한 소설

《고발》에는 〈빨간 버섯〉이라는 작품이 수록돼 있다. 이 작품의 화자인 '도일보사 특파 기자 허윤모'는 '허대포'라는 별명을 갖고 있다. 기자로서의 양심과 관계없이 시당위원회에서 요청하는 허위 기사를 작성해야 하는 경우도 있기에 허대포라고 불리게 된 것이다. 불명예스러운 별명이지만, 허윤모는 성실하면서도 양심적으로 기사를 쓰려고 노력한다. 그는 장 공장 기사장인 고인식이 "자기 사업에 바쳐오는 성실성"에 감동한다. 백리 길을 마다하지 않고 현장을 방문하여 취재한 후, 고인식이 건설한 원료 기지에 관한 기사를 작성했다. 하지만 검열에 걸리고 만다. 허윤모의 기사는 신문사의 검열은 물론 지방당의 검열까지 통과해야 한다. 시당 책임비서는 "당의 영도를 떠난 개인의 성과라는 게 있을 수 있나"라면서 기사 수정을 지시한다. 결국 허윤모는 고인식의 업적을 "미꾸라지 꼬리"로 만들고 시당위원회의 성과는 "용 대가리"로 부풀린 후에야 신문사로 원고를 보낼 수 있었다. 〈빨간 버섯〉에는 허윤모의 기자로서의 자의식이 시당 책임비서의 부당한 권력 행사와 충돌하는 장면이 그려져 있다. 검열은 인간을 순응적으로 만들고, 내면의 양심을 파괴한다.

검열은 북한 문학을 읽을 때 핵심적으로 고려해야 하는 사항이다. 남한에서 통일부 '북한자료센터' 등을 통해 접할 수 있는 《조선문학》이나 《문학신문》에 수록된 북한 문학은 모두 검열을 통과한 작품이다. 그렇기에 북한 문학에는 주제적 연관성이 없더라도 북한의 지도자인 수령에 대한 찬양이나 당의 업적에 대한 이야기가 꼭 등장한다. 수령과 당에 대한 찬양은 북한 문학의 장르적 관습이다. 작가가 의도하지 않더라도 검열 과정에서 수령 찬양이 부가되기도 한다. 그렇기에 북한 작가들은 수령 찬양에 순응하고 만다. 역량 있고 뛰어난 작가들은 김일성, 김정일을 등장시키면서 충고의 메시지를 우회적으로 제시하기도 한다. 어떤 작가들은 김일성, 김정일의 형상을 수사적 스타일로 제시하여 검열 체계를 통과하기도 한다. 이러한 검열 체계와 장르적 관습 때문에 남한 연구자들은 북한 문학이 천편일률적인 '수령형상문학'이라며 무시하기도 한다. 북한 작가들에게도 사연은 있다. 그들은 자신들이 처한 한계적 상황 속에서도 각자 추구하는 문학의 길을 걷기 위해 힘들게 싸우고 있다.

반디의《고발》은 북한에서 창작되어 검열을 거치지 않고 남한에서 출간된 작품집이다. 그렇기에 앞으로 쓰일 남북 통합 문학사에서 기념비적 작품집으로 기록될 것이다.《고발》은 수령 형상화 관습을 냉철하게 비판할 뿐만 아니라, 체제 비판적 문제의식을 적극적으로 구현하고 있다. 이는 검열에서 자유로운 작품이기에 가능한 것이다. 반디는 북한의 검열 체계 자체를 부정하고 자신의 원고를 북한 바깥으로 보내 출간했다. 그의 결단은 생명을 담보로 한 용기 있는 선택이었기에 특별한 주목을 받을 만한 가치가 있다.

반인권적 신분 차별과
혈통주의

《고발》에는 1989년 12월에 창작한 〈탈북기〉에서 1995년 12월에 창작한 〈복마전〉까지 6년여 동안 쓴 일곱 편의 작품이 수록되어 있다. 각각의 작품은 북한 문학이 따르는 서사적 관습을 과감히 깨뜨리면서 다른 문학적 형상화로 나아가고 있다.

주제 면에서는 북한의 신분 질서를 비판하는 작품이 눈에 띈다. 사회주의 사회는 평등의 가치를 중시한다. 하지만 북한 사회는 독특하게 세대의 계승을 자연스럽게 보는 서사적 패턴이 자주 등장한다. 예를 들면 앞에서도 소개한,《조선문학》2005년 제1호에 실린 김영선의 〈불길〉이 그렇다. 이 작품은 '노력영웅 칭호'까지 받았던 류근혁이 평생을 가꿔온 샘골마을을, 누가 어떻게 계승할 것인가에 대한 내용을 담고 있다. '류근혁이 애착을 갖고 키우던 총각 분조장 신대승'과 '류근혁의 딸 류은아'가 갈등하면서, 후계자를 누구로 할 것인가를 놓고 샘골마을에서 분란이 일어난다. 이 작품은 류근혁의 뜻을 제대로 계승할 수 있는 인물로 딸 은아를 그려냄으로써 혈통의 중요성을 강조한다. 이러한 주제 설정은 김일성-김정일-김정은으로 이어지는 세습 지배 체계에 정당성을 부여하기 위한 서사적 포석이다.

《고발》에 수록된 〈탈북기〉와 〈빨간 버섯〉은 혈통 문제를 정면으로 비판한다. 반디는 북한 사회의 공공연한 비밀인 '내각 결정 제149호'를 부각시켜, 한번 '반당·반혁명 분자'로 규정되면 대대손손 차별받는다고 증언한다. '내각 결정 제149호'란, 1957년 북한 조선로동당 중앙당의 집중지도 사업에 따라 취해진 조치로, 주민의 성향을 분류하여 '반당·반혁명 분자'는 거주지를 제한한다는 내용이다. 〈탈북기〉의 재능 있고 헌신적인 기술 혁신 노동자인 리일철은 내각 결정 149호로 인해 연좌제적 형벌 속에서 미래에 대해 체념하고 절망하여 결국 탈북을 결심하기에 이른다. 〈빨간 버섯〉에도 평양의 경공업위원회 기술 부서 책임자였던 고인식이 평양에서 추방됐다는 이야기가 등장한다. '처남이 월남한 것이 나중에 판명'되어 '이력을 속였다'는 연좌제의 책임 추궁을 받은 것이다.

출신 성분에 따라 미래가 결정되는 사회는 정체되기 마련이다. 어떤 이들에게는 노력 없이도 특별한 보상이 주어지고, 또 다른 이들은 자신을 온전히 바치는 헌신으로도 미래를 바꿀 수 없다. 검열을 통과한 북한의 소설들은 할아버지-아버지-자녀로 이어지는 혈통의 중요성을 옹호하는 반면, 반디의 소설은 반당·반혁명 분자의 자녀로 규정된 이들의 미래 없는 삶을 암담하게 보여준다. 북한에서 억압받는 자들의 상황이 반디에 의해 서사적으로 모습을 드러낸 것이다.

절대 금기에 대한 도전, 비공식 서사가 보여주는 진실

반디는 조선작가동맹 중앙위원회 소속 작가로 알려져 있다. 조선작가동맹 기관지인《조선문학》에 작품을 실을 정도로 역량을 인정받은 작가라고도 한다. 그런 작가가 어떤 계기로 익명의 작가 반디가 되어 체제를 비판하는 소설을 창작하게 된 것일까? 그 변화의 원인과 영향을 추론해보는 것이 그의 문학적 진정성을 가늠하는 척도가 될 수 있다.

반디가 소설에서 형상화해낸 세계는 그의 가치관을 반영한다. 그의 작품에는 인간의 권리, 개인에 대한 존중의 태도가 배어 있다. 그는 북한의 '공적 세계'에 대비되는 사생활, 가족, 개인의 가치를 그린다. 정치적 주체로서 존중받지 못하는 민중은 정치적으로 핍박받는 처지에 놓이게 된다.

〈유령의 도시〉는 북한 소설에서는 드물게 평양시민의 생활을 전면화해 그려낸 작품이다. 1992년으로 추정되는 시기에 평양에서는 9월 9일 공화국창건일을 기념하는 100만 군중 시위가 있었다. 한경희는 피학살자 유가족 출신으로 "서른여섯 나이에 통 크고 배짱 센" 수산물 상점 지배인이고, 남편 박성일은 "쟁쟁한 혁명학원 출신" 선전부 지도원이다. 이들에게는 세 살배기 아들 명식이가 있다. 명식은 몸이 약하고 심약하여 부부의 걱정거리다. 한경희는 시민 궐기 대회에 아들 명식을 업은 채 참가했는데, 아픈 아들이 "앙앙 소리를 내며 울기 시작"하자 아이를 어르자는 심정으로 거대한 마르크스 초상을 보면 "어비! 어비!" 하고 겁을 주었다. 공포를 느낀 아들 명식은 이후 마르크스 초상화와 김일성 초상화만 보면 경기를 일으키게 된다.

이것이 빌미가 되어 출신 성분이 좋은 한경희 가족이 평양에서 추방된다. 평양 거주자와 지방 거주자의 공간적 위계는 삶의 질과 직접적 연관이 있다. 한경희 가족은 아직 세상에 대해 사리분별을 할 수 없는 세 살배기 아들이 '마르크스 초상화와 김일성 초상화'를 두려워했다는 이유 때문에 평양을 떠나야만 했다. 극단적으로 통제되는 사회체제에서 소시민의 순응적 태도를 은유적으로 형상화한 이 작품은 '도시의 생리'라는 측면에서 보편성을 갖고 있기도 하다.

반디는 북한 체제가 주민들에게 강제하는 거주 이동의 자유 제한에 대해서도 구체적이면서 심각한 어조로 비판한다. 반디는 그 실상을 '1호 행사'를 통해 그려낸다. 1호 행사는 김일성이나 김정일이 직접 참가하는 행사를 지칭하는 말로, 행사가 개최되는 곳에는 주민 통행이 제한된다. '여행 질서'라는 이름으로 '여행증' 발급이 이뤄지지 않고, 곳곳에 안전원이 배치되어 통제를 한다. 〈지척만리〉에서 김명철은 '모친 병위급 급래'라는 전보를 받고 홀어머니를 만나러 가려고 하지만, 1호 행사로 인해 여행증 발급이 거부된다. 〈복마전〉도 중학교 역사 교사와 수학 교사로 정년퇴임한 노부부가 겪은 일을 그리고 있다. 부부는 1호 행사 때문에 환승역에 갇혀 32시간 넘게 대기해야 했고, 급기야 할아버지와 손녀가 다치기까지 한다.

특히 〈복마전〉은 화자인 역사 교사 출신의 오춘화 노인이 김일성을 직접 대면하는 상황을 보여줌으로써, 북한 정권이 수령형상문학으로 그려내는 공식 서사의 이면을 폭로한다. 북한의 공식 서사는 김일성이 은혜를 베풀어 오춘화 노인을 보살폈다고 선전하지만, 작가는 김일성의 1호 행사로 오춘화 노인의 남편과 손녀가 심하게 다치는 비극적 상황을 제시한다. 이러한 신랄한 비판은 '아래로부터의 관점'에서 북한 민중의 입장을 옹호하며 관료주의 체제를 바라보기 때문에 가능하다. 김일성-김정일-김정은 체제에 대한 비판이 금기시됨으로써 북한 민중은 기본권인 자유를 제한받는다. 이러한 절대 금기가 '전도된 삶'을 만들고, '진실과 판이한' 허구적 삶을 일상적 삶으로 만들고 있다.

성실한 삶을 배반당한
북한 민중의 분노

북한 민중의 입장에서 북한 체제의 억압성을 핍진하게 그려낸 수작으로 〈준마의 일생〉과 〈빨간 버섯〉을 거론하지 않을 수 없다.

〈준마의 일생〉은 설용수라는 매력적인 인물을 형상화하고 있다. 설용수는 "연로보장(정년퇴임)을 몇 년 앞둔 노인"으로 '전사의 영예 훈장', '국기훈장 제1급', '노력훈장', '공로 메달' 등 열세 차례나 수상한 '마차 영웅'이다. 그는 해방 후 첫 공산당원으로서, 마부로서 말과 마차와 함께 북한 사회의 발전을 위해 40여 년간 헌신해왔다. 그의 집에는 1948년 입당 기념으로 심은 느티나무 한 그루가 자란다. 그의 꿈은 공화국에 헌신하여 그 느티나무에 "입쌀에 고기에 비단옷에 기와집"까지 열리게 하는 것이다.

설용수 노인은 성실과 근면으로 "새 민주 조선 건설"을 위해 노력했지만, 1990년대 초반에 이르러 땔감이 없어 냉방에서 생활해야 하는 처지가 됐다. 그 와중에 군안전부에서는 "군 경비 전화선" 선로에 방해가 된다며 그 느티나무 줄기를 자르려고 한다. 격분한 설용수 노인은 군안전원 선로공들을 도끼로 위협하게 되고, 이것이 결국 사상 문제로까지 비화되기에 이른다. 설용수 노인은 "3대째 갈아맨 자기의 그 어느 '준마'에게조차도 진짜 아픈 채찍은 안겨보지 못했던" 선량한 사람이었다. 설용수 노인의 변화는 성실한 삶을 배반당한 북한 민중의 상태에 대한 분노를 상징한다.

특이한 것은 〈준마의 일생〉의 결말이다. 설용수 노인은 도끼로 그

토록 애지중지하던 느티나무를 찍어 토막을 내버린다. 그러고는 과도한 격정으로 인한 심장마비로 죽음에 이르고 만다. 북한 소설에서 노년의 혁명 영웅이 등장하는 소설은 대부분 젊은 세대에게 양보하는 행복한 결말 형식을 취한다.《조선문학》2008년 제8호에 실린 배경휘의 〈세월의 물음 앞에〉[8]라는 작품을 예로 들어보자. 이 작품은 아버지 세대와 아들 세대의 갈등을 화해의 서사로 이끌고 있다. 혁명의 전통을 지닌 아버지 세대(준성)의 이야기를 어머니인 미연이 셋째 아들에게 들려줌으로써 아들 세대가 현대적 과제를 수행할 수 있게 한다는 주제를 구현하려 했다. 북한 소설에는 암울하거나 비극적인 결말이 존재하지 않는다. 절대다수의 북한 소설은 희망의 서사로 결론을 맺거나 낙관적 전망을 제시한다. 하지만 〈준마의 일생〉은 설용수 노인의 비극적 죽음으로 끝을 맺는다.

《고발》에는 비극적 결말이 자주 등장한다. 검열을 통과한 북한 소설에서는 볼 수 없는 자살하는 결말(〈무대〉), 평양에서 추방되는 암담한 현실(〈유령의 도시〉) 그리고 모친 사망 전보에도 고향 방문이 좌절돼 비극적 결말(〈지척만리〉)로 이어지기도 한다. 희망적이고 낙관적인 서사로만 채워진 사회는 진실을 숨기고 있는 것이 분명하다. 삶의 일면만을 민중에게 강요하는 사회는 억압적 사회임이 분명하다. 반디는 애써 비극적 결말을 그려냄으로써 북한 소설의 일반적 패턴에 반기를 든다. 그는 소설의 비극적 서사를 통해, 북한 민중의 노력을 배반하는 정치권력에 저항한다.

《고발》에 수록된 작품 중 〈빨간 버섯〉은 가장 돋보이는 수작이다. 이 작품은 시당위원회를 '빨간 벽돌집'으로 호명하거나 독버섯인 '빨간 버섯'에 비유한다. 속담이나 은유적 표현이 자주 쓰이는 것도 인상적이다. 예를 들면 콩 등 재료 공급이 원활하지 않아 멈춰선 장 공장의 상황을 "개구리 뜀질하듯 공급하던 것마저 아주 끊어진 것이 석 달"이라고 표현했다. '콩 포기 뜯은 소, 채찍만 들어도 뛴다'라는 속담을 활용한다든지, 산길의 꼬불꼬불한 형상을 "사려놓은(엉클어지지 않게 놓은) 밧줄 같"다고 비유하기도 한다.

〈빨간 버섯〉은 1990년대 초 북한의 경제위기 상황에서 온몸으로 헌신하다가 정치적 희생양이 되고 만 고인식이 중심인물이다. 고인식은 'ㄴ시의 장 공장 기사장'으로서 장 공장의 기술 공정을 혁신했을 뿐만 아니라, 3년간에 걸쳐 산비탈에 '30정보(약 9만 평)의 원료 기지를 조성'했을 정도로 성과를 많이 낸 인물이다. 그런데 갑작스러운 홍수와 산사태로 원료 기지가 일부 유실되고, 빨간 독버섯을 식용 버섯으로 오인한 식모로 인해 한 사람이 사망하게 된 책임까지 떠맡게 된다. 시당 책임비서는 '시에서 된장 배급'이 끊긴 이유가 자연재해로 인해 시 차원에서 공급이 원활하지 않았기 때문인데도 그 책임을 고인식에게 떠넘겨 공개재판에 회부한다. 소설 속 화자인 도일보사 특파 기자 허윤모는 고인식이 '빨간 버섯을 뽑아버리라'고 외친 것에 주목한다. 고인식의 절규는 시당 청사 건물이 빨간 버섯처럼 생긴 것과 연관해, 부당한 권력이 가하는 민중에 대한 억압을 폭로하는 것과 같다. 허윤모는 "구라파의 붉은 유령이 이 땅에 뿌린 것이 인간의 모든 불행과 고통의 화근인 저 빨간 버섯의 씨앗"이었다고 절규한다.

민중의 입장에 선
증언의 서사

민중은 삶의 현장에서 진실을 본다. 부당한 희생자가 된 이들을 옹호하는 〈빨간 버섯〉의 허윤모, 〈준마의 일생〉의 전영일, 〈탈북기〉의 상기, 〈지척만리〉의 영호와 영삼, 〈무대〉의 경훈 등이 바로 민중이다. 《고발》을 읽으며 북한의 억압적 정치권력의 행태만을 보려 하지 말고, 현재 상태를 증언하며 자신의 삶을 견디고 있는 북한 민중에게 존중의 눈길을 오래 둘 필요가 있음을 알게 된다. 반디의 《고발》은 사실 북한 민중이 처한 상태에 대한 변호이며, 남한 민중에게 보내는 연대의 호소문이기도 하다.

자기가 맡은 일에 성실하고 한계 상황 속에서도 인간적 진실함을 잃지 않으려고 노력하는 사람이 부당한 대우를 받는 것이야말로 가장 큰 비극이다. 한 가정의 평범한 가장이 '빨간 벽돌집'으로 상징화된 부당한 권력에 의해 희생되는 상황은 남과 북 모두에서 발생할 수 있다. 약소자인 민중이 〈빨간 버섯〉의 고인식처럼 "자신의 전부를 바쳤던 것으로 하여 자기의 전부를 잃은 사람!"이 되지 않기 위해서는 억압적 체제에 저항하며 손을 마주 잡는 존중의 연대를 해야 한다. 권력자의 잘못된 판단으로 인한 책임이 보통 사람에게 전가되는 비극은 남북한 민중이 공통으로 맞닥뜨리게 되는 상황이기도 하다. 오로지 민주주의 강화만이 민중의 상태를 변화시킬 수 있다.

작가 반디는 1990년대 초 북한의 경제난과 1990년대 중반 고난의 행군을 겪으면서 민중의 노력이 배반당하는 현실을 목도했다. 1990년대 초중반은 소련의 해체로 인한 사회주의 체제의 위기, 연이은 자연재해, 미국이 주도한 경제봉쇄로 북한이 극심한 체제 위기를 맞았던 때였다. 따라서《고발》은 1990년대 북한 현실을 보여주는 역사적인 작품으로 읽을 수 있다. 과거 북한의 상황을 현재의 북한과 동일시해 이해하는 것은 경계할 필요가 있다. 하지만 반디는 내부자의 시선으로, 북한이 직면했던 경제위기가 권위주의적 정치체제, 민중을 배제하는 억압적 신분 질서, 민중 생활을 억압하는 과도한 통제에 있었음을 증언한다. 그는 민중의 성실한 노력이 배반당하는 북한의 현실에 절망했고, 아래로부터의 세계관으로 북한 체제의 변화와 민주주의를 열망했다. 민중의 성실한 삶이 정당하게 보상받을 수 있는 삶에 대한 희망은 여전히 현재진행형이라고 할 수 있다.

《고발》은 북한에서 보내온 문학적 탄원서다. 북한 민중의 고통에 대한 증언이며, 그 고통의 발화점이 민중을 배반하는 정치체제에 있음을 보여준다.

09

북한 문학은 왜 전쟁을 미화하는가

전쟁 서사를 통해 본
민중의 고통

폭격의 공포, 전쟁의 기억

신의주는 중국 단둥과 연결된 곳으로 한국전쟁 때 미군의 집중 폭격 대상 지역이었다. 신의주 '계급교양관'에는 한국전쟁기의 유물이 전시돼 있는데, '폭탄 깍지'도 놓여 있다고 한다. 폭탄 깍지는 폭탄의 탄피를 말한다. 나는 폭탄 깍지 이야기를 북한 소설가 박경철의 수필을 통해 알게 됐다. 북한에서는 문학 전문 신문인 《문학신문》이 한 달에 세 번 간행되는데, 2016년 6월 25일 간행된 《문학신문》은 '조국해방전쟁'(한국전쟁) 특집을 다루었다. 여기에 박경철의 수필 〈원한의 폭탄 깍지 앞에서〉가 실렸다. 박경철은 이 글에서 '조국해방전쟁' 시기의 미군 폭격에 대한 깊은 증오심을 드러낸다.

박경철은 폭탄 깍지를 앞에 두고 전쟁 피해에 대해 이야기한다. 그는 "전쟁이 일어난 지 얼마 안 되는 어느 날 무서운 동음動音 앞세우고 먼 남쪽 하늘가에서 미제 공중비적들이 까마귀 떼처럼 날아"와 "해방

후 5년간 행복의 웃음소리가 가득 안고 일떠선 모든 창조물들이 순식간에 불바다에 잠기고 잿더미로 변"했다고 했다. 당시 미군의 폭격은 공포 그 자체였다. 박경철은 "평양시에만 하여도 당시 인구 한 사람당 한 개도 넘는 수많은 폭탄이 투하"됐다고 썼다. 평화적 주민들, 어린아이들까지 무차별로 희생됐다. 적십자 표식을 한 병원까지도 표적이 됐고, 밭갈이를 하던 소를 향해서도 한 톤짜리 폭탄이 떨어졌다. 북한에서는 미군의 B-29 폭격기를 '하늘의 도적', '공중비적'이라 부르며 증오한다.

한국전쟁기 미군의 폭격에 대한 연구는 김태우의 박사학위 논문 〈한국전쟁기 미 공군의 공중폭격에 관한 연구〉에 잘 나타난다. 한국전쟁 초기 미 공군은 군사적 목표만을 제한적으로 공격하는 정밀폭격precision bombing을 했다. 이것이 북한 지역 파괴 작전인 '초토화 정책'scorched earth policy을 시행하면서 '항공 압력 작전'air pressure strategy으로 바뀌었다. 김태우는 항공 압력 작전이 '북한 사람들의 전쟁 수행 의지를 파괴하기 위한 대량폭격 작전'이라고 했다. 역사적 문헌에 따르면 미 공군의 폭격으로 인해 북한의 전력 공급은 1947년의 생산력에 비해 74퍼센트 감소했고, 연료 공급은 89퍼센트나 감소했다. 북한의 산업 기반 자체가 초토화됐다고 할 수 있다.

박경철의 글을 주목하는 이유는 한국전쟁 당시 북한의 참혹한 피해 상황을 상세하게 그리고 있기 때문이다. 비록 미군의 잔혹함을 성토하기 위해서라 하더라도 전쟁으로 쓰러져간 "평화적 주민들과 어린아이들"에 대한 애도의 감정이 배어 있다.

하지만 북한에서 발표되는 소설은 전쟁을 그릴 때 전투 중의 죽음을 아름다운 희생으로 형상화한다. 북한 문학은 '조국해방전쟁'을 반복적으로 소설화하면서 전쟁 영웅의 희생을 아름다운 죽음으로 미화한다. 그렇다면 전쟁을 미학화하는 북한 문학의 관습을 어떻게 볼 것인가? 전쟁 중 발생하는 죽음을 '미적 대상'으로 재현하는 북한 소설이 북한 민중의 정서에는 어떤 영향을 미치는 것일까? 북한의 작가들은 '아름다운 죽음'을 어떤 방식으로 의미화하며, 수락 혹은 거부하고 있을까?

전쟁을 아름답게 형상화하는 것은 국가주의 윤리가 지배하는 미적 관념이다. 문학의 윤리라는 측면에서 볼 때도 이율배반적이다. 전쟁은 세계를 '적敵과 아我'로 양분하는 것이고, 평화 시기와 다른 극단적 위기 시기다. 삶의 윤리는 전도되고 생명의 가치도 파괴된다. 문학은 평화를 위해 전쟁을 그린다. 전쟁을 아름답게 그린다는 것은 평화를 전쟁에 복속시키는 것과 같다. 나는 극도의 일상적 윤리를 강조하는 북한 문학이 왜 전쟁에서는 '죽음의 미학화'를 추구하는지를 살펴보려 한다. 북한 문학에서 '조국해방전쟁'을 의미화하는 방식을 알아보고, 전쟁의 슬픔이 미적으로 재현되는 것에 대해 비판적으로 접근하려 한다.

'북침과 남침', 끝나지 않은 역사 대결
전쟁을 낭만화한 서사의 전형, 오광천의 〈대렬 선창자〉

북한에서는 '한국전쟁'을 '조국해방전쟁'이라고 한다. 세계사적으로

'한국전쟁'이라는 용어가 일반적으로 사용되는 것 같지만, 이 명칭은 통일되어 있지 않다. 남한에서는 '6·25'가 오랫동안 가장 많이 쓰였지만, 국제전쟁의 의미가 포함되면서 지금은 '한국전쟁'이라는 객관화된 용어를 많이 사용한다. 중국은 '조선전쟁' 또는 '항미원조전쟁'이라고 한다. 북한에서도 '조선전쟁'을 사용하기는 하지만, '조국해방전쟁'이 더 널리 쓰인다. '조국해방전쟁'은 미 제국주의로부터 '조국의 독립과 자유 그리고 조국의 통일과 민주'를 수호하기 위한 전쟁이라는 의미를 담고 있다.

전쟁 발발 초기 상황에 대해 남한에서는 명확하게 북한의 '남침'이라고 규정한다. 그러나 북한은 2020년 지금까지도 남한의 '북침'이라고 주장한다. 이 '북침'이라는 북한의 관점을 그대로 보여주는 소설이 오광천의 〈대렬(대열) 선창자〉[2]다.

소설의 주인공 리창기는 여단장도 엄지손가락을 세워 보이는 모범 병사다. 38경비여단 '송악산 9중대'는 리창기로 인해 대열 선창, 훈련, 체육 경기 등 모든 면에서 앞자리를 차지한다. 그런 리창기를 '인민군 협주단'에서 소환해 데려가려 한다. '국보급 가치가 있는 창기의 목청'을 인민군협주단이 활용하여 '전군, 전민의 불씨, 불길'이 되도록 하겠다는 것이다. 창기가 인민군협주단으로 떠나던 1950년 6월 25일 이른 새벽, 38도선에 위치한 고지들에 위난이 찾아든다. 송악산 9중대 소속 10여 명의 병사들이 새벽 순찰을 하는 중에 첫 교전이 발생한다. 9중대가 지켜선 수문령을 차지하여 돌파하려는 남한의 국군이 38방어선을 넘어 침공해온 것이다.

이 소설은 명시적으로 남한의 38선 북침을 주장한다. 9중대가 위기에 빠졌을 때 리창기가 인민군협주단으로 가던 길을 되돌려 귀대한 후 전세를 역전시킨다. 소설에서 리창기는 아름답고 돋보이는 전사로 표현된다. 그의 형상은 "전주(전봇대)처럼 꺽두룩한 키에 살집 또한 푼푼한데다 이목구비 또한 크고 두툼하니 그와 첫 상면을 하는 사람치고 감탄을 쏟지 않는 사람은 드물"었다고 그려진다. 창기는 전투에서도 '기적'을 만드는 전사다. 9중대가 위기에 처했을 때 여러 발의 수류탄을 투척하고 '배의 돛처럼 참호를 좌우로 누벼가며' 전쟁의 흐름을 바꾼다. 그는 전쟁을 낭만화하는 불패 신화의 주인공이다. 그는 세 명의 병사와 함께, 고지로 수십 대의 적 '땅크'(탱크)가 진격해오자 '반땅크 수류탄'을 던져 막아내는 데 성공하기까지 한다. 그 과정에서 창기는 목을 다쳐 더 이상 대열 선창자의 역할을 할 수 없게 된다. 하지만 38경비여단 송악산 9중대의 수문령 방어가 계기가 되어 "적들을 몰아내며 남으로 진격하는 인민군 련합부대의 반공격"이 시작됐다.

리창기는 자신의 '국보급 목청'을 희생했지만 반격의 불씨를 살려냄으로써 '조국해방전쟁'의 불길을 타오르게 한 인물이며 영웅이다. 이 소설에서 그려지는 1950년 6월 25일의 상황은 '승리의 관점'으로 충만하고, 전투 현장은 아름답게 형상화돼 있다. 부상한 중대장과 병사들이 있지만, 그들의 고통은 전투 승리로 충분히 보상받은 듯이 그려진다. 전쟁을 파괴의 비극으로 그리는 것이 아니라, 승리의 기쁨으로 형상화했다. 이 소설은 문학의 윤리라는 측면에서 바라볼 때 '전쟁을 낭만화'한 서사의 전형을 보여준다. 도대체 이 같은 소설이 왜 북한 문학에서 창작되고 발표되는 것일까?

이 소설을 통해 북한이 공식화하는 1950년 6월 25일의 상황을 확인할 수 있다. 북한의 공식 입장은, 남한의 북침 선제공격이 있었지만 이를 격퇴한 인민군이 대대적인 '반공격'을 감행했다는 것이다.《로동신문》2019년 6월 25일 자 기사는 오광천의 소설〈대렬 선창자〉의 내용과 정확히 부합한다. 이 기사는 "주체 39(1950)년 6월 25일 새벽 4시, 38°선 남쪽에서 무수한 불줄기들이 포물선을 그리며 북쪽 하늘로 날아왔"다면서, "가증스러운 침략자들은 미리 준비된 전쟁 도발 계획에 따라 38°선 전역에서 공화국 북반부에 대한 불의적인 무력 침공을 개시"했다고 했다. 또한 "38°에서 한 몸이 그대로 방탄벽이 되어 싸운 경비대 군인들의 영웅적 투쟁은 아군 부대들이 전 전선에서 즉시적인 반공격을 가하도록 하는 데서 결정적인 역할을 하였으며 우리의 영용英勇한 인민군 군인들은 노도와 같이 진격하여 단 3일 만에 침략의 아성인 서울을 해방하는 혁혁한 전과를 거"두었다고 보도했다.[3]

오광천의〈대렬 선창자〉는 북한 내부에서 합의되는 '한국전쟁' 발발에 대한 일반적 관점을 확인할 수 있는 소설이라는 점에서 의미가 있다. 북한은 남한의 북침 이후 반공격을 통해 '조국해방전쟁'이 발발했다는 주장을 공식화하고 있으며, 이는 '평화주의의 정당성'을 확보하기 위한 중요한 근거로 이용된다. 즉 한국전쟁의 책임은 남한에 있으며, 방어적 전투 과정에서 전면전으로 확대됐다는 북한의 입장은 북한 소설에서도 공식화된 기억으로 반복적으로 재현된다. 하지만 북한 사회에서 오직 공식적 기억만이 반복되고 있는 것일까? 또, 남한의 경우는 어떨까?

남한에서는 북한군의 남침만이 유일한 진실인 것처럼 이야기되던 시절이 있었다. 이러한 관점이 급격히 도전을 받는 시기가 1986년이었다. 미국의 역사학자 브루스 커밍스Bruce Cumings의《한국전쟁의 기원》이 출간되면서 수정주의적 관점이 수용됐다. 한국전쟁에 대한 수정주의적 관점은 '미국의 책임'이라는 관점에서 한국전쟁을 재구성하는 것을 말한다. 브루스 커밍스는 한국전쟁은 1945년 38도선 분할부터 예고된 것이었으며, 그 발발 또한 1949년 5월부터 시작된 남북 간 국경 전투의 연장선상에서 봐야 한다는 관점을 제시했다. 브루스 커밍스의 관점은 한국에 큰 영향을 미쳐 그간 일반화돼 있던 '6·25'라는 용어보다 '한국전쟁'이라는 명칭이 통용되는 계기를 마련했다. 더불어 한반도의 평화 체제가 주변 강대국과의 상호 관계와 더불어 고려돼야 한다는 점을 다시 확인하게 해주었다.

  그렇다면 북한의 상황은 어떠할까? 앞에서도 이야기했듯이 북한은 북침에 이은 '즉시적인 반공격'이 공식 입장이다. 하지만 북한의 글들에서도 한국전쟁에 대한 미묘한 용어 사용법의 차이를 확인할 수 있다.《로동신문》2019년 6월 25일 자 1면 사설에서는 "미제에 의해 강요된 조국해방전쟁"이라는 표현을 썼다.[4] 이는《로동신문》2017년 6월 25일 자 1면 사설에서 "미제가 조선반도에서 북침전쟁의 불을" 질렀다거나, "조선전쟁은 미제가 우리 공화국을 무력으로 압살하고 아시아와 세계에 대한 지배 야망을 실현할 목적 밑에 도발한 범죄적 침략 전쟁"이라고 규정했던 것과 미묘한 차이가 있다.[5] "미제에 의해 강요된 조국해방전쟁"은 수정주의적 관점이 투영된 언어라고 볼 수 있다. 직접적인 침략 주체로 미국을 규정하는 데서 유보적인 언어 선택으로, '강요된'이라는 표현을 쓴 것으로 해석이 가능하다. 북한의 공식 입장은 아니더라도 '미제에 의해 강요된 조국해방전쟁'의 의미는 전쟁의 역사적 책임은 남북 당사자에게 지우면서도 미 제국주의의 세계 지배 전략과 북한의 해방 투쟁이 충돌하는 지점에서 전쟁이 발발했다는 의미로 해석이 가능하다.

전쟁을 위한 '아름다운 죽음'은 없다
——— 백상균의 〈로병 동지〉,
김기성의 〈금반지〉

문학적으로 재현되는 전쟁은 북한 지배권력의 공식 언어와 북한 민중의 비공식 언어 사이에 긴장 관계를 형성할 수밖에 없다. 북한의 공식 언어는 기억의 재생과 활성화를 중시한다. 그렇기에 동시대의 북한 체제는 '전쟁 노병老兵'에 대한 존중과 사회적 우대를 강조한다. 북한의 소설은 김정은을 내세워 전쟁 노병에 대한 공경을 계몽주의적 관점에서 지속적으로 그려낸다.

백상균의 〈로병 동지〉[6]는 김정은이 직접 나서서 '전쟁 노병 정춘성 노인'을 공경하고 챙기는 모습을 직접적으로 그려낸다. 특이한 부분은 지도자인 김정은이 깍듯하게 모신 정춘성 노인의 처지다. 정춘성 노인의 며느리는 시아버지가 가정경제에 도움이 되도록 자동차 정비 기술을 사용하기를 바라지만, 그는 자신의 기술을 국가를 위해 쓰기를 원했다. 정춘성 노인은 이러한 갈등으로 인해 가출하여 '성산수력발전소 건설장'에서 홀로 생활하는 처지가 된다. 이렇듯 북한 사회에서도 전쟁 노병들이 소외되는 현상이 발생하고 있음을 소설을 통해 알 수 있다.

이 소설은 김정은이 지도자로서 전쟁 노병을 살뜰하게 챙기는 모습을 형상화하려는 분명한 의도를 갖고 있으나, 그 이면에는 정춘성 노인이 가정과 사회에서 '퇴물'로 취급되는 모습을 드러낸다는 점에서 '북한 사회의 이면 읽기'가 가능한 작품으로 볼 수 있다.

북한 소설은 승리의 관점에서 전쟁을 그리고, 전쟁의 희생을 숭고한 아름다움으로 그려내려 한다. 이는 권력의 공식 언어다. 하지만 민중의 언어는 다른 방식으로 작동한다. 공식 언어를 따르면서도 민중의 관점으로 세계를 보고, 민중의 윤리와 도덕관을 기입해낸다. 여기에 전쟁을 다른 방식으로 그린 민중적 소설이 있다. 김기성의 〈금반지〉[7]는 평이한 듯 보이지만 '조국해방전쟁'을 슬프게 형상화한 민중의 서사로 적극적인 의미 부여를 할 수 있다.

〈금반지〉는 만복과 옥란이 일제강점기의 고난을 극복하고 공화국이 창건되면서 누리게 된 행복을 담담한 어조로 그려냈다. 옥란은 마씨 지주의 집에서 종살이를 했다. 지주의 아들 마민석은 옥란에게 흑심을 품고 괴롭혔는데, 마침 그 장면을 목격한 만복이 옥란을 구하려다 큰 부상까지 입었다. 마민석은 강압에도 옥란이 자신의 뜻대로 따르지 않자 옥란을 외양간에 가둬버린다. 다친 만복은 위험을 무릅쓰고 외양간에서 기어코 옥란을 구해냈고, 옥란은 산중의 숯구이막에서 1년을 버틴 끝에 해방을 맞아 밝은 세상으로 나올 수 있게 됐다.

공화국이 창건되던 해에 둘은 결혼을 하지만, 만복은 옥란에게 결혼 반지로 구리반지밖에 해주지 못하는 처지를 못내 마음 아파했다. 토지 개혁으로 자기 땅에 농사를 지어 큰 수확을 보았지만 자진해서 애국미를 50가마니나 바쳤기에 금반지를 사줄 수 없었던 것이다. 그래도 옥

란은 구리반지를 애지중지했고, 만복은 그런 옥란에게 금반지를 꼭 사
주리라 약속을 했다.

이 소설은 '준엄한 조국해방전쟁'을 맞아 만복이 입대하고 난 후 옥
란이 홀로 남아 농사일을 챙겨야 하는 상황을 사실적으로 그려낸다.
농사를 짓는 옥란은 전선에 있는 만복과 편지로 소통하며 못다 한 깊
은 이야기를 나눈다. 그러면서 민중의 삶의 논리와 지혜를 깊이 터득
해 나간다. 예를 들면 이런 것이다.

> 처음엔 멍에를 메울 줄도 몰라 얼마나 애먹었는지 몰라요. 가대기 채를
> 땅바닥에 놓은 채 아무리 잡아끌어야 그 둔한 놈이 글쎄 들어서야 말이
> 지요. 이제 한쪽 발만 마저 들여놓으면 되겠구나 하고 고삐를 톡톡 채며
> "들어서라" 하고 말하면 소는 나를 골려주려는 듯 발 쪽을 멍에 채에 짓
> 써 걸터놓고 음머- 하고 영각을 합니다.
>
> (중략)
>
> 이 미물아, 넌 왜 사람 좋은 일을 하면서 그렇게도 사람 말을 알아듣지
> 못하니….
>
> 억만이 할아버지가 그걸 보다 못해 소보다 내가 더 미련하다고 웃으시
> 더군요. "짐승도 습관이 있단다. 소를 사람한테 복종시키려 하지 말구
> 버릇에 맞게 다스려야지." 할아버지가 소를 왼쪽에 세우고 채를 버쩍 쳐
> 드니 이것 보세요. 글쎄 그 미물이 제 발로 뚜벅뚜벅 걸어 들어가는 게
> 아니겠어요. 야- 난 막 아이들처럼 손벽(손뼉)까지 칠 번(뻔)했답니다.[8]

만복이 전선으로 떠난 상황에서 홀로 농사를 지어야 하는 옥란의 곤

란은 한두 가지가 아니었다. 위의 인용문은 소에게 멍에를 메워 밭갈이를 해야 하던 때의 어려움을 그렸다. 마을 어른인 억만이 할아버지는 미물이라고 복종시키려 하지 말고 '버릇에 맞게 다스리라'고 충고한다. 이러한 메시지는 지배권력과 민중의 관계에 대한 은유와 같다. 북한의 새로운 체제에서 농민들은 간절히 원하던 자기 소유의 토지를 경작하게 되었다. 그래서 북한 민중은 자신의 가정과 토지를 지키기 위해 자발적으로 전선에 뛰어들었다. 만복은 북한의 새로운 체제에서 '지방주권기관 대의원'이 됐고, 전쟁의 막바지인 '1953년 ×월 ×일'에 1대대 5중대 분대장으로서 '×××고지의 기슭'에서 전사한다.

옥란의 슬픔은 모든 것을 잃은 상실로 그려진다. 소설은 만복의 마지막 편지를 받은 옥란이 하염없이 눈물 흘리는 장면을 보여준다. 한 달 후 '조선민주주의인민공화국 영웅 칭호'를 수여하는 모임에서도 옥란은 말을 잃고 '눈물과 웃음'을 교차하는 심적 충격 상태를 보인다. "웃음 우(위)로 또다시 소리 없는 눈물이 흘러"내리는 광경은 남과 북의 모든 희생자 가족의 상태를 그려낸 것이라고 할 수 있다.

이 소설은 만복의 영웅적 희생을 그리는 듯하지만, 실제로는 옥란의 깊은 슬픔을 더 실감 있게 전달한다. '금반지'로 상징되는 옥란과 만복의 행복은 실현되지 못했다. '영웅 칭호'도 옥란에게는 위안이 되지 못하고, 거대한 상실감 속에서 '눈물과 웃음'이 교차하는 착란 상태에 빠져들게 한다. 지배권력은 개인의 죽음을 공동체의 영생을 위한 희생으로 상징화함으로써 체제의 영속성을 보장하려 하고, 전쟁 희생자들은 공동체를 위한 개인의 희생이라는 명예를 안게 된다. 이를 통해 공동체의 윤리 속에 개별적 죽음이 배치된다.

깊이 사랑하는 사람의 죽음을 바라보는 개별자는 이러한 공식 언어를 쉽게 수락할 수 없다. 그 상황에 처하면 분열증적 상태가 되어 '받아들일 수도, 거부할 수도 없는 태도'를 드러내게 된다. 옥란이 만복의 죽음을 수용하는 방식이 그렇다. '정화를 위한 죽음'으로 상징화되는 만복의 영웅적 희생은 옥란에게는 극한 슬픔을 주는 전쟁의 고통이다. 전쟁을 위한 '아름다운 죽음'은 없다. 아름다운 생명을 위한 불가피한 전쟁만이 있을 뿐이다. 그렇기에 〈금반지〉에 그려진 옥란의 슬픔은 북한 체제 내에서 '전쟁의 공포'를 받아들이는 민중의 태도로 의미화할 수 있다.

국가주의에 포섭되지 않는
삶의 윤리, 문학의 윤리

남한에서는 북한 사회를 바라볼 때 습관적으로 '물리적 폭력을 앞세운 통치'로 바라보려는 경향이 강하다. 조직화된 폭력을 통해 인민을 억압하고, 폭력을 통해 간신히 유지되는 체제로 바라보는 것이다. 이러한 관점은 북한 체제에 정당성을 부여하는 내부의 작동 원리를 무시하거나 외면하기에 가능한 것이다. 더 큰 문제는 북한 사회의 내밀한 작동 원리에 남한 사람들이 무관심하다는 데 있을 것이다.

북한은 군대를 앞세운 '선군정치'를 해왔으며, 김정은 지배체제에 이르러서는 '자력갱생'을 무엇보다 앞세우는 자주 노선을 중시하는 길을 선택했다. 북한 인민들은 북한 지배체제의 선택을 정당한 것으로 받아들이면서도, 오로지 체제 내에서만 판단하고 행위하지는 않는 태도를 견지해왔다. 그 연원은 1990년대 중후반 고난의 행군 이후 더 깊이 내면화됐다.

북한은 명시적으로 1950년 6월 25일 '조국해방전쟁' 개전보다는 1953년 7월 27일 휴전협정 체결일을 '전승기념일'로 규정하고 중시한다. 1996년 7월 27일부터는 전승기념일을 '국가적 명절'로 제정하고 기념해왔다. 북한이 전승기념일에 부여하는 가치는 "조국의 존엄과 자주권을 영예롭게 지켜낸 제2의 해방의 날"이며, "새로운 세계대전의 발발을 막아낸 긍지 높은 수호자들의 명절"이라는 것이다.[9] 그렇기에 1950년 6월 25일부터 1953년 7월 27일까지 3년 1개월 동안을 '아름다운 희생'의 시기로 그려내려는 관습을 지속하는 것이다.

남한 사람들이 보기에, 북한 문학이 '조국해방전쟁'을 서사화할 때 집단을 위한 개인의 희생을 아름다움으로 그려내는 것은 낯설고 불편할 수밖에 없다. 문학의 윤리 측면에서 보더라도, 전쟁을 미화하고 개인의 희생을 집단의 가치에 종속시키는 것은 온당하지 않다. 전쟁이라는 압도적 폭력 아래 희생을 강요당하는 개인의 존재는 거대한 윤리적 회의를 불러온다. '생명의 절멸이냐, 노예적 지속이냐'는 결코 간단한 선택의 문제일 수 없다. 극단적 갈림길의 이면에도 국면의 특수성은 분명히 존재하고, 개인의 가치에 따른 결단도 충분히 존중돼야 한다. 무엇보다 집단의 강압적 선택이 아니라, 개인의 자율성이 보장된 상태에서 판단이 가능해야 한다.

민중의 입장에서 '정당한 전쟁'은 없다. 오로지 피할 수 없는 전쟁에 대응하는 민중의 숭고한 희생이 있을 뿐이다. 오직 지배체제만이 '정당한 전쟁'을 이데올로기적으로 구성한다. 좀 더 구체적으로는, 북한의 내밀한 관점을 이해하더라도 20세기 냉전체제와 깊이 연관된 한국전쟁에 대한 다각적 이해는 여전히 유효하다. 미국·중국·구소련의 관계 속에서 전쟁 발발의 원인을 역사적으로 규명하고, 동아시아와 세계적 차원에서 한반도 평화의 가능성을 탐색하는 문제는 현재의 과제다.

민중은 체제와 비체제를 넘나들며 국가주의에 온전히 포섭되지 않는 삶의 윤리를 끊임없이 탐색하고 실천해왔다. 결국 문제는 민주주의다. 권력의 주인이 민중일 때만이 구성원의 자율에 기반한 판단이, 그 결과가 아름답다고 주장할 수 있다. 오로지 특정 공동체 내부에서만 민주주의적 결정에 따라 '행위의 아름다움'을 정당화할 수 있다.

'북한' 연구에서
'북한 문화' 연구로

평양의 모니카, 서울의 모니카

한 흑인 여성에게 누군가가 질문을 던졌다. "나중에 아이를 낳게 되면 그 아이들에게 엄마의 삶을 한마디로 어떻게 얘기해줄 수 있을까요?" 여성은 아주 짧게 대답했다. "한반도."[1]

흑인 여성이 한반도인으로 살아온 삶을 상상한다는 것은 쉽지 않은 일이다. 아프리카 적도기니에서 태어나 평양에서 16년간 살았고, 서울에서도 2년여를 산 사람이 있다. 북한에서 사는 내내 북한 음식이 입에 맞지 않아 '떡과 빵'만 먹어야 했다. 그런데 정작 평양을 떠나 스페인에서 살게 되자 '냄새조차 못 맡았던 음식'을 먹기 시작했다. 향수병이 북한의 음식을 받아들이게 한 것이다.

모니카 마시아스Monica Macias. 1972년생이며, 여섯 살이던 1977년 평양에 도착해 망명 생활을 했다. 적도기니의 초대 대통령이었던 모니카의 아버지는 국방부장관이었던 사촌의 쿠데타로 생명을 잃을 위기에 처하게 되자, 자녀들의 미래를 김일성 주석에게 부탁했다. 모니카는 아버지가 처형된 이후 오빠인 파코, 언니인 마리벨과 함께 평양에서 학교를 다니며 성장했다. 만경대혁명학원 인민학교와 고등중학교에서 공부했고, 평양경공대학교 피복학과를 졸업했다. 그는 평양에서도, 서울에서도 어디를 가나 "우리말 참 잘하네요"라는 감탄을 들어야 했다. 한국어를 모어로 쓰고, 영어와 스페인어에 능통하며, 평양과 서울을 함께 사랑하는 흑인 여성은 특별한 존재로 보인다. 피부색만 다를 뿐 모니카의 정신세계와 정서는 한때 '한반도인' 자체였다.

한국에서는 2013년《나는 평양의 모니카입니다》가 출간되면서 그의 존재가 널리 알려졌다. 사람들의 호기심 속에 방송사 인터뷰가 쇄도했고, 모니카 또한 남과 북을 정서적으로 잇는 가교 역할을 해야겠다는 마음으로 미디어의 요청에 적극적이었다. 그는 북한에 대해 '모른다'는 편견을 가진 이들에게 진심을 담은 메시지를 전했다.

> 만일 김일성광장에서 축제 때마다 즐겁게 웃고 춤추는 평양 사람들을 보며 '연출된 행복'이니 '조작된 일상'이니 하며 비웃을 수 있다면 똑같은 말을 미국 사람들한테도 할 수 있을 것이다. 평양 사람들에게 자유가 없다면 미국 사람들에겐 얼마나 자유가 있을까? 공산주의 체제 안에서 희생되어야 할 자유가 있듯이 승자독식의 시장자본주의 안에서도 자유는 한정적일 수밖에 없었다. 비록 3년밖에 살지는 않았지만 자본주의의 정수라 불릴 만한 뉴욕에서 지내는 동안 나는 숨 쉬고 먹고 마시며 사랑하는 인간의 모든 행위가 달러로 환산될 수 있다는 사실에 놀랐다.[2]

모니카가 전하는 메시지는 소박하면서 깊은 울림이 있다. 체제의 눈으로 보면 대상으로 바라보는 삶이 비루해 보일 수 있다. 그러나 민중의 입장에서 보면 모두들 자신의 삶을 살고 있을 뿐이다. 우월하거나 열등하지 않은 삶, 일상의 눈으로 볼 때 '우월한 체제의 삶'은 없다. 모니카는 서울 신림동 거리를 거닐면서 평양 창광 거리를 걷는 느낌을 받는다고 말하고, 평양 사람이나 서울 사람이나 속 깊은 정은 똑같다고 말한다. 그는 평양경공대학교 피복학과 재학 시절 '다국적 유학생 패거리'의 아지트였던 평양상점 옆 '김치바'에서 그들과 어울리던 시절이 잊히지 않는다고 했다. 북한이 상대적 관점에서 볼 때 폐쇄된 사회는 맞지만, 그곳도 사람 사는 곳임에는 분명하다.

모니카는 평양과 서울을 균형 있는 태도로 전할 수 있는 위치에 있다. 그는 제3세계인 적도기니 태생이며, 어린 시절을 평양에서 보냈기에 유럽적 보편주의에서 자유롭다. 그 자유로움은 스페인에서 견뎌야 했던 기층 민중의 삶, 한때 적이라고 배웠던 뉴욕에서의 생활 그리고 서울의 바빴던 직장 생활에서 체득한 것이기도 하다. 그는 내부자와 외부자의 위치를 넘나들며 평범한 사람들의 위치에서 '타인에 의해 규정되는 일상'에 대해 저항하는 발언을 하고 있다.《나는 평양의 모니카입니다》는 일상을 일상 그 자체로 받아들이면서 북한 사회를 기록하고 있기에 독특한 '문화연구 텍스트'라고 할 수 있다.

북한을 기록한 글과 책은 많다. 한국인 최초의 평양 순회 특파원이었던 진천규의《평양의 시간은 서울의 시간과 함께 흐른다》[3]는 평양 모습을 화려한 화보로 구성해 2018년 남북 교류의 훈풍을 타고 베스트셀러가 됐다. 진천규는 2017년과 2018년 네 차례 방북해 '북한 사회가 허용한 범위' 내에서 북한의 일상을 담아 보여주었다. 이 책에는 남한 사람들이 상상한 모습과 북한이 보여주고 싶은 모습 간의 긴장이 곳곳에 배어 있다. 그러면서도 남북 관계에 긍정적으로 기여하고자 하는 저자의 조심스러움이 텍스트의 기본적 정조를 관통하고 있다.

조금 더 과감한 텍스트도 있다. 이른바 다크 투어리즘의 외관을 띠고 1995년 출간된 이찬삼의《옥화 동무, 날 기다리지 말아요》[4]가 그것이다. 이 책은 북한을 세 번 방문한 경험이 있는《중앙일보》미주 시카고 특파원 겸 편집국장 이찬삼 기자가 네 번째로 방북해 북한 내부를 취재한 기록을 담았다. 대범하게도 중국 조선족 위장 부부 역할까지 하면서 보따리 장사꾼으로 내부를 잠행 취재해 책 곳곳에서 긴장감이 넘친다. 이 책은 일종의 첩보영화를 연상케 하는 여행자의 기록이기에, 북한 사회가 외부 방문자에게 보여주고 싶은 것만 보여주는 것에 대한 '저항적 기록'이라는 데 의미가 있다. 그리고 주성하의《평양 자본주의 백과전서》[5]는 북한 이탈 주민 출신 기자가 쓴 북한 사회에 대한 간접 취재물이다. 한때 북한의 내부자였던 저자가 이제는 남한의 내부자가 되어 북한 사회를 기록했다는 사실 자체가 이례적이다. 그러나 이 책은 북한 체제에 대해서는 비판적이고 자본주의적 경향에 대해서는 우호적이라는 점이 문제다. 이데올로기적 기록이라는 편향성은 저자인 주성하가 '김일성대학 출신 탈북자이자 현역《동아일보》기자'라는 독특한 위치로 인한 것이라고 볼 수 있다.

그간 북한에 대한 정보 접근은 북한 방문기, 북한 이탈 주민의 인터뷰로만 가능했다. 방문자와 탈북자의 경험적 증언 위주다 보니, 조심스러운 공식적 기록(《평양의 시간은 서울의 시간과 함께 흐른다》), 탐사 보도의 외양을 띤 모험주의적 접근(《옥화 동무, 날 기다리지 말아요》), 체제 비판적인 북한 이탈 주민의 증언 위주의 접근(《평양 자본주의 백과전서》)이 중심을 이뤘다. 이러한 경험적 증언 위주의 접근을 벗어나려면 '북한 문화 연구'로의 방향 전환이 필요하다.

북한 문화 연구는 학술적이면서도 정치적인 프로젝트라고 할 수 있다. 방문기나 탐사 보도를 통한 북한 이해에서 한걸음 더 나아가 일상 연구, 대중 연구, 욕망과 이데올로기를 대상으로 연구가 이뤄져야 한다. 북한의 정치경제를 중심으로 한 체제 연구를 넘어, 북한 민중의 삶을 일상생활 속에서 재구성하고 북한 문화가 어떻게 주체를 구성하는지 규명하는 것이 북한 문화 연구다. 남한 연구자들은 남과 북이라는 특수 관계로 인해 밀착할 수도, 객관적 거리를 둘 수도 없는 상태에서 북한을 연구하고 해석해야 하는 상황이다. 남과 북은 같은 기원을 공유하면서도 현재는 분리돼 있다. 따라서 기존의 분과 학문에 기반을 둔 북한 연구에는 총체적이고 통합적인 연구 방법론이 적용될 필요가 있다.

학제 간 연구를 위해서는 기존의 북한 연구를 적극적으로 수렴해 이를 북한 문화 연구로 방향을 전환하는 것이 타당하다. 북한 연구는 북한에서 생산된 텍스트를 남한 연구자가 직접 보고 분석하는 방법으로 진행되는데, 1990년대까지만 해도 정치사상이나 대외관계, 경제무역 분야에 집중돼 있었고 사회문화적 접근은 비교적 주변부적인 것으로 취급됐다.[6] 2000년대에 이르러야 북한 예술 연구를 중심으로 사회문화에 대한 연구가 활발해졌다. 북한 문학 연구도 1990년대 이후 활발해졌고, 북한 영화를 중심으로 음악과 미술에 대한 장르적 접근 또한 그 연구 성과를 축적하고 있다. 하지만 북한에 대한 통합 학문적 연구인 문화연구적 접근은 본격적으로 검토되지 않고 있다. 그렇다면 북한 연구가 남한 연구자들에게 외면받는 이유는 무엇이고, 북한 연구는 어떤 어려움에 직면해 있으며, 북한 연구에서 북한 문화 연구로의 전환을 위해서는 어떤 접근법이 필요할까?

한 장의 사진,
북한 이미지의 이면 읽기

북한에 대한 문화연구적 접근은 분과 학문으로는 포착되지 않는 총체적 삶의 양식으로서의 문화에 대한 접근을 전제로 한다. 그렇기에 일반 문화연구에서 논의하는 다음과 같은 기본적 관점을 전제한다. 첫째, 문화적 접근은 특정 사회의 구조 및 역사와 관련해 그 사회의 문화를 분석하는 태도를 지칭한다. 둘째, 문화연구는 한 사회체제 내에서 계층, 세대, 젠더, 지역 등 불균등하게 구분된 영역에 대한 접근을 말한다. 셋째, 문화연구는 이데올로기 분석을 핵심 개념으로 삼는다.[7] 그리고 여기서 더 나아가 일상생활이 어떻게 구성되고, 문화가 어떻게 그 사회의 주체를 형성하는가에 대한 질문으로 이어진다.

북한에서는 '일상 문화' 대신 '생활 문화'라는 개념을 사용한다. 생활 문화는 "사람들의 구체적인 개인생활과 공동생활 속에 구현된 문화"를 말한다. 좀 더 구체적으로는 "사람들의 개체 위생은 물론 식생활과 개인생활, 옷차림과 몸단장, 살림집 꾸리기, 정서 생활 등에 구현되어 있는 문화"를 지칭한다.[8] 북한에서는 '문명화된 생활'을 강조하고, '사회주의 생활 문화' 확립과 민족문화의 결합을 중시한다. 특히 '민족 특성이 구현된 건전하고도 문명한 우리식의 사회주의 생활 문화'가 국가의 기본 방침이라고 할 수 있다.[9] 북한은 '민족의 고유한 특성과 전통이 구현된 생활 문화'의 대척점에 '제국주의 사상 문화'를 놓고 있다. 제국주의 사상 문화는 "사람의 머릿속에 극단적 개인주의를 비롯한 온갖 잡사상을 불어넣어 혁명 의식, 계급 의식을 마비시키고 동물적이고 변태적인 생활을 추구"하게 하는 것을 말한다.[10] 전 지구적 자본주의 질서 속에서 영향력을 행사하는 글로벌 문화는 북한의 입장에서는 제국주의 사상 문화의 범주에 포함된다고 할 수 있다.

남한 연구자의 북한 문화 연구는 '특수 관계에 있는 타자'의 시선으로 수행된 것임을 받아들일 수밖에 없다. 남과 북은 분단된 지 70여 년에 이르며, 때로는 적으로, 때로는 동반자로 분단 이후 다른 역사의 길을 걸어왔다. 현대에 이르러서는 남한의 일상 문화와 북한의 생활 문화의 차이가 깊은 골을 형성하고 있다. 그 핵심에 북의 지도자론인 '수령관'이 자리한다. 그렇기에 북한 문화 연구의 한 사례로 '지도자의 표상 이미지' 분석이 가능하다.

북한에서 지도자의 표상 이미지는 롤랑 바르트Roland Barthes가 이야기하는 '오늘의 신화'로 해석할 수 있다.[11] 바르트는 현대의 신화학은 '형식' '안의' '관념'을 연구한다고 했다. 지도자의 이미지 표상이 북한 사회에서 관습적으로 재현되고 있다면, 그 관습에 기입된 기호적 의미를 파악하는 것은 의미가 있다.

다음의 사진은 2015년 홍수 피해를 입은 라선시(함경북도 나선특별시)

2015년 홍수 피해를 입은 라선시를 현지 방문한 김정은[12]

를 현지지도 하는 김정은의 모습을 담았다. 공식적이면서도 정치적 통치행위인 현지지도를 통해 당국은 '지도자와 인민'의 관계를 긍정적으로 표현한다.[13]

　　2015년 북한 최북단의 도시 라선시에서 발생한 홍수 피해는 2016년 함경북도 북부 지역에서 발생한 물난리 피해와 함께 북한 사회가 겪은 최근의 큰 재난이었다. 1990년대 중후반 고난의 행군으로 고통을 겪어야 했던 북한 사회로서는 총력을 펼쳐 대응해야 하는 피해이기도 했다. 김정은은 군대에 즉각 동원령을 내리고 피해 복구에 힘을 기울였다고 한다. 위의 사진에 대해 북한 매체인 《조선》의 기자 정기상은 "3년 전 조선의 최북단 라선시에 큰물로 인한 혹심한 자연재해가 발생하였을 때" 김정은이 "인민군대에 피해 복구를 맡아 단기간에 끝낼 데 대한 명령을 하달하시고도 마음이 놓이지 않으시여 하늘길, 령嶺길, 배길로 2000여 리의 멀고 험한 현지지도 길을 이어가시였으며 불과 한 달 남짓한 기간에 인민의 무릉도원으로 전변되게 하여주시였다"라고 해설했다.[14]

이면 읽기를 통해 이 사진을 분석하면, 혼합된 수많은 기호를 읽어낼 수 있다. 김정은은 버스 안에 있고 바깥에는 군중이 환호하듯 모여 있는 것으로 보아, 노상에서 이뤄진 우연한 만남을 포착한 사진임을 알 수 있다. 김정은이 창문을 열고 군중의 열광에 호응하고 있고, 군중은 시선을 김정은에게 맞추고 있다. 주목할 부분은 사진 전체가 우연성으로 채워져 있다는 점이다. 차량을 에워싼 경호원들도 보이지 않고, 군인들 또한 비무장 상태다. 북한 주민들은 감격스러운 표정으로 두 손을 번쩍 올리거나 스스럼없이 김정은에게 다가서려 하고 있다. 한 군인은 김정은에게 너무 다가서려는 여성을 조심스러운 태도로 제지하고 있다.

이 사진은 미국과 유럽의 미디어가 일반적으로 재현하는 제3세계 독재자의 이미지와는 배치된다. 미국과 유럽의 일부 미디어는 제3세계 지도자를 표상할 때, 부정 축재로 권력을 유지하고 무장 군인들이 그를 호위하는 모습을 내보낸다. 미국과 유럽의 독자들은 그러한 이미지를 통해 '악의 축'으로 북한 지배체제를 규정하고, 대북 제재를 정당화한다. 그런데 이 사진에서는 무장 경호원들이 주민들의 접근을 차단하지 않고 있고, 김정은과 북한 주민 사이의 긴장 관계도 보이지 않는다. 김정은의 표정 또한 그 어떤 불안감도 없는 밝은 모습이다. 북한 주민들은 김정은을 지도자로서 받아들이고 있으며, 체제적 측면에서도 안정성이 유지되고 있음을 보여준다.

　도상학적으로 보면, 이 사진은 '지도자와 인민'의 관계를 상징화하고 있다. 김정은은 버스 안에서 얼굴을 내밀고 호응하는 위치에 있다. 북한 주민들보다 높은 위치에 있으며, 일대 다수라는 상황인데도 왜소하지 않은 모습으로 보인다. 무엇보다 버스의 유리창에 비친 북한 주민들의 이미지에 주목할 필요가 있다. 거울 이미지에 의해 북한 주민들이 김정은을 둘러싸고 있는 형상이 자연스럽게 만들어졌다. 이러한 도상학적 구도로 인해 김정은의 얼굴이 전체적으로 나오지 않았는데도 화면 속에서 균형을 이루고 있다.

　여기서 더 나아가 좀 더 깊이 있는 이면 읽기를 시도해보면 어떨까? 이 사진에서 북한 주민들은 오직 한 곳, 김정은만을 주시하고 있다. 자유롭게 자신의 일에 집중하거나 김정은을 외면하는 모습은 찾아보기 힘들다. 이러한 북한 주민의 모습은 지도자를 향한 갈망이 얼마나 강한지를 보여준다. 당과 지도자에 의존하면 할수록 자율성은 제한된다. 북한 사회는 지도자와 주민이 일체화된 사회가 특별한 시기에 어떤 파국적 결과를 초래하는지를 경험했다. 국가 식량 배급 체제가 무너진 1990년대 중반에 대기근이 발생했다.[15] 북한의 역사적 전통인 '유일 체제'는 과거에는 국가 운영의 효율성을 극대화한 사회주의 시스템이었을 수 있다. 하지만 현실의 변화 속에서, 획일화된 국가 운영이 회복 탄력성을 제한하는 역효과를 낳았다. 현실 사회주의 붕괴 이후 북한 체제는 국제적 안정망도 제한적일 수밖에 없는 상황이었다. 이 사진처럼 북한의 모든 주민이 오로지 한 곳만을 응시하면 자율성은 제한되는 역효과가 나타날 수밖에 없다.

　국가와 당 그리고 북한 지도자의 현지지도는 북한 민중의 삶 속에

지도자를 위치하게 하는 것이며, 지도자의 노선과 정책이 대중의 요구 및 지향과 합치하도록 하는 것이라고 했다.[16] 북한 사회의 지도 원리인 주체사상에서도 "인민대중의 의사와 지향을 반영한 로선과 방침을 세울 뿐 아니라 그것을 대중 속에 깊이 침투시켜 대중 자신의 것이 되게" 한다고 했다.[17] 지도자와 인민대중을 일체화하는 '유일 체제'는 북한 사회를 특징짓는 개념이다. 전 통일부 장관 이종석은 유일 체제에 대해 "절대 권력자인 수령을 중심으로 전체 사회가 일원적으로 편재"되는 것으로, "북한 사회의 특징을 가장 분명하게 보여주고 있는 '북한적 현상'"이라고 했다.[18] 정치적 유일 체제가 인간의 품격을 보장해주지는 않는다. 정치에서 자유로운 일상의 감각, 인간에 대한 신뢰에 기반한 민중주의, 자신이 속한 세계에 대한 비판적이면서도 지성적인 사유 능력 등은 국가기구의 권위에 포박될 수 없는 것들이다. 이러한 비체제적이고 민중주의적이며 자율적 영역에 대한 옹호가, 비판적 북한 문화 연구의 토대가 될 수 있다고 본다.

비판적 북한 문화 연구, '마魔의 관문' 통과하기

북한 문화 연구는 어떤 현실적인 문제를 안고 있을까? 문화연구에서 현장 작업은 '타자의 세계에서 오랫동안 시간을 보내는 것'을 의미한다. 그러면서도 관찰자는 지적이고 객관적이라는 믿음을 갖는다. 이때 특수성을 강조하면 피식민주의자의 입장에 근접하게 되고, 보편성을 강조하면 제국주의자의 입장에 경도되는 위험을 안게 된다.[19] 그런데 현재 남한의 북한 문화 연구자들은 '대중-관찰 프로젝트'를, 텍스트를 통한 문화연구로 대체해야 하는 상황에 처해 있다.

남한의 북한 문화 연구자는 북한을 방문하거나 북한 내부에서 참여 관찰을 할 수 없는 상태에서 연구 작업을 해야 한다. 그 어려움은 북한 문화 연구 자체에 대한 회의와 한계를 불러일으킨다. 2008년부터 북한 미술을 연구해온 홍지석 단국대학교 교수는 나와의 인터뷰에서 "미국 국적을 지녔고 북한을 다녀온 경력이 있는 큐레이터가 북한 미술 전문가 행세를 했을 때, 그 사람과 대적해야 한다는 것이 연구자로서 서글펐다"라고 말했다. 그는 연구자가 실재하는 현실 혹은 실제 작품을 볼 수 없다는 것은 큰 제약이라고 했다. 이렇듯 남한의 북한 연구자들은 '두려움을 내면화'하게 되는 상황에 내몰린다. 텍스트 생산자에 대한 정보가 없는 상태에서 텍스트를 해석해야 하고, 2차적으로 재현된 텍스트를 약간의 시차를 두고 접한 상태에서 연구를 진행해야 한다. 그렇기에 북한 텍스트 읽기와 분석은 북한 문화 연구의 중요한 쟁점이다.

북한 문화 연구는 텍스트를 기반으로 맥락과 담론을 분석하는 방법론을 적용한다. 북한 민중의 일상생활을 구성하는 역사적이면서 정치적인 맥락을 재구성하기 위해서는 '공식적 메시지'의 이면을 읽어낼 수 있어야 한다. 텍스트의 이면 읽기는 '바라보는 자의 위치 바꾸기'를 통해, 표현된 내용을 다른 각도에서 해석하는 것을 말한다. 이미지 속에서 주변적인 것으로 표현된 것을 중심에 배치해 읽기도 하고, 전체 구도 속에서 충분히 진술되지 못한 내용을 읽어내는 것도 한 방법이다.

북한 음악을 연구하는 배인교 경인교육대학교 교수는 "북한 원전原典 읽기 훈련이 북한 연구의 진입 장벽이다"라고 명료하게 말한다. 그는 "남과 북이 같은 언어를 쓰기에 북한 원전"을 쉽게 읽어낼 수 있으리라고 생각하는 것은 오산이라고 했다. 그가 북한 음악 연구 초기에 겪은 고통은 "위대한 수령님, 위대한 원수님 같은 호칭에 대한 심리적 거부감"이었다. 실제로 연구자가 다루어야 하는 북한 원전 글은 대부분 "위대한 수령 **김일성** 동지께서는 다음과 같이 교시하시였다"로 시작한다. '김일성, 김정일, 김정은'의 이름은 꼭 진하게 표시되어 있고, 한 호수 크게 인쇄되어 있다. 처음 북한 연구를 시작한 연구자라면 이러한 구절을 볼 때마다 연구 의욕이 꺾이는 듯한 느낌을 받게 된다. 이들 상용구는 남한 연구자들에게는 '동일시를 거부하게 만드는 표식'처럼 읽힌다. 설사 이러한 표현에 익숙해졌다고 하더라도 북한의 독특한 어법, 문장의 구성 방식, 표현법에 적응하기는 쉽지 않다. 북한의 공식 문장에는 '내밀한 개인'이 빠져 있다. 모든 문장이 엄격한 검열 과정을 통과했기에 일종의 공동 작업적 성격을 띠는 것처럼 보인다. 한마디로 북한의 공식 발간물은 '공적 수사'로 채워져 있다.

북한 연구 과정에서 언어의 문제처럼 보였던 것이 실제로는 북한의 사회·정치·문화에 대한 낯섦 탓이었다는 사실을 스스로 터득하는 것도 중요하다. 남과 북의 언어가 같고 비슷한 어휘를 사용한다는 점에 현혹되어 이를 쉽게 생각했다가는 '난독難讀의 늪'에 빠져들게 된다. 그 실체는 이미 달라진 남과 북의 사회·정치·문화 체제였다. 자본주의 체제와 사회주의 체제의 차이 그리고 외부 세계와의 소통 방식 차이로 인해 남과 북의 언어 환경도 다른 발전 경로를 걷게 됐다. 남한의 언어에 외래어나 외국어가 많은 반면, 북한의 언어는 국한문 병기도 허용하지 않는 철저한 한글 전용을 고수해왔다. 남한의 북한 연구자들은 북한 원전 읽기에 익숙해지기 위해서는 짧게는 6개월, 길게는 1년 반 정도의 시간이 소요된다고 말한다. 누구나 북한 원전을 바로 읽어낼 수 있는 것은 아니다. 북한 체제를 이해하기 위한 인고忍苦의 시간을 견뎌내야 가능하다.

남한의 북한 연구자에게는 고립감을 견뎌야 한다는 것도 큰 고통이다. 특히나 문화연구는 '간間 학문적'이고 '통합統合 학문적'이기에 연구자들의 고립감이 더 클 수밖에 없다. 개별 분과 학문 영역에서도 북한 연구는 대부분 소외 학문 취급을 받아왔다. 남한의 북한 연구자가 일반적으로 가장 자주 듣는 질문은 다음과 같은 것들이다. "왜 북한 연구를 하세요?" "어떻게 그 자료를 구했어요?" "그것 연구해서 뭐하시게요?" 외부에서 제기되는 이러한 질문의 답변에 대한 책임은 고스란히 연구자에게 되돌려진다. 나는 여러 북한 연구자들을 만나, 그럼에도 무엇이 북한 연구를 계속할 수 있게 해주는 동력인지 질문했다.

북한 문학을 연구하는 남원진 건국대학교 교수는 "북한 문학 연구를 통해 새로운 형태의 근대 문학이 존재한다는 규정을 내릴 수 있었던 것"이 연구를 지속할 수 있는 힘이었다고 했다. 그는 북한 문학을 '근대 미달의 양식'이라고 규정했는데, 이는 근대 문학의 다른 형태로서 북한 문학을 호명하는 학문적 용어였다고 했다. 즉 북한 문학을 통해 '한국 문학을 포함한 근대 문학을 상대화'할 수 있었다는 것이다. 이러한 학문적 상대주의의 시야 확보가 북한 문학을 공부하는 보람이었다고 했다.

배인교 경인교육대학교 교수는 조금 특별한 경험을 이야기했다. 그는 2012년《한국음악연구》라는 학술지에 〈북한 민요풍 노래에 나타난 민요적 전통성〉이라는 논문을 발표했다. 이 논문은 북한 민요풍 노래의 음조, 장단, 음계에 대한 분석을 시도한 것이다. 그런데 2013년 북한에서 간행되는《조선예술》에 '민요 연구는 음조만으로 하면 안 된다, 사상이 들어가야 한다'는 취지의 간접적 반박문이 실린 것을 읽었다고 한다. 그때 그는 "북한에서 발표한 글을 보고 비판의 타당성 여부를 떠나 희열을 느꼈다"라고 했다. 1년의 시차가 있기는 하지만 민요풍 노래에 대한 학문적 대화가 남과 북 사이에 오간 희귀한 사례이기 때문이다.

분과 학문 영역에서 오랫동안 북한을 연구해온 학자들도 비슷한 경험을 했다고 한다. 직접적인 언급이 이뤄지는 경우는 드물지만, 북한에서도 남한 연구자들의 논문을 읽고 있음이 분명하다는 것이다. 남한 연구자의 연구 결과물이 북한 학문이나 사회에 직접적 영향을 미치기는 쉽지 않지만, 학문적 소통의 가능성이 완전히 닫혀 있는 것은 아니다. 심지어 일부 남한의 북한 연구자는 북한에서 자신이 작성한 연구 성과가 읽힐 것을 염두에 두고 민감한 내용을 '자기 검열'하기도 한다. 북한 문학 연구자 김재용 원광대학교 교수는 "내가 높게 평가했던 작가가 작품을 더 이상 발표하지 않으면 불안해진다"라고 했다. 남한에서 발표된 연구 성과나 평가로 인해 북한 작가의 활동이 제약되는 사례가 발생할 수도 있기 때문이다.

북한 연구를 통해 남한에서 이뤄진 연구를 객관화하거나 상대화함으로써 학문적 관점을 확장하는 사례도 있다. 홍지석 단국대학교 교수는 '겸재 정선 연구'를 그 사례로 거론했다. 남한의 일부 학계에서는 겸재 정선의 회화가 '명나라를 대신하는 소중화주의의 영향' 아래서 독특한 화풍을 전개했다고 보았다. 하지만 북한 학계에서는 겸재 정선을 긍정하는 논리로 '보이는 것에 충실하며, 객관적 세계를 바라보려는 태도'를 제기했다. 북한 학계의 논의를 통해 겸재 정선에 대한 평가의 상대주의적 다원화가 가능해졌다는 것이다. 홍지석 교수는 "남한에서 전통 회화를 이해하는 방식과 북한에서 전통 회화를 이해하는 방식이 다르다는 데서 '숨통이 트인다'는 느낌을 받았다"라고 했다. 북한 미술을 연구하면서 '미술이란 무엇이며, 전통이란 무엇인가'라는 근본적인 질문에 대한 고민이 더 깊어지는 경험을 했다는 것이다.

남한에서 이뤄지는 북한 문화 연구는 텍스트 읽기의 정교함, 현장 연구 불가능성으로 인한 불안감, 북한 문화 연구를 통한 남한 문화 연구의 상대화 가능성을 고려해야 한다. 남한의 연구자들에게 북한 원전 연구는 '마魔의 관문 통과하기'와 같다. 북한 원전의 확보라는 곤란함을 감내해야 하고, 북한 원전을 대면하면서 겪게 되는 난독의 경험을 인내해야 하며, 반향 없는 학문적 고립감과 더불어 북한에서 이뤄지는 미지의 반향에도 대응해야 한다. 비판적 북한 문화 연구는 북한을 향해 있는 듯이 보이지만, 사실 그것은 남한의 문화 연구를 상대화하는 경험으로 이어질 수밖에 없다. 북한 문화 연구를 해야 하는 학문적 당위의 토대는 남한 문화 연구에 대한 관심에서 출발하기 때문이다.

"확인하는 것만큼
강렬한 충격은 없다"

남한의 소설가 유영갑이 북한 이탈 주민에게 관심을 갖게 된 것은 2000년대 후반이다. 한 명을 만나니 곧이어 한 명을 더 만날 수 있게 되고, 그렇게 북한 이탈 주민의 연결망 속으로 들어갈 수 있었다. 북한 이탈 주민을 인터뷰하고 그들의 일상생활을 꼼꼼히 확인하며 취재했다. 유영갑 작가는 숱한 인터뷰 과정에서 "그들이 들려준 증언과 경험담에 큰 충격"을 받았다. 생생한 작품으로 써서 북녘의 현실을 그려보리라는 열의가 솟았다. 하지만 정작 소설을 쓰려고 하면 막막하기만 했다. 이렇게는 안 되겠다 싶어 혼자서 배낭을 메고 중국 연길로 떠난 것이 2012년이었다. 한 달여 동안 연변 조선족의 도움도 받고, 대범하게 혼자서 두만강 주변을 사진으로 찍고 그 정취를 마음에 담았다. 무장한 중국 국경 군인들에게 검문을 받으며 간첩행위로 체포될 위기를 맞기도 했다. 그렇게 해서 탄생한 소설집이 《강을 타는 사람들》[20]이다.

유영갑 작가는 2018년 10월 27일 나와 한 인터뷰에서 이런 말을 했다. "확인하는 것만큼 강렬한 충격은 없다." 뜨거운 창작 열의에 비해 차갑게 식어버리기만 하던 소설의 문장들이 2012년 두만강을 방문한 이후 생생하게 펄떡거리기 시작했다는 것이다. 현장은 그래서 중요하다. 유영갑의 소설은 1990년대 중후반 북한의 고난의 행군 시절을 촘촘하게 재현해낸 역사적 문학 텍스트가 됐다. 특히 작품 〈세상의 그늘〉은 북한의 일상 언어를 소설의 언어로 실감 있게 끌어당기고 있으며, 북한 이탈 주민의 결단이 '삶의 극한적 희망 찾기'임을 절실한 언어로 증언한다.

유영갑 작가의 경험은 북한 문화 연구에도 큰 시사점을 제공한다. 북한의 원전만 읽고 이뤄지는 북한 문화 연구는 '결여된 문화연구'일 수밖에 없다. 그렇기에 연구자의 위치가 중요하다. 보는 사람의 위치가 바로 그 사람의 정체성을 보여준다. 소설가 유영갑은 남한의 위치에서 북한을 그린다는 것의 곤란함을 소설 창작 과정에서 깊이 경험했고, 그리하여 그 경험을 두만강 유역을 여행하며 '제3의 위치 확인하기'로 해결한 것이다. 그는 북한 이탈 주민의 인터뷰를 통해 얻은 정보를, 두만강 유역 방문에서 실감을 획득해 소설 언어로 구체화했다.

이렇듯 남한의 북한 문화 연구자들은 '제3의 바라보는 위치'를 확보하지 못하면 언제든 정체성의 위기에 직면할 수밖에 없다. 북녘에 두고 온 친구인 선화, 윤미, 수정을 항상 그리워하는 모니카는 다음과 같이 이야기했다. "북쪽 사람들이 남쪽을 모르듯이 남쪽 사람들 역시 북쪽을 모르는 것은 마찬가지이다. 서로 알지 못하고 알아갈 기회도 차단된 상태에서 감정적인 거리만 점점 멀어지고 있는 셈이었다."[21] 그 중계자의 역할을 해야 하는 이들이 바로 남한의 북한 문화 연구자들이다.

남한에서 이뤄지는 북한 문화 연구는 '결여의 문화연구'라는 사실을 받아들여야 한다. '남한의 우월함'을 전제하거나 '북한의 열등함'을 규정하는 문화연구는 '20세기식 이데올로기 연구'로 국한되고 만다. 따라서 북한 문화 연구에서는 '역사주의적 맥락 읽기'가 중요하다. 남과 북을 포괄하는 보편성을 전제하기보다는, 역사주의적 맥락 읽기를 통해 개별성을 존중하는 방법론적 접근이 필요하다. 남과 북은 자본주의 체제와 사회주의 체제라는 20세기적 유산을 떠안고 있다. 따라서 두 체제의 대립에 국한되지 않는 비체제적 관점을 적극적으로 포용하고, 민중의 입장에서 이데올로기 비판을 할 수 있는 '상상력의 힘'이 요구된다.

앞서도 언급한 바 있듯이 '비체제 민중주의적 북한 문화 연구'는 ① 남북의 상호 차이를 존중하고 동일성의 이데올로기를 극복하는 것이며, ② 동시대 남한의 일상 문화와 북한의 생활 문화를 상대화함으로써 문화연구를 다원화하는 것이자, ③ 민중적 관점에서 체제를 비판적으로 바라보는 것이면서, ④ 남한 연구자의 관점과 북한 연구자의 관점을 '연관적 사유'를 통해 고찰하는 것을 지칭한다.[22] 남한 사회가 자본주의적 시장질서를 내면화한다면, 북한 사회는 사회주의 체제를 전제한다. 자본주의 체제와 사회주의 체제를 상호 관계 속에서 상대화한다면, 비체제적 관점을 지닌 민중의 모습을 구체화할 수 있다. '비체제 민중주의적 북한 문화 연구'는 궁극적으로 '체제 너머'를 모색하는 것이다. '비체제'는 미래의 가능성을 위해 '체제 바깥을 상상'한다는 열린 가능성을 의미한다.

남과 북의 민중은 국가기구의 관리 시스템에 순응하면서도 저항해 왔다. 그것이 사회주의 체제든 자본주의 체제든, 민중의 일상생활은 '비국가적 요소'를 지닌다. 비판적 문화연구가 체제 내에서 체제 바깥의 상상 가능성을 확장한다고 한다면, 남과 북의 문화연구는 모두 비체제적 상상력을 통한 '체제 너머'의 탐색이다.

주

제1부 아름다운 것과 정치적인 것 사이에서

01 김정은 시대의 북한 문학 읽기

1 리상현, 〈남조선 문학의 현 상태와 전망〉,《문학신문》1957년 12월 19일 자.

2 한흑구, 〈보리고개〉,《현대문학》제3권 9호, 현대문학사, 1957년 9월.

3 정한숙, 〈화전민〉,《신태양》제6권 10호, 신태양사, 1957년 10월.

4 서청송, 〈유봉동의 열여섯 집〉,《조선문학》2017년 제4호, 문학예술출판사.

5 김해룡, 〈서른두 송이의 해당화〉,《조선문학》2016년 제3호, 문학예술출판사.

6 서청송, 〈무지개〉,《조선문학》2014년 제7호, 문학예술출판사.

7 서청송, 〈영원할 나의 수업〉,《조선문학》2014년 제6호, 문학예술출판사.

8 정향심, 〈해당화를 향하여 철썩이는 파도…—단편소설 〈서른두 송이의 해당화〉를
읽고〉,《조선문학》2016년 제12호, 문학예술출판사, 69쪽.

9 김해룡, 〈서른두 송이의 해당화〉,《조선문학》2016년 제3호, 문학예술출판사, 44쪽.

10 리준호, 〈나의 소대원들〉,《조선문학》2016년 제6호, 문학예술출판사.

02 북한 민중의 삶, 사랑, 공동체와 개인

1 승재순·한철배·최광철, 〈자기 땅에 발을 붙이고 눈은 세계를 보라!〉,《로동신문》

2010년 9월 1일 자, 2면.

2 "자기 땅에 발을 붙이고 눈은 세계를 보라! 숭고한 정신과 풍부한 지식을 겸비한 선군혁명의 믿음직한 골간이 되라! 분발하고 또 분발하여 위대한 당, 김일성 조선을 세계가 우러러보게 하라! 2009. 12. 17. 김정일." (http://wingofwolf.tistory.com/492, 2020년 7월 1일 검색.)

3 이매뉴얼 월러스틴 저, 김재오 역, 《유럽적 보편주의 - 권력의 레토릭》, 창비, 2008, 9쪽.

4 위의 책, 55쪽.

5 수전 벅모스 저, 김성호 역, 《헤겔, 아이티, 보편사》, 문학동네, 2012, 6쪽.

6 위의 책, 164쪽.

7 영산대학교 장은주 교수는 "인권 이념의 보편성을 자연법적이고 추상적인 보편주의의 차원에서 이해할 것이 아니라, "다양한 문화권의 상호 이해와 인정에 기초하는 '보편화의 가능성'에 대한 규범적 기대와 관련"하여 이해해야 한다고 주장한다. 그런 의미에서 장은주의 다음과 같은 문제 제기는 타당하다. "북한 인권 문제는 단순한 정치적 문제이기 이전에 또한 철학적 문제이기도 하다. 그것은 무엇보다도 바로 보편타당성을 주장하는 인권의 언어가 지닌 규범적-도덕적 속성 때문이다. 예컨대 이런 질문들이 불가피하다. 미국은 무슨 권리로 또는 어떤 정당성이나 규범적 근거를 가지고 북한의 인권 문제를 제기하고 또 북한의 내정에 간섭하려 하는가? 또 우리나라는, 비록 같은 민족의 국가이긴 하지만 형식적으로는 엄연히 독립국가인 북한의 인권 문제에 대해 내정간섭 하거나 문제를 제기할 권리나 어떤 도덕적 의무를 가지고 있는가? 그리고 이런 종류의 질문들은 다시 좀 더 근본적인 수준에서 인권 이념이 지닌 보편성의 성격에 대해서 따져볼 것을 요구하는데, 바로 그와 같은 간섭의 정당성 근거로 제시된 것이 인권의 보편성이기 때문이다." (장은주, 〈인권의 보편성과 인도적 개입의 정당성〉, 《사회와 철학》 17, 사회와철학연구회, 2009, 285~287쪽.)

8 수전 벅모스는 '연결 통로'를 중시했는데, 그는 "사실이란 고정된 의미를 지닌 데이터로서가 아니라 우리를 계속해서 놀라게 할 수 있는 연결 통로로서 중요하다"라고 했다. 이는 해석의 중요성 혹은 다른 지평에 도달하려는 '연관적 사유'의 중요성을 강조하는 논의라고 할 수 있다. 그렇기에 "사실은 상상력을 얽매지 말고 오히려 불어넣어야 한다. 사실이 선행 결정된, 권위 있는 명제에 대한 증명으로 열거되는 가운데 확고한 지식이라는 허구에 포섭되지 않으면 않을수록 사실은 더 많은 진실을

드러낼 수 있다"라고도 했다. (수전 벅모스 저, 김성호 역, 《헤겔, 아이티, 보편사》, 문학동네, 2012, 30쪽.)

9 위의 책, 32쪽, 재인용.

10 남한에서 비교적 이른 시기인 1980년대 후반 북한 문학에 접근한 문학평론가 권영민은 '이념성과 집단성'을 강조했다. 이는 북한 문학을 특수태로 접근하는 일반적 관점을 대표한다. "북한의 문학이 지니고 있는 이념성과 집단성은 남한의 문학이 지켜온 관습과는 전혀 거리가 멀다. 비록 우리 민족의 언어로 이루어진 문학이라고 하더라도 그 내용적 가치의 이질성을 극복한다는 것은 쉬운 일이 아니다." (권영민 편, 《북한의 문학》, 을유문화사, 1989, 20쪽.)

11 김혜인, 〈가보〉, 《조선문학》 2010년 제1호, 문학예술출판사.

12 김순림, 〈당 정책적 요구에 맞게 형상의 대를 바로 세우자 – 올해 《조선문학》 잡지에 발표된 단편소설들을 읽고〉, 《조선문학》 2010년 제12호, 문학예술출판사, 77쪽.

13 김혜인, 〈아이 적 목소리〉, 《조선문학》 2012년 제1호, 문학예술출판사.

14 편집부의 말, 〈위대한 추억의 해 주체 101(2012)년을 보내며〉, 《조선문학》 2012년 제12호, 문학예술출판사, 77쪽.

15 최준희, 〈가보에 비낀 대조적인 성격 형상 – 단편소설 〈가보〉를 보고〉, 《조선문학》 2010년 제8호, 문학예술출판사, 56쪽.

16 김순림, 〈세부 형상과 회상 수법의 효과적 리용 – 단편소설 〈아이 적 목소리〉를 읽고〉, 《조선문학》 2012년 제10호, 문학예술출판사, 68쪽.

17 김혜인, 〈가보〉, 《조선문학》 2010년 제1호, 문학예술출판사, 51쪽.

18 '혜산 사건'은 1937년 9월부터 1938년 9월까지 일제의 관헌이 조국광복회 회원 188명을 기소한 대규모 조직사건이다. 김일성 부대가 1937년 6월 4일 보천보를 습격해 일제에 피해를 입히자, 이에 대한 보복으로 일제가 국내 항일운동 조직을 탄압한 것이다.

19 일리야 에렌부르끄 외 저, 김학수 외 역, 《문학과 이데올로기 – 현대 소련의 문학 이론》, 중앙일보사, 1990, 236~237쪽.

20 김철순, 〈인연〉, 《조선문학》 2013년 제12호, 문학예술출판사.

21 김철순, 〈꽃은 열매를 남긴다〉, 《조선문학》 2012년 제7호, 문학예술출판사.

22 오철훈, 〈흥하는 내 나라에 또 하나의 재부가 늘어났다〉, 《로동신문》 2013년 10월 5일 자, 1면.

23 정철호, 〈깊은 뿌리, 알찬 열매〉, 《조선문학》 2014년 제6호, 문학예술출판사, 71쪽.

24　'강선'이라는 정확한 지명은 이 소설에 등장하지 않는다. 그런데 이 작품이 언급된 〈위대한 추억의 해 주체 101(2012)년을 보내며〉에는 "강선 땅에서 〈꽃은 열매를 남긴다〉(김철순)"가 훌륭히 창작됐다고 나온다. 강선의 제강소는 '천리마제강련합기업소'를 지칭한다. (편집부의 말, 〈위대한 추억의 해 주체 101(2012)년을 보내며〉, 《조선문학》 2012년 제12호, 문학예술출판사, 77쪽.)

25　김정평, 〈애국적 열정으로 불타는 참신한 성격 형상 – 단편소설 〈꽃은 열매를 남긴다〉를 읽고〉, 《조선문학》 2013년 제1호, 문학예술출판사, 69쪽.

26　〈꽃은 열매를 남긴다〉에는 김정일과 김정은에 대한 헌사가 한 군데도 등장하지 않아 이채롭다. 이 소설에서는 '당의 사상'이나 '우리식'은 강조되지만 김정일이나 김정은의 실명은 직접적으로 언급되지 않는다.

27　주디스 버틀러 저, 양효실 역, 《불확실한 삶 – 애도와 폭력의 권력들》, 경성대학교출판부, 2008, 78쪽.

28　북한의 평론가 안성의 이 글은 1970년 김정일이 영화, 문학 작가들에게 "작가들은 아는 것이 많아야 좋은 작품을 쓸 수 있다"라고 말한 것에 대해 해설한 것이다. (안성, 〈작가들은 아는 것이 많아야 좋은 작품을 쓸 수 있다〉, 《조선문학》 2015년 제1호, 문학예술출판사, 22~23쪽.)

29　유홍준, 《나의 문화유산 답사기》, 창작과비평사, 1993, 18쪽.

30　서청송, 〈영원할 나의 수업〉, 《조선문학》 2014년 제6호, 문학예술출판사.

31　서청송, 〈무지개〉, 《조선문학》 2014년 제7호, 문학예술출판사.

32　최진혁, 〈무지개에 비낀 정서와 랑만〉, 《조선문학》 2015년 제6호, 문학예술출판사.

33　채미화·우상열, 〈김정은 시대의 문학예술 창작과 변화 양상〉, 《2015 세계 북한학술대회》, 2015 세계북한학대회학술대회 조직위원회, 2015.

34　장택동·조숭호, 〈북北 최고인민회의 "의무교육 12년으로 1년 확대"… 경제개혁 발표는 없었다〉, 《동아일보》 2012년 9월 26일 자, A3면.

35　서청송, 〈무지개〉, 《조선문학》 2014년 제7호, 문학예술출판사. 67쪽.

36　최진혁, 〈무지개에 비낀 정서와 랑만〉, 《조선문학》 2015년 제6호, 문학예술출판사, 57쪽.

37　수전 벅모스 저, 김성호 역, 《헤겔, 아이티, 보편사》, 문학동네, 2012, 41~42쪽.

38　김현미, 《글로벌 시대의 문화 번역》, 도서출판 또하나의문화, 2005, 48쪽.

03 '세계'와의 경쟁, '나'의 자기 혁신

1   조선로동당 제7차 대회, 〈전체 인민군 장병들과 청년들, 인민들에게 보내는 조선로
    동당 제7차 대회 호소문〉, 《로동신문》 2016년 5월 10일 자, 8면.

2   리봉찬, 〈우리 공화국은 불패의 정치사상적 위력을 지닌 사회주의 국가〉, 《김일성
    종합대학학보 철학》 제65권, 김일성종합대학출판사, 2019, 12쪽.

3   양성철, 〈혁명적 원칙을 견지하는 것은 사회주의의 운명과 관련되는 중요한 문제〉,
    《김일성종합대학학보 철학》 제65권, 김일성종합대학출판사, 2019, 43쪽.

4   손승모, 〈자력갱생은 번영의 보검〉, 《김일성종합대학학보 철학》 제65권, 김일성종
    합대학출판사, 2019, 8쪽.

5   리봉찬, 〈우리 공화국은 불패의 정치사상적 위력을 지닌 사회주의 국가〉, 《김일성
    종합대학학보 철학》 제65권, 김일성종합대학출판사, 2019, 12쪽.

6   김희성, 〈자력갱생, 간고분투는 혁명과 건설에서 모든 것을 자체의 힘으로 수행해
    나가는 혁명정신〉, 《철학, 사회정치학 연구》 2019년 제1호, 과학백과사전출판사,
    31쪽.

7   본사정치보도반, 〈조선로동당 중앙위원회 제7기 제4차 전원회의에 관한 보도〉,
    《로동신문》 2019년 4월 11일 자, 1면.

8   위의 글, 3면.

9   2019년에 북한이 예감하는 위기감의 강도는 높았다. 그 위기감은 양성철이 "우리
    가 눈앞의 경제적 난관과 적대 세력의 책동에 겁을 먹고 동요하거나 '유화' 정책에
    속아 넘어가 원칙을 조금이라도 양보하게 되면 우리의 사상, 우리의 제도를 지켜낼
    수 없으며, 그렇게 되면 우리 인민은 또다시 식민지 노예의 비참한 운명을 면할 수
    없다"라는 진술에서도 확인할 수 있다. (양성철, 〈혁명적 원칙을 견지하는 것은 사회주
    의의 운명과 관련되는 중요한 문제〉, 《김일성종합대학학보 철학》 제65권, 김일성종합대학출
    판사, 2019, 44쪽.)

10 조선로동당의 제7차 당대회 호소문은 정치언어, 약속의 언어로 채워져 있다. "지구
    관측 위성 '광명성-4'호의 성공적 발사"를 자긍심으로 제시하며, "과학기술 강국,
    경제 강국, 문명 강국 건설의 힘을 집중하여 사회주의 강성 국가 건설에서 하루빨
    리 최후의 승리를 이룩하기 위한 투쟁"을 촉구했다. (조선로동당 제7차 대회, 〈전체 인
    민군 장병들과 청년들, 인민들에게 보내는 조선로동당 제7차 대회 호소문〉, 《로동신문》 2016
    년 5월 10일 자, 8면.)

11 성균관대학교 김성수 교수는 북한 문학사를 대표하는 문예지《조선문학》의 역사를 다음과 같이 밝혔다. "지금 우리가 보고 있는 월간《조선문학》은 원래 북조선문학동맹의 기관지였던 분기간分期刊《조선문학朝鮮文學》(1947.9~12)의 뒤를 이어 1953년 10월 창간 후 2019년 현재까지 계속 간행된 조선작가동맹 중앙위원회 기관지다. 선행 논의 등 통시적 고찰을 통해 북한 문학을 대표하는 문예지《문화전선》,《조선문학朝鮮文學》,《문학예술》의 전사를 계승한 월간《조선문학》임을 확정할 수 있다. 조선문학예술총동맹('문예총') 기관지와 조선작가동맹 기관지의 이원적 간행이 이루어진 것이 실상이다. 즉 문예총 기관지로 분기간《문화전선》(1946.7~47.8) 창간 후, 주간《문화전선》(1948.2~50.8?)과 월간《문학예술》(1948.4~53.9)의 병존기가 있었고, 월간《조선예술》(1956.9~현재)이 뒤따랐다. 조선작가동맹 기관지로 1953년 10월 창간된 월간《조선문학》과 1956년 창간된 월간《청년문학》(1956.3~현재), 주간《문학신문》(1956.12~현재)이 있다. 그런데《청년문학》,《문학신문》은 1968년부터 20년 가까이 휴간되었다가 복간된 반면,《조선문학》은 2019년 12월 현재까지 결호 없이 간행되고 있다. 이러한 통시적 고찰을 통해 북한 문학을 대표하는 문예지는《문화전선》,《문학예술》의 전사를 계승한 월간《조선문학》임을 확정할 수 있다." (김성수,《미디어로 다시 보는 북한 문학》, 역락, 2020, 23쪽.)

12 이데올로기는 "사실적으로 또는 당연한 것으로 보이는 관념과 신념들을 합리적이고 상식적인 관찰의 결과로 향상시키"는 것이다. (스티븐 코헨·린다 샤이어스 저, 임병권·이호 역,《이야기하기의 이론》, 한나래, 1997, 188쪽.)

13 그래엄 터너 저, 김연종 역,《문화 연구 입문》, 한나래, 1995, 39쪽.

14 헤이즐 스미스 저, 김재오 역,《장마당과 선군정치》, 창비, 2017, 228~229쪽.

15 김옥순, 〈동창생〉,《조선문학》2018년 제12호, 문학예술출판사.

16 용어 해설, 〈공민적 의무〉,《조선녀성》2019년 제4호, 근로단체출판사, 21쪽.

17 김옥순, 〈동창생〉,《조선문학》2018년 제12호, 문학예술출판사, 64쪽.

18 '쌀실이'는 1996~1997년 북한 대외경제사업부가 주관했던 북한의 식량 구매와 판매 체계를 지칭한다. 탈북 여성학자인 최진이 박사는 쌀실이 과정을 다음과 같이 설명한다. "기관·기업소별 '쌀실이' 공정은 첫째, 기관·기업소 해당 일꾼은 단위 종업원 식량 공급 한정량에 해당한 수입 식량의 구매 대금(외화)과 지역 '량정국'의 식량 공급 지도서를 가지고 대외경제 결제 창구에 가서 쌀실이 전표를 뗀다. 둘째, 트럭 등 수송 수단과 하역 노동력 등을 자체 준비하여 쌀실이 전표가 지령하는 무역항이나 국경 지점으로 출장 및 이동 작업을 떠난다. 셋째, 해당 항(국경 지점)에 도

착하여 전표를 확인, 가져간 수송 수단에 지령분의 쌀실이를 하고 기관 소재지로 돌아와 종업원들에게 식량 공급을 한다. (단가는 배급 가격보다 훨씬 비싸나 시장 가격보다는 차액이 있다.) 끝으로, 자금(부자한테 융자하거나 기업 재산의 처분으로 준비) 회수 및 출장 경비 충당을 위하여 식량의 일부를 시장에 내다 판다." (최진이, 〈제4장 경제난 이후 북한 내부 변화〉, 이대우 편, 《탈북자와 함께 본 북한 사회》, 도서출판 오름, 2012, 151~152쪽.)

19 김희성, 〈자력갱생, 간고분투는 혁명과 건설에서 모든 것을 자체의 힘으로 수행해 나가는 혁명정신〉, 《철학, 사회정치학 연구》 2019년 제1호, 과학백과사전출판사, 31쪽.

20 〈조선로동당 창건 709돐 경축 전국 군중문학 작품 현상모집 심사 결과〉, 《청년문학》 2016년 제3호, 문학예술출판사, 61쪽.

21 김옥순, 〈세상에 부럼 없어라〉, 《청년문학》 2017년 제7호, 문학예술출판사, 26~35쪽.

22 조선민주주의인민공화국 국가우주개발국 보도, 〈지구 관측 위성 '광명성-4'호 성과적으로 발사〉, 《로동신문》 2016년 2월 8일 자, 2면.

23 김수길, 〈선군 조선의 불패의 위력 또다시 과시〉, 《로동신문》 2016년 2월 8일 자, 6면.

24 장철, 〈과학기술로 자강력의 튼튼한 토대를〉, 《로동신문》 2016년 2월 8일 자, 6면.

25 리광근, 〈경애하는 최고령도자 김정은 동지의 창조 방식은 세계를 앞서 나가는 창조 방식〉, 《철학, 사회정치학 연구》, 2019년 제2호, 과학백과사전출판사, 5쪽.

26 렴예성, 〈사랑하노라〉, 《조선문학》 2018년 제3호, 문학예술출판사.

27 위의 글, 46쪽.

28 김봉덕, 〈자강력은 백전백승의 기적을 안아오는 위대한 힘〉, 《김일성종합대학학보 철학》 제65권, 김일성종합대학출판사, 2019, 19쪽.

29 황호림, 〈우리 당이 밝힌 최첨단 돌파사상의 정당성〉, 《철학, 사회정치학 연구》 2019년 제1호, 과학백과사전출판사, 28쪽.

30 추금성, 〈경애하는 최고령도자 김정은 동지께서 밝히신 전체 인민이 높은 계급적 자존심을 지니고 경제 건설 대진군에서 새로운 비약과 혁신을 일으키도록 할 데 대한 사상의 본질〉, 《철학, 사회정치학 연구》 2019년 제1호, 과학백과사전출판사, 8쪽.

31 아르준 아파두라이 저, 차원현·채호석·배개화 역, 《고삐 풀린 현대성》, 현실문화연구, 2004, 281~282쪽.

32   우향숙, 〈위대한 수령 김일성 동지께서 자주의 기치 높이 민주주의 문제를 빛나게
      해결하신 불멸의 업적〉,《철학, 사회정치학 연구》2019년 제3호, 과학백과사전출판
      사, 6~7쪽.

33   우향숙, 〈인민대중은 당 정책 관철의 주체, 그 주인〉,《김일성종합대학학보 철학》
      제65권, 김일성종합대학출판사, 2019, 2쪽.

34   위의 글, 3쪽.

35   양성철, 〈혁명적 원칙을 견지하는 것은 사회주의의 운명과 관련되는 중요한 문제〉,
      《김일성종합대학학보 철학》제65권, 김일성종합대학출판사, 2019, 40쪽.

36   위의 글, 42쪽.

제2부 인민의 목소리를 찾아서

04 '고난의 행군' 이후 북한의 생태소설 읽기

1   림종상, 〈쇠찌르레기〉, 림종상 외,《쇠찌르레기》, 살림터, 1993.

2   경희대학교 오태호 교수는 이 작품에 대해 다음과 같은 비판적 논점을 제기했다.
     "북의 조류학자인 손자 창운에 의해 정리되고 있다는 점, 그리고 할아버지의 입장
     만을 전달하고 있다는 점에서 원병후 박사의 이야기는 상대적으로 축소되어 있다."
     (오태호, 〈남북한 소설에 나타난 생태학적 상상력 연구 - 호랑이와 새 이미지를 중심으로〉,
     《한국문학이론과 비평》52, 한국문학이론과 비평학회, 2011, 154쪽.)

3   이조연, 〈남북 공식 채널을 통한 첫 이산가족離散家族 소식, 원병오元炳旿 교수 부
     친父親 별세〉,《경향신문》1971년 11월 4일 자, 7면.

4   "메러디스 우-커밍스Meredith Woo Cumings는 2003년 논문에서 자연재해라는 주
     장이 체면을 세우기 위한 변명만은 아니고 어느 정도 신빙성이 있을 수도 있다고
     하면서, 한반도의 기후 조건 변화를 언급했다. 남한의 많은 기후학자들의 견해로는
     1990년대(그리고 다시 2000년대 초)에 북한이 겪은 대홍수는 남한의 전통적인 곡창
     지대에 걸쳐 있던 고온다습한 장마전선을 북쪽으로 밀어올린 지구온난화와 부분
     적으로 관련이 있다는 것이다. 우-커밍스의 보고서는 북한 농업 위기의 지구 생태
     학적 배경(이것은 물론 넓은 의미에서는 사람이 만든 위기다)과 이 위기의 또 하나의 세
     계사적 원인을 결합하고 있다. 이 두 가지 원인 모두 분명히 인간이 야기한 것이지
     만, 두 번째 것은 역사적으로 훨씬 최근이고 자연 생태적이라기보다 주로 정치적인

것이다."(권헌익·정병호,《극장국가 북한》, 창비, 2013, 239~240쪽.)

5 황철현, 〈푸른 숲〉,《청년문학》 2016년 제3호, 문학예술출판사.

6 북한은 1990년대부터 환경 문제에 대한 법적, 제도적 정비를 강화했다. 한국 산림청 산하의 국립산림과학원 임업연구관 박경석에 따르면, 북한은 1992년에 '산림법'을 제정했고, 1996년에는 국토환경보호부를, 1998년에는 국토환경보호성을 신설했다. 또한 1990년대 후반부터 '산림에 대한 엄격한 관리와 국가의 통일적 지도'가 강조됐다. (박경석, 〈북한의 황폐 산림 실상과 향후 대북 산림 복구 지원 방향〉,《북한경제리뷰》 16, 한국개발연구원, 2014, 3쪽.)

7 김창림, 〈생활의 선율〉,《조선문학》 2017년 제11호, 문학예술출판사.

8 일각에서는 1993년부터 1998년 사이에 대기근으로 100만 명이 사망했다고 주장한다. 고난의 행군이 미친 영향에 대해 영국 런던 SOAS 한국학연구센터 헤이즐 스미스 연구교수는 다음과 같이 언급한다. "계속되는 심각한 식량 부족과 국가의 무력함 앞에서 가구와 공동체는 자력갱생해야 할 처지가 되었다. 기근에서 살아남은 2100만 명은 자구책을 마련한 덕분이었다. 이런 자립적 활동은 북한 정권의 이데올로기에 의지하지 않은 채, 종종 정책적 반대에도 '아래로부터' 이뤄진 주도적 활동의 산물이었다. 이 같은 생존을 위한 주도적 활동에는 물물교환, 민간 소비·민간 거래용 식량과 물품 판매 및 생산 등이 포함되었다. 생존하기 위해 개인과 공동체는 '자생적'으로 시장화된 사회를 만들어냈다." (헤이즐 스미스 저, 김재오 역,《장마당과 선군정치》, 창비, 2017, 214쪽.)

9 J. R. 데자르댕 저, 김명식 역,《환경윤리》, 자작나무, 1999, 155쪽.

10 차승주, 〈북한의 환경 담론〉,《도덕윤리과교육》 49, 한국도덕윤리과교육학회, 2015, 120쪽.

11 김향순, 〈두 번째 작별〉,《조선문학》 2016년 제9호, 문학예술출판사.

12 임재학, 〈북한의 사회 통제력과 산림 황폐화〉,《사회과학 담론과 정책》 4, 경북대학교 사회과학연구원, 2011, 78쪽.

13 박성호, 〈출발의 아침〉,《조선문학》 2016년 제9호, 문학예술출판사.

14 '신소'란, 개인이나 집단의 권리와 이익에 대한 침해를 미리 막거나 또는 침해된 권리와 이익을 회복시켜주도록 당 및 국가기관, 기업소, 근로단체에 제기하는 인민의 요구를 말한다. 공화국 공민은 누구를 막론하고 정당한 이유와 근거가 있는 한 언제든지 어떤 문제에 대해서나 서면 또는 구두로 신소하면 그에 대하여 제때에 해결받을 권리를 갖고 있다고 한다.

15 조선로동당 중앙위원회 직속 당력사연구소 편,《김일성 저작 선집》6(1971년 2월
    ~1973년 10월), 조선로동당출판사, 1974, 276쪽.

16 송두율,《통일의 논리를 찾아서》, 한겨레신문사, 1995, 88쪽.

17 일본의 평론가 와타나베 교지渡邊京二는 '국가적 관리의 강화'로 인한 파국을 다음
    과 같이 진술했다. "국가의 설계·관리에 의한 삶의 문명화, 풍족화, 편의화, 안락화
    로 인해 잃어버린 것이 있다는 것도 사실이다. 즉 삶의 깊이 혹은 오묘한 내면성이
    라고 할 수 있는 것을 우리는 잃어버린 것이다. (중략) 자연과의 교섭의 축소·소실
    은 그러한 깊은 내면성의 소실의 중요한 요인이다." (와타나베 교지 저, 김종철 역, 〈원
    초적 정의감과 국가〉,《녹색평론》163, 녹색평론사, 2018, 146쪽.)

18 한은희, 〈새들이 날아들 때〉,《조선문학》2015년 제8호, 문학예술출판사.

19 아시아-인스티튜트 이사장인 이매뉴얼 패스트라이시Emanuel Pastreich는 북한의
    미래를 위해 "환상적이면서 동시에 완전히 비현실적이라고 여길지도 모르겠"지만
    '새로운 모델'을 제안해야 한다고 했다. 그는 북한의 경제·문화·정치 발전을 위한
    계획 수립의 과정, 천연자원, 에너지, 공공 기반 시설, 금융과 자본, 노동, 교통, 교육,
    농업까지 새로운 대안사회의 가능성을 검토하고 제안했다. (임마누엘 페스트라이쉬,
    〈제대로 된 북한 발전 계획〉,《녹색평론》161, 녹색평론사, 2018, 19~32쪽.)

05 북한에도 페미니즘 소설이 있을까

1   이 어구는 '선군시대'를 논의하면서 반복적으로 등장한다. 북한의 평론가 한정길은
    다음과 같이 이에 대해 설명한다. "오늘 우리 시대는 우리 군인들의 혁명적 군인 정
    신, 다시 말하여 수령 결사옹위 정신, 결사관철의 정신, 영웅적 희생정신을 닮아가
    는 선군시대이다. 오늘 혁명군들에 구현되고 있는 주체사상적 내용은 경애하는 장
    군님의 위대한 선군사상과 령도를 충성으로 받들어 나가는 우리 군인들과 인민들
    의 감정 정서로 되고 있으며 커다란 고무적 기치로 되고 있는 것이다." (한정길, 〈선
    군시대 혁명군가들에 구현된 사상예술적 특성〉,《조선예술》2004년 제12호, 56쪽.)

2   〈정론: 선군혁명 천만리 – 제1편 다박솔 언덕에서〉,《로동신문》2001년 12월 15일
    자.

3   정성장, 〈김정일 시대의 정치체제 특징 연구〉, 통일부 2003년도 정책 연구 과제,
    2003, 18쪽.

4   진희관, 〈북한에서 '선군'의 등장과 선군사상이 갖는 함의에 관한 연구〉,《국제정치

논총》48-1, 2008, 378쪽.

5 위의 글, 397쪽.

6 문학예술사전 편집집단 편,《문학예술사전》상, 과학백과사전종합출판사, 1988, 188~189쪽.

7 전상찬,〈선군시대 단편소설 문학에 형상된 주인공들의 성격적 특징〉,《조선어문》 2003년 제1호, 13쪽.

8 원광대학교 김재용 교수는 1990년대 북한의 여성소설을 중심으로 '여성 문제가 국가나 민족의 문제와 맺는 관계'를 분석했다. 그는 1990년대 북한 여성소설의 특징을 ① 슈퍼우먼 콤플렉스와 국가주의에 포획된 여성 의식, ② 민족 환원주의와 진정한 연대의 좌절, ③ 현모양처의 탈피와 여성적 정체성 찾기로 계열화했다. 특히 세 번째 경향에 주목하면서 "여성 정체성 찾기가 결코 민족이나 국가로 환원되지 않는다는 점"에 주목했다. 이는 1990년대 초 북한 소설에서 여성 문제가 상대적으로 자율성을 지닌 영역에서 논의되고 있었음을 징후적으로 보여준다는 의미를 내포한다. (김재용,〈북한 문학에서의 여성과 민족 그리고 국가〉,《분단 구조와 북한 문학》, 소명출판, 2000, 250~259쪽.)

9 김현숙,〈북한 문학에 나타난 여성 인물 형상화의 의미〉,《여성학논집》11, 1995, 189쪽.

10 이주미,〈북한 문학을 통해 본 여성 해방의 이상과 실제〉,《한민족문화연구》8, 2001, 43쪽.

11 최영석,〈여성 해방과 국가적 기획 - 북한 문학에서의 여성 재현〉,《현대문학의 연구》23, 2004, 316쪽.

12 이상경,〈북한 여성 작가의 작품에 나타난 여성 정체성에 대한 연구〉,《여성문학연구》17, 2007, 379쪽.

13 임옥규,〈'고난의 행군' 이후 북한 문학에 나타난 여성·모성·조국애 양상 -《조선문학》(1997~2006)을 중심으로〉,《여성문학연구》18, 2007, 362쪽.

14 리창유,〈선군시대의 요구와 작가의 탐구 정신 - 지난해 하반년도《조선문학》잡지에 실린 단편소설들을 두고〉,《조선문학》2008년 제3호, 문학예술출판사, 22쪽.

15 한수은,〈형상의 논리와 진실성〉,《조선어문》2000년 제1호, 13쪽.

16 북한의 문학평론가 전이련은 선군시대 여성의 역할에 대해 다음과 같이 언급한다. "우리 녀성들은 경애하는 장군님의 선군 혁명 로선을 높이 받들고 녀성 군인으로서 총대를 직접 틀어쥐고 조국 보위 초소에 서 있으며 총 잡은 군인의 영원한 길동무-

녀성 혁명가의 영예를 빛내이며 남편과 한 전호가에서, 그리고 병사들의 다심한 친
어머니, 친누이가 된 심정으로 그들을 물심 량면으로 원호하면서 선군시대의 참다
운 생활을 창조해가고 있다."(전이련,〈선군시대 녀성들의 생활을 반영한 가사문학의 사
상주제적 특성〉,《조선어문》2003년 제1호, 15쪽.)

17 정희진,《페미니즘의 도전》, 교양인, 2006, 246~247쪽.

18 조인영,〈한 녀인에 대한 추억〉,《조선문학》2005년 제9호, 문학예술출판사.

19 위의 글, 41쪽.

20 김성희,〈룡산의 메아리〉,《조선문학》2001년 제5호, 문학예술출판사.

21 조인영,〈한 녀인에 대한 추억〉,《조선문학》2005년 제9호, 문학예술출판사, 43쪽.

22 민족주의와 사회 통합의 관계를, 미국의 역사학자 조지 모스George Mossee는 다
음과 같이 표현했다. "모든 국민을 아우른다고 주장함으로써 민족주의는 고결함이
광범위한 합의를 얻어내는 것을 도왔던 것이다. 이제 민족주의라는 새로운 종교는
계급과 상관없이 사생활을 인정하고, 거기에 의미를 부여할 것을 약속했다. 경제적
위계와 사회적인 위계는 계속해서 유지되고 더욱 강화되었지만, 모든 사람들은 새
로운 국가의 성원이라는 동등한 지위를 부여받았다. 아무리 비천하고 가난한 자라
고 할지라도 말이다."(조지 L. 모스 저, 서강여성문학연구회 역,《내셔널리즘과 섹슈얼리
티》, 소명출판, 2004, 315쪽.)

23 윤경찬,〈넓어지는 땅〉,《조선문학》2001년 제10호, 문학예술출판사.

24 위의 글, 48쪽.

25 위의 글, 51쪽.

26 변창률,〈영근 이삭〉,《조선문학》2004년 제1호, 문학예술출판사.

27 김재용,〈7·1 신경제 관리 체제 이후의 북의 문학〉,《실천문학》2005년 가을호, 148
쪽.

28 윤경찬,〈넓어지는 땅〉,《조선문학》2001년 제10호, 문학예술출판사, 52쪽.

29 위의 글, 48쪽.

30 제프리 윅스 저, 서동진·채규형 역,《섹슈얼리티 – 성의 정치》, 현실문화연구, 1999,
173쪽.

31 김명익,〈백로 떼 날아든다〉,《조선문학》2005년 제8호, 문학예술출판사.

32 여성의 주체적 위치가 대지와의 교감을 통해 형성되는 독특한 소설이 김형수의
〈정향꽃〉이다. 이 작품은 쌍둥이 엄마 애숙의 농사일에 대한 애정이 대지에 대한
사랑으로 이어지는 과정을 낭만적으로 서술한다. 여성과 대지를 동화시킴으로써

'민족주의적 낭만성'을 독특한 문체로 표현하고 있어 주목할 만하다. (김형수,〈정향
꽃〉,《조선문학》2006년 제4호, 문학예술출판사.)

33 일본의 페미니스트 여성학자 우에노 지즈코上野千鶴子는 '국민국가와 젠더'에 관
해 흥미로운 언급을 한다. "이것은 '국민화'와 '젠더'의 '경계의 정의'를 둘러싼 물음,
즉 '국민'이 남성성을 모델로 정의되었을 때 '총동원 체제'와 '성별 영역 지정'의 딜
레마를 어떻게 해결할 것인가를 둘러싼 두 가지 방법의 해결 가능성을 암시한다.
결론부터 이야기하자면 '참가형integration'과 '분리형segregation'이라고 해도 좋
을 것이다. 오해가 없도록 말해두면 양쪽 다 '2류 시민'이라는 한정된 틀 안에서 진
행되었다는 것은 말할 필요도 없다." (우에노 지즈코 저, 이선이 역,《내셔널리즘과 젠
더》, 박종철출판사, 1999, 25쪽.)

34 김영선,〈불길〉,《조선문학》2005년 제5호, 문학예술출판사.

35 위의 글, 33쪽.

36 박경철,〈이 땅은 넓다〉,《조선문학》2008년 제10호, 문학예술출판사.

37 김정웅,〈선군혁명문학에서 주인공 문제〉,《조선어문》2004년 제3호, 8쪽.

38 김기옥 외,《북한 여성들은 어떻게 살고 있을까》, 대동, 1997, 18~19쪽.

06 '사실'과 '허구' 사이에서 진실 찾기, 북한의 실화문학 읽기

1 〈조선민주주의인민공화국 창건 65돐 기념 전국문학축전 조직 요강〉,《조선문학》
2012년 제11호, 문학예술출판사, 37쪽.

2 김성수,〈김정은 시대 초의 북한 문학 동향 – 2010~2012년《조선문학》·《문학신문》
을 중심으로〉, 남북문학예술연구회,《3대 세습과 청년 지도자의 발걸음 – 김정은
시대의 북한 문학예술》, 도서출판 경진, 2014, 16쪽.

3 오태호,〈김정은 시대, 북한 단편소설의 향방 – '김정일 애국주의'의 추구와 '최첨단
시대'의 돌파〉, 남북문학예술연구회,《3대 세습과 청년 지도자의 발걸음 – 김정은
시대의 북한 문학예술》, 도서출판 경진, 2014, 182쪽.

4 《조선문학》2009년 제11호에 실린 〈조선로동당 창건 65돐 기념 전국문학축전 조
직 요강〉과《조선문학》2012년 제11호에 실린 〈조선민주주의인민공화국 창건 65
돐 기념 전국문학축전 조직 요강〉을 비교하면 흥미롭다. 2009년 제11호에는 전국
문학축전의 주제를 다음과 같이 제시했다. "△우리 당을 로숙하고 세련된 백전백승
의 강철의 당으로 강화 발전시키시고 우리나라를 자주, 자립, 자위의 사회주의 강

국으로 빛내여주신 어버이 수령님과 경애하는 장군님의 위대성과 불멸의 선군 령도 업적을 주제로 한 작품, △우리 혁명의 만년 초석인 영광스러운 혁명 전통과 혁명 교양, 계급교양을 주제로 한 작품, △우리 당의 현명한 령도 밑에 강성 대국 건설과 사회주의 수호전에서 수령 결사옹위 정신, 결사관철의 정신을 높이 발휘하여 세인을 놀래우는 기적과 혁신을 창조하고 있는 우리 군대와 인민의 투쟁을 주제로 한 작품, △우리 당의 믿음직한 후비대인 청년들의 보람찬 투쟁과 생활을 주제로 한 작품, △6·15북남공동선언이 밝힌 '우리 민족끼리'의 리념 밑에 조국통일 위업을 위해 떨쳐나선 북과 남, 해외 동포들의 투쟁을 주제로 한 작품."

그런데 2012년 제11호에 이르러서는 전국문학축전의 주제가 다음과 같이 바뀌었다. "△영광스러운 조국 – 조선민주주의인민공화국을 창건하시고 령도하시여 우리나라를 자주, 자립, 자위의 사회주의 강국으로 전변시키신 백두산 3대 장군의 위대한 혁명 력사와 불멸의 혁명 업적을 주제로 한 작품, △우리 조국과 인민의 운명이신 경애하는 김정은 동지의 탁월한 령도와 숭고한 위인상을 형상한 작품, △우리 혁명의 만년 초석인 영광스러운 혁명 전통을 주제로 한 작품, △경애하는 김정은 동지의 선군 혁명 령도를 높이 받들고 김정일 애국주의를 구현하여 부강 조국 건설과 최첨단 돌파전에서 승리를 떨치며 세계를 향하여 돌진해 나가는 우리 인민의 투쟁과 생활을 반영한 현실 주제의 작품, △우리 혁명의 주력군인 인민군대의 영웅적 투쟁 모습과 군민 대단결의 아름다운 미풍, 청소년들의 보람찬 투쟁과 생활을 주제로 한 작품, △계급교양, 조국통일 주제, 력사 주제의 작품 등." 눈에 띄는 것은 선군의 형상화와 6·15를 다룬 작품의 비중이 상대적으로 낮아진 것과 '인민의 투쟁과 생활을 반영한 현실 주제'가 강조된 점이다. 이러한 주제의 변화는 당의 정책 변화와 깊은 관련이 있다. 2012년 4월 김정은 국방위원장 취임 이후 '인민 생활'이 지속적으로 강조되고 있음을 확인할 수 있다.

5 마성은은 리금철의 과학환상소설을 연구했고, 서동수는 지속적으로 북한의 과학환상문학에 대한 연구 성과를 발표하고 있다.

마성은, 〈리금철의 과학환상소설에 관한 고찰 –《아동문학》에 수록된 작품들을 중심으로〉,《아동청소년문학연구》6, 한국아동청소년문학학회, 2010.

서동수, 〈북한 과학환상소설에 나타난 사회주의 낙원과 역사적 조건들〉,《동화와번역》19, 건국대학교 동화와번역연구소, 2010; 서동수, 〈북한 과학소설에 나타난 무오류주의와 수령의 재현 방식〉,《동화와번역》23, 건국대학교 동화와번역연구소, 2012; 서동수, 〈북한 과학환상문학의 형성과 소련의 역할〉,《아동청소년문학연구》

13, 한국아동청소년문학학회, 2013; 서동수, 〈북한 과학환상문학에 나타난 과학의 현장성과 소련의 영향〉, 《우리어문연구》 51, 우리어문학회, 2015.

6 소설 창작 원리와 관련해 김정일의 다음과 같은 지적이 주로 인용되곤 한다. "주인공이 지닌 남다른 성격을 발견하지 못한 작가는 붓을 들 권리가 없다. 작가는 매 작품에서 자기가 발견한 몫이라고 당당히 말할 수 있는 새로운 성격을 들고 나와야 한다." (정철호, 〈깊은 뿌리, 알찬 열매〉, 《조선문학》 2014년 제6호, 문학예술출판사, 71쪽.)

7 내가 제시하는 민중성 혹은 민중주의적 관점은 조경달의 논의를 참고한 것이다. 조경달은 민중의 자치적이면서도 비체제적 성격에 주목했다. 그는 민중적 삶의 원리는 체제와 공존하면서도 체제 내적이지만은 않은 방식으로 작동한다고 보았다. 그러면서도 유토피아적 지향을 갖고 현실 비판적 성격을 내장한다고 했다.
"농민전쟁 당시 이단 동학에 의해 무장되어 있었다고 하더라도 일반 민중의 사士 의식은 아직 정치 주체 의식을 갖추지 못한 것이었다고 말할 수 있다. 즉 민중의 지향은 유토피아 건설에만 그쳤다. 그것은 국가의 운명보다 자기의 생활상의 염원을 우선하고, 국왕 환상을 갖고 있기는 해도 근왕 정신은 박약했다는 것을 의미하며, 내셔널리즘으로서의 시원적인 수준이었다고 할 수 있다. 민중의 염원이 너무나 유토피아적이었기 때문에 국가·국왕의 운명과 자기의 운명이 반드시 일치하는 것은 아니었다. 어니스트 겔너Ernest Gellner는 '내셔널리즘이란 무엇보다도 정치적 단위와 민족적 단위가 일치해야 한다고 주장하는 하나의 정치적 원리이다'라고 명쾌하게 정의하고 있다. 이 정의에 따르면, 조선 민중은 자기 존재를 민족으로서 강고하게 자각할 수 없었기 때문에 국가·국왕=정치적 단위와 자기의 운명을 불가분의 것이라고는 생각하지 않았다고 할 수 있다. 뒤에 전봉준이 '동학당 60만 중에 참으로 생사를 같이하고자 서약한 자는 겨우 4천 명뿐'이라고 말한 이유다. 사실 전봉준 등 지도층은 정치 주체 의식을 내면화한 사士 의식을 갖고 있었지만, 그들로서도 근왕 사상과 표리 관계에 있는 우민관에서 벗어나 있었던 것은 아니다. 그런 의미에서 그들의 내셔널리즘은 정치력의 국민적 침투=확대를 경시하고, 국가(국왕)적 응집=집중만을 도모하는 전기성前期性을 띠고 있었다. 반면 민중의 내셔널리즘은 그러한 차원과는 달리 국가적 위기의식은 그다지 강하지 않았던 것이다." (조경달 저, 허영란 역, 《민중과 유토피아》, 역사비평사, 2009, 121쪽.)

8 사회과학원 문학연구소, 《문학예술사전》 1, 과학백과사전종합출판사, 1972, 568쪽.

9 '징후적 독해'는 알튀세르의 방법론을 끌어들인 것이다. 독일 빌레펠트대학교 교수 클라우스-미하엘 보그달Klaus-Michael Bogdal은 알튀세르의 방법론을 해설하면

서 "텍스트의 언어 속에 (또는 역사의 사건들 속에) 감추어져 있는 새로운 지식―구조주의의 용어로 말하면, 구조적으로 눈에 보이지 않는 것의 실재―을 생산하는 것"이 징후적 독해의 목표라고 했다. 또한 '빈자리들을 보이게 하는 것'이고, '주어진 대상의 명증성을 부정하고, 그 대상을 (새로운) 인식 대상의 부분으로 구성'하는 것이라고 설명했다. (〈징후적 독해와 역사적 기능 분석 - 루이 알튀세르〉, 클라우스-미하엘 보그달 편저, 문학이론연구회 역, 《새로운 문학 이론의 흐름》, 문학과지성사, 1994, 114쪽.)

10 조선중앙통신사 편집부, 《조선중앙연감 - 1950년판》, 조선중앙통신사, 1950, 353쪽.

11 사회과학원, 《문학대사전》 3, 사회과학출판사, 1999, 243쪽.

12 북한의 《광명백과사전》은 '실화소설'이라는 개념을 설명한다. (조선백과사전편찬위원회, 《광명백과사전 6 문학예술》, 백과사전출판사, 2008, 55쪽.)

13 사회과학원 주체문학연구소, 《문학예술사전》 중, 과학백과사전종합출판사, 1991, 351쪽.

14 조선백과사전편찬위원회, 《광명백과사전 6 문학예술》, 백과사전출판사, 2008, 55쪽.

15 클라우스-미하엘 보그달 편저, 문학이론연구회 역, 《새로운 문학 이론의 흐름》, 문학과지성사, 1994, 127쪽.

16 정철학, 〈불타는 노을(실화문학)〉, 《조선문학》 2009년 제1호, 문학예술출판사; 김진경, 〈청춘시절과의 약속(실화문학)〉, 《조선문학》 2009년 제8호, 문학예술출판사; 변영옥, 〈그는 군관의 딸이었다(실화문학)〉, 《조선문학》 2009년 제9호, 문학예술출판사.

17 리기창, 〈돌물을 끓이는 마음(실화문학)〉, 《조선문학》 2010년 제8호, 문학예술출판사; 박성보, 〈푸른 거목(실화문학)〉, 《조선문학》 2010년 제9호, 문학예술출판사.

18 김경일, 〈심장은 사랑으로 뜨겁다(실화문학)〉, 《조선문학》 2011년 제11호, 문학예술출판사; 한철순, 〈우리 비서 아바이(실화문학)〉, 《조선문학》 2011년 제12호, 문학예술출판사.

19 전충일, 〈재부〉, 《조선문학》 2012년 제8호, 문학예술출판사; 한철순, 〈보석은 땅속 깊이(실화문학)〉, 《조선문학》 2012년 제11호, 문학예술출판사.

20 오광천, 〈사랑을 안고 살라(실화문학)〉, 《조선문학》 2013년 제1호, 문학예술출판사; 홍남수, 〈새 령마루(실화문학)〉, 《조선문학》 2013년 제2호, 문학예술출판사; 배경휘,

〈정든 일터(실화문학)〉,《조선문학》2013년 제3호, 문학예술출판사; 리룡운, 〈가꾸어가는 마음들(실화문학)〉,《조선문학》2013년 제6호, 문학예술출판사; 홍남수, 〈뒤돌아본 어제(실화문학)〉,《조선문학》2013년 제10호, 문학예술출판사; 리성식, 〈사랑의 대지(실화문학)〉,《조선문학》2013년 제11호, 문학예술출판사; 엄성영, 〈그리움에 사는 사람들(실화문학)〉,《조선문학》2013년 제12호, 문학예술출판사.

21 리룡운, 〈초석(실화문학)〉,《조선문학》2014년 제1호, 문학예술출판사; 리경명, 〈여름밤의 이야기(실화문학)〉,《조선문학》2014년 제2호, 문학예술출판사; 홍남수, 〈높은 봉우리에로(실화문학)〉,《조선문학》2014년 제4호, 문학예술출판사; 박경원, 〈땅속 물은 얼지 않는다(실화문학)〉,《조선문학》2014년 제5호, 문학예술출판사; 변영옥, 〈샘 줄기는 어디에(실화문학)〉,《조선문학》2014년 제8호, 문학예술출판사; 리성식, 〈필요한 사람(실화문학)〉,《조선문학》2014년 제11호, 문학예술출판사.

22 리룡운, 〈우리는 얼마나 자랐는가(실화문학)〉,《조선문학》2015년 제4호, 문학예술출판사; 송재환, 〈인생의 숙제(실화문학)〉,《조선문학》2015년 제8호, 문학예술출판사; 오광천, 〈자신을 믿으라(실화문학)〉,《조선문학》2015년 제9호, 문학예술출판사; 안명국, 〈정에 대한 이야기(실화문학)〉,《조선문학》2015년 제11호, 문학예술출판사; 박경원, 〈경쟁도표(실화문학)〉,《조선문학》2015년 제12호, 문학예술출판사.

23 진경순, 〈13호 위생렬차(실화문학)〉,《조선문학》2016년 제2호, 문학예술출판사; 홍남수, 〈한 겨울에 대한 이야기(실화문학)〉,《조선문학》2016년 제3호, 문학예술출판사; 윤상근, 〈멋있는 사람(실화문학)〉,《조선문학》2016년 제4호, 문학예술출판사; 송재환, 〈운명을 걸고(실화문학)〉,《조선문학》2016년 제5~6호, 문학예술출판사; 안명국, 〈사랑을 바치라(실화문학)〉,《조선문학》2016년 제6호, 문학예술출판사; 한철순, 〈가을을 안아오는 사람들(실화문학)〉,《조선문학》2016년 제9호, 문학예술출판사; 전경민, 〈위촉장(실화문학)〉,《조선문학》2016년 제11호, 문학예술출판사; 홍남수, 〈함께 가는 길(실화문학)〉,《조선문학》2016년 제12호, 문학예술출판사.

24 정광수, 〈파도를 길들이다(실화문학)〉,《조선문학》2017년 제1호, 문학예술출판사; 김홍균, 〈행복한 사람들(실화문학)〉,《조선문학》2017년 제2호, 문학예술출판사; 홍남수, 〈나래(실화문학)〉,《조선문학》2017년 제3호, 문학예술출판사; 김인순, 〈일군(실화문학)〉,《조선문학》2017년 제4호, 문학예술출판사; 한철순, 〈자기를 강하게 하라(실화)〉,《조선문학》2017년 제5호, 문학예술출판사; 안명국, 〈오늘과 내일(실화소설)〉,《조선문학》2017년 제9호, 문학예술출판사; 홍남수, 〈뿌리(실화)〉,《조선문학》2017년 제9호, 문학예술출판사; 리명호, 〈래일을 위한 삶(실화소설)〉,《조선문학》

2017년 제10호, 문학예술출판사; 오광천, 〈영구동발(실화)〉, 《조선문학》 2017년 제 10호, 문학예술출판사; 김혜영, 〈사랑의 열매(실화소설)〉, 《조선문학》 2017년 제12 호, 문학예술출판사; 김상현, 〈하나의 소원(실화)〉, 《조선문학》 2017년 제12호, 문학 예술출판사.

25 박경원, 〈하얀 비둘기(실화소설)〉, 《조선문학》 2018년 제3호, 문학예술출판사; 홍남 수, 〈래일을 안고 사는 사람(실화)〉, 《조선문학》 2018년 제4호, 문학예술출판사; 한 철규, 〈길을 열라(실화)〉, 《조선문학》 2018년 제5호, 문학예술출판사; 한철순, 〈풍성 한 바다(단편실화소설)〉, 《조선문학》 2018년 제7호, 문학예술출판사; 정철, 〈너는 이 길 것이다(단편실화소설)〉, 《조선문학》 2018년 제11호, 문학예술출판사.

26 안명국, 〈대지의 매력(단편실화소설)〉, 《조선문학》 2019년 제4호, 문학예술출판사; 홍남수, 〈영원한 병사(실화)〉, 《조선문학》 2019년 제4호, 문학예술출판사; 오광천, 〈생의 메아리(단편실화소설)〉, 《조선문학》 2019년 제9호, 문학예술출판사; 박성진, 〈열매가지(단편실화소설)〉, 《조선문학》 2019년 제12호, 문학예술출판사.

27 한철순, 〈보석은 땅속 깊이(실화문학)〉, 《조선문학》 2012년 제11호, 문학예술출판 사.

28 박태선은 공화국 영웅 칭호를 받은 실존 인물이다. 그의 행적은 《천리마》 2012년 제5호에서 〈혁명적 군인 정신의 발현이였다〉라는 기사로 사실적으로 기술되어 있 다. (〈혁명적 군인 정신의 발현이였다〉, 《천리마》 2012년 제5호, 천리마사.)

29 오창은, 〈김정일 사후 북한 소설에 나타난 '통치와 안전'의 작동 – 인민의 자기 통치 를 위한 기억과 재현의 정치〉, 《통일인문학》 57, 건국대학교 인문학연구원, 2014, 303쪽.

30 리성식, 〈필요한 사람(실화문학)〉, 《조선문학》 2014년 제11호, 문학예술출판사.

31 위의 글, 58쪽.

32 위의 글, 64쪽.

33 리룡운, 〈초석(실화문학)〉, 《조선문학》 2014년 제1호, 문학예술출판사.

34 위의 글, 63쪽.

35 위의 글, 62쪽.

36 위의 글, 68쪽.

37 최현묵, 〈평양에 우상화·위락시설 짓는 데 10억 달러 평평〉, 《조선일보》 2012년 12 월 15일 자, A5면.

38 자크 랑시에르 저, 양창렬 역, 《정치적인 것의 가장자리에서》, 도서출판 길, 2013,

147쪽.

39 전충일, 〈재부〉, 《조선문학》 2012년 제8호, 문학예술출판사.

40 〈위대한 수령 김일성 동지의 탄생 100돐 경축 전국문학축전 입선 결과〉, 《조선문학》 2012년 제6호, 문학예술출판사, 63쪽.

41 통일부, 〈北, '희천발전소는 강성 대국 건설의 최전선' 강조〉, 《월간 북한 동향》, 2010년 4월, 통일부, 17쪽.

42 함정남, 〈꽃은 피여날수록 아름답다〉, 《조선문학》 2013년 제3호, 문학예술출판사, 61쪽.

43 전충일의 소설 〈재부〉에는 김윤일이 '초기복무사관'이라고 명시되어 있지 않다. 그런데 이 작품을 평한 함정남은 "작품의 주인공—'나'(최영희)는 희천발전소 건설에 참가한 초기복무사관의 안해(아내)이다"라고 기술했다. 함정남은 '초기복무사관'이나 '평양산원'과 같이 소설 속에 등장하지 않는 정보를 적극적으로 제공한다. 이러한 적극적인 해석은 함정남이 〈재부〉를 실화문학으로 보고 논평을 행하기 때문에 가능한 것으로 추론할 수 있다. (위의 글, 61쪽.)

44 전충일, 〈재부〉, 《조선문학》 2012년 제8호, 문학예술출판사, 55쪽.

45 위의 글, 61쪽.

46 위의 글, 54쪽.

47 H. 포터 애벗 저, 우찬제·이소연·박상익·공성수 역, 《서사학 강의》, 문학과지성사, 2010, 276쪽.

48 한철순, 〈보석은 땅속 깊이(실화문학)〉, 《조선문학》 2012년 제11호, 문학예술출판사, 36쪽.

49 리룡운, 〈초석(실화문학)〉, 《조선문학》 2014년 제1호, 문학예술출판사, 68쪽.

50 전충일, 〈재부〉, 《조선문학》 2012년 제8호, 문학예술출판사, 52쪽.

07 애도의 문학, 기억의 정치

1 〈위대한 령도자 김정일 동지의 서거에 즈음하여 – 전체 당원들과 인민군 장병들과 인민들에게 고함〉, 《조선문학》 2012년 제1호, 문학예술출판사, 1쪽.

2 김일성, 《김일성 저작집》 37 (1982년 1월~1983년 5월), 조선로동당출판사, 1992, 192쪽.

3 "인민대중의 자주성을 옹호하고 실현하기 위한 조직적인 투쟁. ‖ 사회주의~. ‖

사상, 기술, 문화의 3대 혁명을 힘 있게 다그치는 것은 사회주의, 공산주의 건설의 근본 방도이다. / 계급투쟁과 사상투쟁이 없이는 혁명을 할 수 없다. [革命] 혁명하다 [동] (자, 타) ‖ 혁명하는 나라. 혁명하는 인민. │ 혁명하는 사람에게 있어서 학습은 첫째가는 의무이다."(《조선말 대사전》2, 사회과학출판사, 1992, 944쪽.)

4   "① 급격한 변혁. 어떤 상태가 급격하게 발전, 변동하는 일. ② 이전의 왕통을 뒤집고 다른 왕통이 대신하여 통치자가 되는 일. ③ 비합법적인 수단으로 국체國體·정체를 변혁하는 일. ④ 종래의 권위·방식을 단번에 뒤집어엎는 일." (이희승 감수, 《국어사전》, 민중서관, 1987, 2104쪽.)

5   미셸 푸코 저, 오트르망 역, 《안전, 영토, 인구》, 난장, 2011, 162~163쪽.

6   위의 책, 163쪽.

7   와다 하루키 저, 서동만 역, 《북조선 - 유격대 국가에서 정규군 국가로》, 돌베개, 2002.

8   권헌익·정병호, 《극장국가 북한》, 창비, 2013.

9   통일연구원의 이지순 교수는 김정은의 이미지화와 관련해 '발걸음 이미지'에 주목했다. 이지순은 "발걸음 이미지는 김정은의 상징으로 집중되는 동시에 혁명 혈통, 후계의 정당성을 내포하는 이미지로 확장되는 양상"을 보인다고 했다. (이지순, 〈김정은 시대 북한 시의 이미지 양상〉, 《현대북한연구》16-1, 북한대학원대학교 북한미시연구소, 2013, 272쪽.) 그리고 가천대학교 이상숙 교수는 '발걸음'과 더불어 '청년, 아이' 이미지와 김정은의 형상화를 연관해 논의했다. 이상숙은 "직책을 만들어 초직제적 위치를 부여하는 것은 행정적 전략일 것이며, 김일성·김정일의 혈연관계를 강조하는 것은 전근대적 세습이라는 허점을 돌파하는 정치적 전략이며, 활기찬 '청년'의 이미지로 형상화하는 것은 문학예술적 전략일 것"이라고 했다. (이상숙, 〈김정은 시대의 출발과 북한 시의 추이〉, 《한국시학연구》 38, 한국시학회, 2013, 197쪽.)

10   편집부, 《영원히 함께 계셔요》, 금성청년출판사, 2012.

11   북한 금성청년출판사는 2012년 7월 '위대한 령도자 김정일 동지의 서거에 즈음하여'라는 부제를 달고 《영원히 함께 계셔요》와 《영원한 우리 아버지》를 간행했다. 《영원한 우리 아버지》는 학생과 청소년의 김정일 추모 관련 서정시, 동요, 동시, 가사, 동시초, 수필, 단상, 일기, 작품, 편지를 엮은 작품집이다. 이 작품집에는 김일성종합대학교 학생에서 평양간마을소학교 학생의 작품에 이르기까지 다양한 연령층의 북한 각지 학생들의 글이 수록되어 있다. 《영원히 함께 계셔요》는 작가들의 동요, 동시, 가사, 서정서사시, 장시, 예술산문, 단편소설, 실화소설이 수록되어 있다.

김정일 사망 당시의 실제 상황을 진술하는 예술산문과 실화소설 등은 중요한 참조점을 제공해준다.

12 김하늘, 〈영원한 품〉, 《조선문학》 2012년 제3호, 문학예술출판사, 30쪽.

13 김하늘의 〈영원한 품〉은 남한의 다수 연구자들이 2012년의 주목할 만한 소설 작품으로 거론한다. 성균관대학교 김성수 교수는 〈영원한 품〉에 대해 "김정은을 인민에게 친숙한 지도자로 보이게 하는 원래 에피소드가 존재하고, 그를 신문 기사화한 다음 나중에 시와 소설 등 문학예술 작품으로 형상화하는 것은 '행위-기사-문예 창작-비평'이라는 수령형상문학의 창작 기제mechanism 시스템의 좋은 예"라고 평했다. (김성수, 〈김정은 시대 초의 북한 문학 동향 - 2010~2012년 《조선문학》, 《문학신문》 분석을 중심으로〉, 《민족문학사연구》 50, 민족문학사학회 민족문학사연구소, 2012, 500~501쪽.) 경희대학교 오태호 교수는 〈영원한 품〉에 대해 "김정일의 애국주의적 열정과 세심한 인민 생활 배려의 형상이 주축이지만, 그것과 함께 사망 이후 '호상'을 서고 있는 인민의 모습과 '맹물'이 아니라 '사탕가루와 꿀물'을 챙겨주는 김정은의 자심한 형상이 이 작품의 핵심적 종자"라고 평했다. (오태호, 〈김정은 시대, 북한 단편소설의 향방 - '김정일 애국주의'의 추구와 '최첨단시대'의 돌파〉, 《국제한인문학연구》 12, 국제한인문학회, 2012, 173~174쪽.)

14 김하늘, 〈영원한 품〉, 《조선문학》 2012년 제3호, 문학예술출판사, 38쪽.

15 《조선일보》 2011년 12월 20일 자에서 북한의 성명을 인용한 보도는 "김정일 동지께서 주체 100(2011)년 12월 17일 8시 30분에 현지지도의 길에서 급변으로 서거했다"라면서 "18일에 진행된 병리해부검사(부검)에서 질병의 진단이 완전히 확정됐다"라고 했다. 다만 소설 〈영원한 품〉은 '중대 보도'로 표현한 반면, 《조선일보》는 '특별 방송'이라고 표현했다. (이하원·이용수, 〈66년 왕조 기로에 서다〉, 《조선일보》 2011년 12월 20일 자, 1면.)

16 미셸 푸코 저, 오트르망 역, 《안전, 영토, 인구》, 난장, 2011, 24쪽.

17 미셸 푸코 저, 오트르망 역, 《생명관리정치의 탄생》, 난장, 2012, 24쪽.

18 윤상호, 〈사망 51시간이 지나도록 청와대도 국방장관도 까맣게 몰랐다〉, 《동아일보》 2011년 12월 20일 자, 2면.

19 "위대한 수령 김일성 동지께서 1994년 7월 8일 오전 2시에 급병으로 서거하셨다는 것을 가장 비통한 심정으로 온 나라 전체 인민들에게 알린다." "심장 혈관의 동맥경화증으로 치료를 받아오다 겹쌓이는 과로로 하여 7월 7일 심한 심근경색이 발생되고 심장 쇼크가 합병되었다." "즉시에 모든 치료를 한 후에도 심장 쇼크가 증악되어

사망하시었다." "7월 9일에 진행한 병리해부검사에서는 질병의 진단이 완전히 확인되었다." "오늘 우리 혁명의 진두에는 주체혁명 위업의 위대한 계승자인 김정일 동지께서 계신다." (김현호, 〈김일성 사망〉, 《조선일보》 1994년 7월 10일 자, 1면.)

20 민경숙, 〈꽃다발(실화문학)〉, 편집부, 《영원히 함께 계셔요》, 금성청년출판사, 2012, 135쪽.

21 미셸 푸코 저, 오트르망 역, 《안전, 영토, 인구》, 난장, 2011, 146쪽.

22 권헌익·정병호, 《극장국가 북한》, 창비, 2013, 49~50쪽.

23 최종하, 〈깊은 뿌리〉, 《조선문학》 2012년 제1호, 문학예술출판사.

24 위의 글, 47쪽.

25 미셸 푸코 저, 오트르망 역, 《안전, 영토, 인구》, 난장, 2011, 159쪽.

26 김금옥, 〈꽃향기〉, 《조선문학》 2012년 제9호, 문학예술출판사.

27 황령아, 〈맹세의 눈물은 뜨겁다(실화문학)〉, 편집부, 《영원히 함께 계셔요》, 금성청년출판사, 2012, 281쪽.

28 위의 글, 283쪽.

29 김하늘, 〈영원한 품〉, 《조선문학》 2012년 제3호, 문학예술출판사, 38쪽.

30 석남진, 〈사진에 깃든 이야기〉, 《조선문학》 2012년 제2호, 문학예술출판사.

31 위의 글, 19쪽.

32 오태호, 〈김정은 시대, 북한 단편소설의 향방 – '김정일 애국주의'의 추구와 '최첨단 시대'의 돌파〉, 《국제한인문학연구》 12, 국제한인문학회, 2012, 177쪽.

33 "주권이 통치(자)의 거처를 주요한 문제로 제기하며 영토를 수도화한다면, 규율은 여러 요소의 위계적·기능적 분배를 핵심 문제로 제기하며 공간을 건축화합니다. 한편 안전은 다가치적이고 가변적인 틀 내에서 조정되어야 할 사건, 혹은 사건들이나 일어날 법한 여러 요소의 계열에 대응해 환경milieu을 정비하려 합니다. 따라서 안전 특유의 공간은 가능한 사건들의 계열과 관련이 있습니다. 주어진 공간 내에 기입될 필요가 있는 일시적이고 우연적인 것과 말입니다." (미셸 푸코 저, 오트르망 역, 《안전, 영토, 인구》, 난장, 2011, 48쪽.)

34 위의 책, 50쪽.

35 김성수, 《통일의 문학 비평의 논리》, 책세상, 2001, 287쪽.

36 김성수, 〈'선군'先軍과 '민생' 사이 – 김정은 시대 초(2012~2013) 북한의 '사회주의 현실' 문학 비판〉, 《민족문학사연구》 53, 민족문학사학회 민족문학사연구소, 2013, 436쪽.

37 오태호, 〈김정은 시대, 북한 단편소설의 향방 - '김정일 애국주의'의 추구와 '최첨단 시대'의 돌파〉,《국제한인문학연구》12, 국제한인문학회, 2012, 168쪽.

38 자크 랑시에르 저, 양창렬 역,《정치적인 것의 가장자리에서》, 도서출판 길, 2013, 223쪽.

39 미셸 푸코 저, 오트르망 역,《안전, 영토, 인구》, 난장, 2011, 531쪽.

제3부 분단의 공포와 불안

08 북에서 온 탄원서, 북한의 지하문학 읽기

1 남대현,《청춘송가 上·下》, 공동체, 1988.

2 백남룡,《벗》, 살림터, 1992.

3 림종상 외,《쇠찌르레기》, 살림터, 1993.

4 홍석중,《황진이》, 문학예술출판사, 2002.

5 반디,《고발》, 다산책방, 2017.

6 반디,《고발: 北에서 보내는 소설》, 조갑제닷컴, 2014.

7 Bandi, *The accusation*, trans. by Deborah Smith, London: Serpentatail, 2017.

8 배경휘, 〈세월의 물음 앞에〉,《조선문학》2008년 제8호, 문학예술출판사.

09 북한 문학은 왜 전쟁을 미화하는가

1 이 연구는 단행본《폭격 - 미 공군의 공중폭격 기록으로 읽는 한국전쟁》(창비, 2013) 으로 간행되어 주목을 받았다.

2 오광천, 〈대렬 선창자〉,《조선문학》2016년 제8호, 문학예술출판사.

3 유광진, 〈무력 침범자들과 용감히 맞서 싸운 공화국 경비대원들〉,《로동신문》2019 년 6월 25일 자, 3면.

4 사설, 〈조국 수호 정신을 대를 이어 계승하고 빛내여 나가자〉,《로동신문》2019년 6 월 25일 자, 1면.

5 사설, 〈미제의 북침 핵전쟁 도발 책동을 단호히 짓부셔버리자〉,《로동신문》2017년 6월 25일 자, 1면.

6 백상균, 〈로병 동지〉,《조선문학》2017년 제5호, 문학예술출판사.

7 김기성, 〈금반지〉, 《조선문학》 2016년 제11호, 문학예술출판사.

8 위의 글, 60쪽.

9 사설, 〈위대한 수령 김일성 동지의 전승 업적은 우리 혁명의 승리적 전진과 더불어 끝없이 빛을 뿌릴 것이다〉, 《로동신문》 2018년 7월 27일 자, 7면.

에필로그

1 모니카 마시아스, 《나는 평양의 모니카입니다》, 예담, 2013, 257쪽.

2 위의 책, 229쪽.

3 진천규, 《평양의 시간은 서울의 시간과 함께 흐른다》, 타커스, 2018.

4 이찬삼, 《옥화 동무, 날 기다리지 말아요》, 중앙일보사, 1995.

5 주성하, 《평양 자본주의 백과전서》, 북돋움, 2018.

6 1970년부터 1998년까지 발표된 북한 관련 '학위 논문 분야별 분포도'에 따르면, 총 138편의 논문 중 정치사상이 37편, 대외관계 16편, 경제무역 14편, 통일대남 12편, 교육 12편, 군사안보 11편, 법 10편, 행정 10편에 이어 사회문화는 7편뿐이다. 북한 사회문화 연구가 1998년까지는 상대적으로 비중이 크지 않았음을 알 수 있다. (북한연구학회 편, 《분단 반세기 북한 연구사》, 한울아카데미, 1999, 17쪽).

7 존 스토리 편, 백선기 역, 《문화연구란 무엇인가?》, 커뮤니케이션북스, 2000, 27쪽.

8 김명옥, 〈생활 문화 확립에서 사회주의 법의 역할〉, 《법률연구》(루계 제63호), 과학백과사전출판사, 2018, 26쪽.

9 위의 글, 27쪽.

10 김경일, 〈제국주의 사상 문화의 해독성〉, 《사회과학원학보》(루계 제100호), 사회과학출판사, 2018, 36쪽.

11 롤랑 바르트는 "신화는 일종의 빠롤parole이며, 그렇기 때문에 담론의 규칙을 따르기만 한다면 모든 것은 신화가 될 수 있"다고 했다. (롤랑 바르트 저, 정현 역, 《신화론》, 현대미학사, 1995, 16쪽.)

12 《조선》 2018년 제1호, 조선화보사, 7쪽.

13 영국 케임브리지대학교 트리니티 칼리지의 권헌익 석좌교수와 한양대학교 정병호 교수는 '아리랑 공연'과 '현지지도'를 대비했다. 아리랑 공연은 "일반 인민들이 참여하는 집회와 공연으로 항상 나라의 정치적 중심지인 수도 평양에서 열리고 북한의 지도부는 이때 먼발치에 있는 관객"이라고 했다. 반면 현지지도는 "나라의 최고지

도자가 변방으로 몸소 찾아가 일반 시민들과 친밀한 만남"을 가진다는 것이다. 수도와 변방, 일반 인민과 최고지도자 그리고 먼발치의 관객과 친밀한 만남이라는 점에서 대비된다는 것이 권헌익과 정병호의 주장이다. (권헌익·정병호,《극장국가 북한》, 창비, 2013, 49쪽.)

14 　정기상,〈인민에 대한 멸사 복무를 좌우명으로〉,《조선》 2018년 제1호, 6쪽.

15 　헤이즐 스미스 저, 김재오 역,《장마당과 선군정치》, 창비, 2017, 214쪽.

16 　북한 사회과학원의 장금철은 김일성의 행복관을 논하면서 다음과 같이 썼다. "이렇게 그 누구보다도 인민을 찾아 온 나라 방방곡곡을 찾고 찾으시며 인민의 요구와 지향을 환히 알고 계시였기에 위대한 수령님께서 내놓으시는 로선과 정책들은 다 인민을 위한 가장 정확한 로선과 정책으로 될 수 있었다. 이처럼 위대한 수령님의 행복관은 한평생 인민을 믿고 인민들 속에 들어가 그들과 생사고락을 함께하는 것을 가장 큰 락으로, 삶의 보람으로 여기시는 숭고한 행복관이였다." (장금철,〈위대한 수령 김일성 동지의 숭고한 행복관〉,《사회과학원학보》(루계 제100호), 사회과학출판사, 2018, 15쪽.)

17 　김정일,《주체사상에 대하여》, 조선로동당출판사, 1991, 65쪽.

18 　이종석,《새로 쓴 현대 북한의 이해》, 역사비평사, 2000, 210쪽.

19 　거레스 스탠튼,〈민속지학, 인류학 그리고 문화연구 - 그 연계와 관계〉, 제임스 커런 외 편, 백선기 역,《대중문화와 문화연구》, 한울아카데미, 1999, 614~616쪽.

20 　유영갑,《강을 타는 사람들》, 북인, 2014.

21 　모니카 마시아스,《나는 평양의 모니카입니다》, 예담, 2013, 253쪽.

22 　오창은,〈북한 문학의 미적 보편성과 정치적 특수성 - 비체제적 양식과 민중적 해석을 중심으로〉,《반교어문연구》 41, 반교어문학회, 2015, 26쪽.

수록 글 발표 지면

01 김정은 시대의 북한 문학 읽기
〈거울 밖으로 나온 북한 소설들〉,《창작과 비평》2018년 가을호, 창비.

02 북한 민중의 삶, 사랑, 공동체와 개인
〈북한 문학의 미적 보편성과 정치적 특수성 - 비체제적 양식과 민중적 해석을 중심으로〉,
《반교어문연구》41, 반교어문학회, 2015.

03 '세계'와의 경쟁, '나'의 자기 혁신
〈북한 자력갱생 담론과 인민의 삶 대응 양상 연구〉,《통일인문학》80, 건국대학교 인문학연구원, 2019.

04 '고난의 행군' 이후 북한의 생태소설 읽기
〈'고난의 행군' 이후, 북한 소설에 나타난 생태환경 담론의 특성 연구〉,《한국언어문화》67, 한국언어문화학회, 2018.

05 북한에도 페미니즘 소설이 있을까
〈선군시대 북한 농촌 여성의 형상화 연구〉,《현대북한연구》13-2, 북한대학원대학교, 2010.

06 '사실'과 '허구' 사이에서 진실 찾기, 북한의 실화문학 읽기
〈북한 '실화문학'의 민중성 연구 - '사실'과 '허구' 사이의 해석적 진실을 중심으로〉,《한국근대문학연구》32, 한국근대문학회, 2015.

07 애도의 문학, 기억의 정치
〈김정일 사후 북한 소설에 나타난 '통치와 안전'의 작동 - 인민의 자기 통치를 위한 기억과 재현의 정치〉,《통일인문학》57, 건국대학교 인문학연구원, 2014.

08 북에서 온 탄원서, 북한의 지하문학 읽기
〈북에서 온 탄원서〉,《녹색평론》2017년 11~12월호, 녹색평론사.

09 북한 문학은 왜 전쟁을 미화하는가
〈북한은 왜 전쟁을 미화하는가〉,《녹색평론》2020년 5~6월호, 녹색평론사.

에필로그 - '북한' 연구에서 '북한 문화' 연구로
〈북한 연구에서 북한 문화 연구로〉,《문화과학》2018년 겨울호, 문화과학사.